陸游詞
육
유
사

陸游詞
육 유 사

|육 유 저 | 주기평 역해|

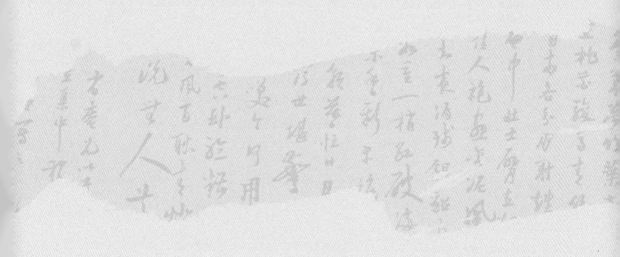

學古房

일러두기

1 이 책의 원문은 하승도夏承燾·오웅화吳熊和의 ≪방옹사편년전주放翁詞編年箋注≫(상해고적출판사, 1981)를 저본으로 하였으며, 주석과 해설은 저본 외에 왕쌍계王雙啓의 ≪육유사신역집평陸游詞新譯輯評≫(중국서점, 2001)과 주덕재朱德才의 ≪육유陸游 장효상張孝祥 사詞≫(문화예술출판사, 1999) 등을 참고하였다.

2 작품의 시기구분 및 편차는 저본을 바탕으로 하되, 역자의 판단에 따라 일부 조정하였다.

3 주석의 표제음은 두음법칙을 적용하여 표기하였으며, 한 글자인 경우 이를 적용하지 않고 원음을 표기하였다.

4 이 책에 사용된 부호는 다음과 같다.

    ≪ ≫ : 서명
    〈 〉 : 편명 또는 작품명
    ( ) : 한자병기 및 인용문의 원문.
    [ ] : 한글표기와 한자표기의 음이 다른 경우.
    " " : 인용문.
    ' ' : 강조.

※ 이 저서는 서울대학교 인문학연구원 중국어문학연구소 발전기금에서 지원받은 것임.

역자서문

　육유(陸游, 1125~1209)는 이른바 남송사대가南宋四大家의 한 사람으로서 남송의 시단을 대표하는 시인이며, 북송과 남송의 교체기에 태어나 일생토록 변함없는 우국의 열정과 신념으로 금金에 대한 항전과 중원의 수복을 주장하였던 중국의 대표적인 우국시인이다. 아울러 평생 일만 수에 달하는 시를 남기어 중국 최다작가로서의 명성 또한 지니고 있다.

　육유의 시는 그 방대한 분량뿐만 아니라 우국의 열정으로 가득한 수많은 우국시들로 인해 역대로 많은 평자들에 의해 높은 평가를 받아왔으며, 그의 삶 또한 지식인의 전형이자 모범으로서 지금까지도 많은 존경과 추숭을 받고 있다. 육유는 시뿐만 아니라 정론政論, 필기筆記, 유기遊記 등을 비롯한 많은 산문과 ≪남당서南唐書≫와 같은 역사서도 남기고 있어 문장가와 역사가로서의 명성 또한 높은데, 그의 문학세계의 또 다른 한 축인 사詞에 있어서의 명성은 시나 산문 등에 비하면 다소 미치지 못하고 있는 것이 사실이다.

　육유의 사詞는 ≪위남문집渭南文集≫ 속에 포함되어 ≪방옹사放翁詞≫라는 이름으로 권49와 권50, 총2권에 실려 있는데, 여기에는 총65조調의 130수의 사가 수록되어 있다. 이외 다른 전적들에서 따로 전하는 것들까지 포함하면 현재 총70조調의 144수와 잔구殘句 1수가 전하고 있다. 이와 같은 작품 수는 동시대의 다른 시인들에 비하면 결코 적은 것은 아니지만, 현재 육유의 시가 ≪검남시고劍南詩稿≫에만 총85권에 9,136수가 실려 있는 것에 비하면 그의 사는 양적으로 시의 1/70에 불과한 미미한 분량이다. 또한 그 주제의 분포나 작사의 경향 또한 시에서의 그것과는 사뭇 다른 양상을 보이고 있다.

　이와 같은 이유로 인해 육유사의 풍격이나 성취에 대해서는 역대로 상반된 평가가 있어 왔다. 남송 유극장劉克莊은 ≪사림기사인詞林紀事引≫에서 "육유와 신기질은 섬세함과 농염함을 한 번에 쓸어버리고 기교를 부리지 않았으나 시시때때로 전고를 일삼았으니 이것이 하나의 병폐였다.(放翁稼軒, 一掃纖豔, 不事斧鑿, 但時時掉書袋, 要是一癖)"라 하며 육유의 사가 기교를 추구하지 않은 것을 높이 평가하면서도 전고의 잦은 활용을 병폐로 삼았으며, ≪사고전서총목제요四庫全書總目提要·방옹사제요放翁詞提要≫에서는 "공평한 마음으로 논하자면, 육유의 본래의 뜻은 대개 소식蘇軾과 진관秦觀의 사이에서 왔다 갔다 하고자 하여 그 뛰어난 점을 두루 갖추고는 있으나 모두 그 지극한 경지에는 이르지 못했다.(平心而論, 游之本意, 蓋欲驛騎於二家之間, 故奄有其勝, 而皆不能造其極)"라 하며 그만의 독자적인 풍격이 존재하지 않음을 비판하였다. 왕국유王國維 또한 ≪인간사화人間詞話≫에서 "남송의 사인 강기姜夔는 격조는 있으나 정감이 없고, 육유는 기개는 있으나 운치가 없다.(南宋詞人, 白石有格而無情, 劍南有氣而乏韻)"라 하며 그의 사가 여운과 감흥이 떨어짐을 비판하였다. 반면 유사배劉師培는 ≪논문잡기論文雜記≫에서 "육유의 사는 섬세함과 농염함을 없애고 청진하고 탈속적이며 곡절이 많고 침울하지만 이를 평담한 사로 표현해내었으니, 고시로 예를 든다면 또한 도잠陶潛과 왕유王維의 짝으로서 이는 도가의 사이다.(劍南之詞, 屛除纖豔, 淸眞絶俗, 逋峭沈鬱, 而出之以平淡之詞, 例以古詩, 亦元亮右丞之匹, 此道家之詞也.)"라 하며 그 평담한 표현과 탈속적인 풍격을 높이 평가하였다. 육유사의 성취와 풍격에 대한 이와 같은 상반된 평가 속에서 제치평齊治平은 ≪육유陸游≫(상해고적, 1983)에서 육유의 〈장단구서長短句序〉에서의 말을 인용하며 "육유는 시에만 힘을 쏟고 여력으로 사를 지은 사람이다.(陸游則是專力爲詩, 以餘力爲詞的)"라 하고, 주동윤朱東潤은 ≪육유선집陸游選集≫(상해고적, 1988)에서 "육유의 9,200여 수의 시와 130수의 사를 비교한다면, 육유 자신의 詞에 대한 중시가 충분하지 못했다는 것을 증명해준다.(以陸詩九千二百餘首和陸詞一百三十首相比, 也證實陸游自己對於詞的重視不够)"라 하며 시에 비해 사의 분량이 현저하게 적은 원인을 사에 대한 육유의 부정적인 태도와 인식에서 찾기도 하였다.

이와 같은 견해들은 일면 타당한 면이 있기는 하지만, 당시의 시대적 상황에 대한 고려 없이 다만 몇몇 작품에 한정하여 육유사의 주제의식을 하나로 일괄하거나 사에 대한 육유의 특정시기의 견해를 전체로 확대하여 단정한 것이라 할 수 있으니, 육유의 사 전반에 대한 객관적인 평가로 삼기에는 다소 부족한 점이 있다. 육유사에 대한 올바르고 공정한 평가를 위해서는 무엇보다도 먼저 당시 사라는 양식에 대한 송대 사대부들의 기본적인 입장과 태도가 어떠했는지를 고려해야 하며, 이를 바탕으로 육유사 전체를 대상으로 하여 그 주제의 분포와 경향 및 표현상의 특성을 찾아내고 그 속에 담겨진 함의와 가치에 대한 종합적인 분석이 이루어져야만 한다.

'사詞'는 중당中唐 이후 민간에서부터 성행한 문예양식으로, 본디 개인의 자유롭고 진솔한 감정을 거칠고 투박한 표현을 통해 담아내는 '이속성俚俗性'이 강한 민간문예양식이었다. 그러나 당말唐末과 오대五代을 거치면서 문인들의 참여를 통해 이른바 '화간풍花間風'을 형성하며 점차 '문아성文雅性'이 중시되게 되었고, 송대宋代 이후에는 도시경제의 발달과 상업의 융성 및 이로 인한 서민문화 수요계층의 성장에 힘입어 문인 사대부들을 포함한 사회 전 계층으로 창작의 주체와 대상이 크게 확산되고 문아성과 이속성을 겸비한 수준 높은 작품 또한 비약적으로 늘어나게 되며 송대를 대표하는 양식으로까지 발전하게 되었다.

비록 송대의 사가 이전시기에 비해 문아성이 중시되었다고는 하지만 이는 주로 표현상의 문제와 관련한 것으로, 기본적으로 남녀 간의 연정이나 연회에서의 환락과 유희를 노래하는 통속적인 내용에서 벗어나지 못하였다. 따라서 구양수歐陽修가 ≪귀전록歸田錄≫에서 "앉아서는 경사를 읽고 누워서는 소설을 읽으며 측간에 올라서는 사를 읽는다.(坐則讀經史, 臥則讀小說, 上廁則閱小辭)"라 했던 전유연錢惟演의 말처럼 송대 사대부들의 사에 대한 기본적인 인식은 소설보다도 낮은 것이었다. 그럼에도 불구하고 사의 유희성과 오락성, 그로 인해 얻게 되는 일상에서 일탈과 위안은 그들로 하여금 또한 사를 완전히 버리지는 못하는 이중적인 태도를 지니게 하는 결과를 낳았다.

육유의 사는 이러한 송대 사부들의 사에 대한 태도와 입장을 극명하게 보여주는 것으로, 누구보다도 유가적 대의명분과 사대부로서의 소명의식이 강했던 그였기에 그의 사에서는 이에 대한 고민과 현실적인 타협이 보다 두드러지게 나타나고 있다. 즉 그 내용에 있어서는 남녀염정과 같은 일반적인 사에서의 통속적인 주제나 자신의 시에서는 거의 나타나지 않는 도가적 지향을 주로 다루면서도 우국의 비분이나 조정에 대한 비판 같은 시대의식을 담은 주제를 함께 노래하고 있으며, 형식이나 표현기교에 있어서는 시에서의 작시방법을 적극적으로 차용하여 '사詞의 시화詩化'를 추구하고 또한 시에서는 드물게 나타나는 전고典故의 활용을 사에서는 다분히 의식적이고 의도적이라 느껴질 만큼 빈번하게 사용함으로써 전아함을 극도로 추구하고 있다.

최근 들어 사에 내재된 아속성에 집중하여 관련 논의들이 진행되고 그 연구 성과 또한 축적되고 있으나, 국내에서의 사에 대한 연구는 전반적으로 아직까지는 시에 비해 미진한 실정이라 할 수 있다. 이는 연구의 기본 토대라 할 수 있는 작품의 번역이 매우 적은 것에서도 단적으로 드러나는데, 그 또한 주로 주요 작품들을 선록한 선집류에 국한되어 있을 뿐 한 작가의 작품세계를 포괄적으로 이해할 수 있는 완역은 거의 이루어지지 않고 있다. 이는 육유의 경우 또한 예외가 아니어서 현재 관련 번역서로 선집류인 ≪육유사선陸游詞選≫(이치수 역, 지만지, 2011) 1종만 나와 있을 뿐이다. 그러나 이 역시 작품에 대한 주석과 해설이 다소 소략하여 수많은 상징과 비유, 명사어의 단순나열을 통한 함축과 암시가 두드러진 육유사의 내용을 온전히 이해하기에는 아쉬움이 있다.

본 역서는 육유사 연구의 기본 토대 마련을 목적으로 육유사 전체를 완역한 것으로, 다음과 같은 사항에 중점을 두어 번역하였다.

첫째, 번역문을 앞서 제시하여 작품 자체를 읽고 감상할 수 있도록 하였다. 원문은 번역문 뒤에 따로 실어 원문과 대조하며 읽을 수 있도록 하였다.

둘째, 가능한 상세한 주석을 달아 특정 자구의 의미나 활용의 예를 설명하고, 전고典故의 경우 해당 원전의 출처를 직접 인용하거나 요약 설명함으로써 작품의 이해를 도왔다. 특정 사물의 경우 관련 자료사진들을 추가하여 당시의 관련 문화와 문물을 함께 이해할 수 있도록 하였다.

셋째, 해설에서는 해당 작품의 구조분석을 위주로 작품의 내용과 함의 및 표현상의 특징 등을 설명하였다.

넷째, 비록 전체를 고증할 수는 없으나 확인할 수 있는 작품의 창작시기를 가능한 밝혔다. 아울러 당시의 관직 상황 및 시기적 배경과 함께 시기 순으로 배열함으로써, 개인의 인생 역정에 따른 시대와 인생에 대한 인식과 감정의 변화를 전체적으로 조망할 수 있도록 하였다.

나름대로는 심혈을 기울여 번역하였다고는 하나 역자의 기본적인 역량이 부족한데다 문학적 소양 또한 일천한 탓에 번역문을 좀 더 부드럽고 유려하게 옮기지 못한 것이 아쉽다. 또한 주석이나 해설에 혹 오류는 없는지 역자가 잘못 이해한 것은 없는지도 걱정이 앞선다. 이후로도 부족한 부분들은 지속적으로 수정 보완할 것임을 다짐하며 독자들의 질정을 기다린다.

2015. 10.

벽송碧松

주기평 삼杉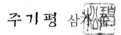

목 차

만기 산음 유거시기

시기 미상

초기 및 중기 관직생활시기

차두봉

....

붉고 고운 손, 노란 포장의 술 따를 때
온 성에 봄 색은 가득, 궁성 벽 버드나무는 하늘거렸네.
동풍이 모질어 즐거운 정이 얇아졌으니
가슴 가득 시름 간직한 채
몇 년을 헤어져 지냈던가.
잘못됐네, 잘못됐네, 잘못됐네!

봄은 옛날과 같건만 사람은 공연히 야위었고,
눈물은 어여쁜 얼굴 적시고 손수건에 스미네.
복숭아꽃은 지고 못 가 누각은 쓸쓸한데
영원히 함께 하자던 맹세는 그대로건만
그리움의 편지는 보내기가 어렵구나.
그만두자, 그만두자, 그만두자!

....

釵頭鳳

紅酥手,[1] 黃縢酒,[2] 滿城春色宮牆柳. 東風惡, 歡情薄,[3] 一懷愁緒, 幾年
離索.[4] 錯, 錯, 錯.[5] 春如舊, 人空瘦, 淚痕紅浥鮫綃透.[6] 桃花落, 閑池閣,
山盟雖在,[7] 錦書難託.[8] 莫, 莫, 莫.[9]

【주석】

1) 酥(수) : 부드럽고 매끈하다.

2) 黃滕酒(황등주) : 누런 종이나 비단으로 병의 입구를 봉한 술. 관가官家의 술로, 품질이 우수하다.

3) 歡情薄(환정박) : 즐거운 정이 얇아지다. 아내와 헤어지게 된 것을 말한다.

4) 離索(이삭) : '이군삭거離群索居'의 줄임말. 무리에서 떨어져 홀로 외롭게 지냄을 뜻한다.

5) 錯(착) : 잘못되다.

6) 紅浥(홍읍) : 붉은 연지가 눈물에 젖다.

鮫綃(교초) : 교인鮫人이 짠 명주. 여기서는 손수건을 가리킨다. 전설상 남해 바다에서 진주 눈물을 흘리며 길쌈을 하는 교인이 있다고 한다.

7) 山盟(산맹) : 산과 같은 맹세. 남녀 간의 변함없는 사랑을 의미한다.

8) 錦書(금서) : 비단에 쓴 서신. 전진前秦 사람 두도竇滔의 아내 소혜蘇蕙가 쓴 편지에서 유래한 것으로, 금자서錦字書라고도 하며 남녀 간의 연서戀書를 의미한다.
≪진서晉書・열녀전列女傳・두도처소씨竇滔妻蘇氏≫에 "두도의 처 소씨는 시평 사람으로, 이름은 '혜'이고 자는 '약란'이며 글을 잘 썼다. 전진 때 두도가 진주자사가 되었다가 유사로 좌천되니, 소씨가 그를 그리워하며 비단을 짜 회문선도시를 써서 두도에게 보냈다. 돌려가며 읽으니 그 말이 매우 슬프고 애달팠다.(竇滔妻蘇氏, 始平人也. 名蕙, 字若蘭, 善屬文. 滔, 苻堅時爲秦州刺史, 被徙流沙, 蘇氏思之, 織錦爲迴文旋圖詩對贈滔. 宛轉循環以讀之, 詞甚悽惋)"라 하였다.

9) 莫(막) : 그만두자.

【해설】

이 사는 현전하는 육유의 사 중 가장 최초의 작품으로, 소흥紹興 25년(1155) 우적사禹跡寺 남쪽에 있는 심원沈園에서 전처인 당완唐琬을 만나 쓴 것이다.

육유는 20세 때인 소흥紹興 14년(1144)에 당완唐琬과 결혼하였다. 그는 그녀를 매우 사랑하였으나 그녀를 싫어했던 어머니로 인해 결혼 2년 만에 어쩔 수 없이 헤어지게 되었고, 이듬해 육유는 왕씨王氏와 재혼하고 당완 또한 종사정宗士程과 재혼하게 되면서 둘은 서로 다른 가정을 이루며 살게 되었다. 그로부터 8년 후인 소흥 25년(1155) 봄날, 31세의 육유는 우적사 남쪽에 있는 심원을 거닐다가 우연히 그녀와 해후하게 된다. 두 사람은 여전히 서로를 그리워하며 애틋한 감정이 남아 있었지만 이미 어긋나버린 운명을 어찌할 수 없었다. 이날 그녀는 그를 위해 음식을 장만하고 술자리를 벌여 대접하였고, 이에 감동한 그가 자신의 애달픈 심정을 담아 이 사를 심원沈園의 벽 위에 써 놓았다. 당완이 이를 보고 이에 화답하는 사를 썼으니, 지금도 심원의 벽에 이 두 사가 나란히 써져 전한다. 이 일이 있은 지 4년 후, 당완은 병이 들어 세상을 떠났다.

육유의 시에서 당완과의 일을 회상하는 작품으로는 총5수가 전하고 있으며, 전시기에 걸쳐 고루 나타나고 있는 반면 사에서는 이것이 유일하다. 〈차두봉釵頭鳳〉이라는 사조詞調 또한 육유 자신이 창작한 것으로서 이전에는 존재하지 않았으며, 이마저도 육유의 사에서 단 한 번 사용되고 있다. '사詞'라는 양식이 본질적으로 술자리에서 불리어지는 유희성과 오락성이 강한 양식임을 생각했을 때, 이와 같은 사실은 육유가 당완에 대한 자신의 진솔한 감정이 술자리에서 기녀들에 의해 여흥으로 불리어지는 것을 바라지 않았음을 보여주는 것이라 할 수 있다.

상편에서는 봄이 한창인 심원에서 꿈에도 그리던 당완을 만나 그녀가 베푼 술자리를 맞이하고 있는 현실의 상황과 어쩔 수 없이 헤어져 그리움과 시름으로 지내야만 했던 지난 세월의 고통을 대비시키며, 마지막에 '잘못되었대錯'는 강한 부정의 말로써 자신들의 어긋난 운명과 이별의 현실에 대한 저항을 나타내고 있다. 하편에서는 변함없는 봄날의 경관과 야위어진 당완의 모습을 대비시키며 세월의 무상함과 헤어져 있던 시간의 아픔을 말하고, 복숭아꽃 지는 쓸쓸한 누각으로 자신들의 외롭고 쓸쓸한 현실을 나타내고 있다. 이어 사랑의 감정은 변함이 없건만 마음을 담은 편지조차 보낼 수 없는 안타까움을 말하고, 마침내 '그만두재莫'는 체념의 말로써 그들의 운명과 현실에 대한 절망의 심정을 나타내고 있다.

· · · · · · ·

〈참고〉당완(唐琬)의 화답사

차두봉

세상은 야박하고 인정도 사나워
황혼에 부는 비바람에 꽃은 쉬 져버렸네.
새벽바람에 모든 것이 말라도 밤새 흘린 눈물 흔적은 남아 있나니,
쪽지로나마 마음 전하고 싶지만
난간에 기대어 혼자 말한답니다.
어려워라, 어려워라, 어려워라!

서로 각자 가정을 이루어 지금은 옛날과 다르니
병든 영혼은 늘 그네 줄과 같이 매어 있답니다.
호각 소리는 차갑고 밤은 다해 가는데
다른 이가 물어볼까 두려워
눈물 삼키며 즐거운 척 하지요.
감춰야 해요, 감춰야 해요, 감춰야 해요!

釵頭鳳

世情薄, 人情惡, 雨送黃昏花易落. 曉風乾, 淚痕殘, 欲箋心事, 獨語斜闌. 難, 難, 難.
人成各, 今非昨, 病魂常似秋千索. 角声寒, 夜闌珊, 怕人尋問, 咽淚裝
歡. 瞞, 瞞, 瞞.

심원 벽의 〈차두봉〉   당완의 〈차두

청옥안 · 주경삼과 북경에서 만나

....

서풍이 비를 안고 파도 뒤집히는 소리 내더니
때 맞춰 독한 기운 씻어내었네.
나이 드니 인간사 득실을 똑같이 보는 것에 익숙하네.
천 개의 바위에서 한가로이 눕고
오호에서 돌아오는 배를 저으며
공을 세워 능연각의 초상으로 남는 것을 대신한다네.

친구가 군막에 잠시 머무르니
백우전 허리에 차고 기세는 얼마나 장대한가.
나는 촌부로 늙더라도 그대는 장상이 되리니.
술 채에 거른 홍주와
느지막이 잘 익은 붉은 여지,
그대 만강에서의 일을 기억하시게나.

....

青玉案 · 與朱景參會北嶺[1]

西風挾雨聲飜浪,[2] 恰洗盡黃茅瘴.[3] 老慣人間齊得喪.[4] 千巖高臥,[5] 五湖歸棹,[6] 替却凌煙像.[7]

故人小駐平戎帳.[8] 白羽腰間氣何壯.[9] 我老漁樵君將相.[10] 小槽紅酒,[11] 晚香丹荔,[12] 記取蠻江上.[13]

【주석】

1) 朱景參(주경삼) : 주효문朱孝聞. 자가 경삼으로, 당시 영덕현위寧德縣尉로 있었다.
  北嶺(북령) : 산 이름. 복주福州와 영덕현(寧德縣, 지금의 복건성 영덕시寧德市) 사이에
  있다.

2) 聲翻浪(성번랑) : 파도가 뒤집히는 소리가 나다.

3) 恰(흡) : 마침, 때 맞춰.
  黃茅瘴(황모장) : 남방에 8, 9월경 풀이 누렇게 마를 때 성행하는 풍토병.
  ≪투황기投荒記≫에는 "남방에선 6, 7월 풀이 누렇게 마를 때 풍토병이 크게 생겨나는
  데, 그 지역 사람들은 '황모장'이라고 부른다.(南方六七月, 芒茅黃枯時, 瘴大發, 土人呼
  爲黃茅瘴)"라 하며 그 시기를 달리 말하고 있다. 그러나 육유의 시 〈도원잡흥道院雜興〉
  제3수의 자주自注에서 "북령은 복주에 있다. 내가 젊었을 때 친구 주경삼과 함께 북령
  아래 승사에서 만났는데, 때는 만추로 여지는 오직 만홍이 있었다.(北嶺在福州. 予少時
  與友人朱景參會嶺下僧舍, 時秋晩, 荔枝獨晩紅在)"라 하였으니 8, 9월로 보는 것이 옳
  을 듯하다.

4) 齊得喪(제득상) : 득과 실을 똑같이 보다. 인간 세상의 궁달窮達에 달관한 것을 의미한다.

5) 高臥(고와) : 편안히 드러눕다.

6) 五湖(오호) : 태호太湖. 지금의 강소성江蘇省과 절강성浙江省에 걸쳐 있다.
  ≪오록吳錄≫에 따르면 오호는 태호의 별칭으로, 그 둘레가 오백여 리가 되어서 이와
  같이 불렀다. 춘추시대 말
  월越의 대부大夫 범려范蠡
  가 월왕 구천句踐을 도와
  오吳를 멸망시킨 뒤 일엽
  편주를 타고 오호五湖를 유
  랑하며 숨어 지냈다.

능연각(凌煙閣)

7) 凌煙像(능연상) : 능연각凌
  煙閣에 걸린 공신의 초상.
  당唐 정관貞觀 17년(643)에

태종太宗의 명에 따라 염립본閻立本이 공신
스물네 명의 초상을 그려 능연각에 걸어놓
았다.

8) 故人(고인) : 친구. 여기서는 주경삼을 가리
킨다.

   平戎帳(평융장) : 군대의 막사.

9) 白羽(백우) : 화살 이름. 백우전白羽箭을 가
리킨다.

10) 漁樵(어초) : 물고기 잡고 나무하는 사람.
공업을 이루지 못하고 이름 없는 사람으로
남는 것을 말한다.

11) 小槽(소조) : 술을 짜는 도구.

12) 晩香丹荔(만향단려) : 늦게 익는 여지. '만홍晩紅'을 가리킨다. 여지 열매의 한 품종으로,
익는 것이 가장 느리다.

13) 蠻江(만강) : 강 이름. 민강閩江을 가리키며 영덕현 부근에 있다.

여지(荔枝)

【해설】

당완唐琬과의 이별로 인생에 있어 커다란 좌절을 겪은 육유는 소흥紹興 23년(1153)
29세 때 치른 진사시험에서 좋은 성적에도 불구하고 화친파였던 재상 진회秦檜의 농간으
로 낙방하며 또 한 번의 좌절을 겪게 된다. 이후 진회가 세상을 뜨고 나서야 그는 소흥
28년(1158) 복주영덕현주부福州寧德縣主簿로 임명되며 비로소 관직생활을 시작한다.

이 사는 소흥紹興 28년(1158) 34세 때 복주영덕현주부를 맡고 있을 때 북령에서 주경삼
과 만나 노닐며 쓴 것으로, 공업성취에 대한 열의에도 불구하고 후방으로 물러나 낮은
관직을 지내고 있던 영덕현에서의 삶에 대한 자조적인 감회와 함께 친구에 대한 축원과
당부를 나타내고 있다.

상편에서는 서풍이 실어온 비에 세상의 독기가 씻기어 나가는 상황을 통해 친구와의

만남이 좋은 계절에 이루어진 즐거운 만남임을 말하고 있다. 아울러 인생의 득실에 초탈하여 자연 속에서 한가롭게 즐기며 공업성취에 대한 욕심을 버리게 되었음을 말하고 있다. 그러나 이는 득의하지 못한 현실의 아쉬움에 대한 역설적인 표현이라 할 수 있으니, 하편에서는 친구의 장대한 기상을 높이며 비록 자신은 공업을 세우지 못하고 이름 없는 촌부로 늙더라도 친구는 커다란 공업으로 장군과 재상의 지위에 오르기를 축원하고 있다. 이어 맑게 거른 홍주와 잘 익은 여지로 즐기는 오늘의 만남을 영원히 기억하기를 바라고 있다.

수조가두 · 다경루

....

양자강 동쪽은 형세가 빼어난 곳
그 중 옛 서주가 가장 손꼽힌다네.
산 이어져 그림과 같고
아름다운 곳에 높다란 누각 아련히 솟아있네.
북소리 호각소리 바람에 실려 비장하고
봉화는 하늘에 이어져 명멸하는데
손권과 유비의 지난 일을 생각하네.
천 리에 창과 갑옷은 빛나고
만 개의 부뚜막엔 용맹한 병사들이 주둔했으리.

이슬에 풀은 젖고
바람에 나뭇잎 떨어지니
때는 바야흐로 가을이로다.
사군은 호탕하여
담소하며 고금의 시름을 모두 씻어버리네.
양양의 산에 올라 유람하던 모습 보이지 않
고 수많은 유람객들의 자취도 보이지 않
으니 한스러움만 남아 슬픔을 거두기
가 어렵네.
양호만이 천 년토록
그 명성 한수와 더불어 흘러가네.

....

다경루(多景樓)

水調歌頭·多景樓1

江左占形勝,2 最數古徐州.3 連山如畵, 佳處縹渺著危樓.4 鼓角臨風悲
壯,5 烽火連空明滅,6 往事憶孫劉.7 千里曜戈甲,8 萬竈宿貔貅.9
露霑草, 風落木, 歲方秋. 使君宏放,10 談笑洗盡古今愁. 不見襄陽登
覽,11 磨滅遊人無數,12 遺恨黯難收.13 叔子獨千載,14 名與漢江流.15

【주석】

1) 多景樓(다경루) : 누대 이름. 지금의 강소성江蘇省 진강시鎭江市 북고산北固山 감로사甘露
寺 경내에 있다. 송대에 군수郡守 진천린陳天麟이 건립하였으며, 이덕유李德裕의 〈강가
정자에 쓰다題臨江亭〉 시에서 '수많은 경치가 창에 걸려있네.(多景懸窗牖)'라 한 구절에
서 이름을 따왔다.

2) 江左(강좌) : 장강長江의 동쪽 지역.

3) 數(수) : 헤아리다, 손꼽다.
古西州(고서주) : 진강鎭江을 가리킨다. 서주西州는 고대 9주의 하나로 본래는 태산泰山
이남과 회수淮水 이북 지역을 가리키는데, 동진東晉 말 북방지역이 어지러워지자 서주
를 광릉(廣陵, 지금의 강소성 양주시楊州市)에 위임하여 다스렸다가 후에 경구(京口, 지금
의 강소성 진강시鎭江市)로 옮겼다. 따라서 진강鎭江을 고서주古西州, 혹은 남서주南西州
라 칭하기도 한다.

4) 縹渺(표묘) : 아득하고 황홀한 모양. 여기서는 누각이 아득히 높이 솟아 있는 모습을
가리킨다.
著(저) : 돌출되어 드러나다.
危樓(위루) : 높다란 누각.

5) 鼓角(고각) : 전장의 북소리와 호각 소리.

6) 明滅(명멸) : 밝아졌다 어두웠다 하는 모양. 남송은 장강長江과 회수淮水를 경계로 금金
과 대치하고 있었는데, 금과 전투를 벌일 때 송군은 항상 장강 북쪽에서 철군하여

장강을 방어하였다. 따라서 진강에서는 항상 강북쪽의 봉화를 볼 수 있었다.

7) 孫劉(손유) : 삼국시대의 손권孫權과 유비劉備.

8) 千里(천리) : 장강 북쪽의 광대한 땅을 가리킨다.

曜(요) : 빛나다. '요耀'와 같다.

戈甲(과갑) : 창과 갑옷

9) 萬竈(만조) : 수많은 아궁이. '조竈'는 군사들이 취사를 하던 곳으로, 여기서는 병영을 가리킨다.

貔貅(비휴) : 맹수의 이름. 용맹하고 날쌘 손권과 유비의 군사들을 의미한다.

10) 使君(사군) : 주州나 군郡의 장관. 여기서는 당시 함께 다경루에 올랐던 진강지부鎭江知府 방습方濕을 가리킨다.

宏放(굉방) : 크고 호탕하다.

11) 襄陽(양양) : 지명. 지금의 호북성 양양시襄陽市 지역.

登覽(등람) : 산에 올라 유람하다. 여기서는 양양의 현산峴山에 올라 인생의 무상함을 토로했던 서진西晉 양호羊祜의 고사를 차용하였다.

≪진서晉書·양호전羊祜傳≫에 "양호가 현산에 올라 일찍이 종사 추담 등에게 일러 말하기를, '우주가 있을 때부터 이 산이 있었을 것이다. 예로부터 현달한 이와 뛰어난 선비들이 이곳에 올라 멀리 바라보기를 나와 그대들처럼 한 이들이 많았을 터인데, 모두 사라져 버리고 이름도 없으니 사람을 슬프게 한다.'라고 하였다.(祜登峴山, 曾謂從事鄒湛等曰. 自有宇宙, 便有此山. 由來賢達勝士, 登此遠望, 如我與卿者多矣. 皆湮沒無聞, 使人悲傷)"라 하였다.

12) 遊人(유인) : 유람하던 사람. 옛날 양양의 산

비휴(貔貅)

에 올라 유람했던 사람들을 가리킨다.

13) 黯(암) : 슬픔.

14) 叔子(숙자) : 양호羊祜. 서진西晉의 장군으로, 자는 숙자叔子이다. 10여 년 동안 양양襄陽을 다스리며 동오東吳의 침략에 대항하였으며, 선정을 베풀어 백성들의 신망을 받았다. 사후에 백성들이 현산峴山에 사당을 짓고 비석을 세워 그의 공적을 치하하였는데, 그의 비석을 보면 모든 사람들이 눈물을 흘렸다 하여 이를 '타루비墮淚碑'라 불렀다.

15) 漢江(한강) : 한수漢水. 장강長江의 가장 큰 지류로, 섬서성 영강현寧强縣에 발원하여 양양襄陽을 지나 호북성 무한武漢에서 장강과 합류한다.

【해설】

소흥紹興 30년(1160) 복주福州에 있던 육유는 칙령소산정관勅令所刪定官으로 임명되어 조정으로 들어왔는데, 소흥 32년(1162) 북벌의 의지가 강했던 효종孝宗이 즉위하며 주전파들이 점차 중시를 받게 되었다. 육유 또한 이 때 추밀원편수겸편류성정소검토관樞密院編修兼編類聖政所檢討官이 되어 중원을 회복할 군사적 책략과 정치적 주장을 제안하며 장준張浚의 북벌군을 지지하였다. 그러나 융흥隆興 원년(1163) 장준張浚의 북벌군이 부리符離에서 금군에 대패하면서 남송 조정은 주화파主和派가 득세하게 되고, 장준의 북벌을 지지하였던 육유는 진강통판鎭江通判으로 좌천되게 된다.

육유는 이듬해인 융흥隆興 2년(1164) 2월 임지에 도착하였는데, 이 사는 그해 가을 진강지부鎭江知府 방습方滂과 함께 북고산의 다경루에 올라 쓴 것이다. 당시 진강은 금과 대치한 최전선으로서, 과거 손권과 유비의 연합군이 조조군에 대항하여 싸웠던 곳이기도 하다. 사에서 시인은 다경루 주위의 경관을 감상하며 과거의 영웅인물들을 회상하고 항전의 의지를 드러내고 있다.

상편에서는 먼저 경관이 아름답기로 유명한 강동 지역 중에서도 진강 다경루 주변의 경관이 더욱 빼어남을 말하고 있다. 아울러 다경루에서 내려다 본 장강 이북의 전운이 감도는 풍경을 묘사하고 삼국시대에 이곳에서 손권과 유비가 조조에 맞서 싸웠던 옛

사실을 회상하고 있다. 하편에서는 쇠락한 가을의 경관을 통해 북벌의 희망이 사라진 절망적 현실을 비유하고, 동오東吳의 침략을 막아내고 선정을 베풀어 후에 진晋 무제武帝에 의한 동오 정벌의 기틀을 마련했던 양호를 들며 방습이 그와 같은 공업을 이루어내기를 당부하고 있다.

적벽사 · 한무구를 불러 금산에서 노닐며

궁궐 종소리에 날이 밝아
그대가 조정으로 오던 길 생각하면
막 날아오른 난새와 고니였네.
추밀원과 상서성에서 홀로 재주는 탁월하였고
행차에는 금련 장식의 궁궐 횃불이 짝하였네.
수놓은 화려한 말안장 깔개 위에
신선초 그려진 진귀한 혁대 차고
바라봄에 재빨리 날아올랐네.
인생사 헤아리기 어렵나니
이곳에서 술 한 동이 두고 서로 권하게 될 줄이야.

돌이켜 보면 보랏빛 길 위 푸른 대문의
서호의 한가로운 추밀원에는
천 가닥 긴 대나무들이 가득했었네.
흰 벽에 쓴 초서는 여전히 잘 있겠지만
깨어진 꿈은 다시 이을 수가 없다네.
세월의 흐름에 마음은 놀라고
공명심에 거울 자주 들여다 보건만
짧은 머리 검어지지 않는다네.
한 바탕의 즐거움으로 애석함을 달래며
그대와 함께 금산에서 같이 취해 본다네.

赤壁詞·招韓無咎遊金山1

禁門鐘曉,2 憶君來朝路, 初翔鸞鵠. 西府中臺推獨步,3 行對金蓮宮燭.4
蹙繡華韉,5 仙葩寶帶,6 看卽飛騰速. 人生難料, 一尊此地相屬.7
回首紫陌靑門,8 西湖閑院,9 鎖千梢修竹.10 素壁棲鴉應好在,11 殘夢不
堪重續. 歲月驚心, 功名看鏡,12 短鬢無多綠. 一歡休惜, 與君同醉浮
玉.13

【주석】

1) 韓無咎(한무구) : 한원길(韓元吉, 1118~1187). 자는 무구無咎이고 호는 남간南澗이며,
   허창(許昌, 지금의 하남성 허창시許昌市) 사람이다. 관직은 이부상서吏部尙書에 이르렀으
   며 사詞에 뛰어나 사집으로 ≪남간갑을고南澗甲乙稿≫가 있다. 육유와의 친분이 돈독하
   여 30여 수의 창화시와 사를 남기고 있다.
   金山(금산) : 산 이름. 진강鎭江 서북쪽 장강長江 유역에 있다.

2) 禁門(금문) : 궁궐.

3) 西府(서부) : 추밀원樞密院. 송대에는 중서문하성中書門下省을 동부東府로, 추밀원을 서부
   西府로 불렀다.
   中臺(중대) : 상서성尙書省.
   推獨步(추독보) : 홀로 앞으로 나오다. 재주와 식견이 뛰어남을 말한다.

4) 金蓮宮燭(금련궁촉) : 연꽃모양으로 장식된 금촉대,
   또는 횃대. 황제의 총애를 받은 것을 의미한다.
   ≪신당서新唐書·영호도전令狐綯傳≫에 "영호
   도가 한림승지가 되어 밤에 궁궐에
   서 황제를 뵈었는데, 촛불이
   다 꺼지자 황제께서 가마와

진강 금산

금련촉

금련 장식의 화려한 횃불로 돌려 보냈다.(爲翰林承旨, 夜對禁中, 燭盡, 帝以乘輿、金蓮華炬送還)"라 하였다.

5) 黹綉(축수) : 수를 놓다.

華韉(화천) : 화려한 말안장 깔개. '천韉'은 말안장 밑에 까는 깔개로 당송대의 조정 관리들은 용과 꽃이 수놓아진 깔개를 하사 받았다.

6) 仙葩寶帶(선파보대) : 신선초가 새겨진 진귀한 혁대. 송대 육조상서六曹尚書와 한림학사翰林學士, 어사중승御史中丞은 모두 이 띠를 하사 받았다.

7) 相屬(상촉) : 술을 따라 서로 권하다.

8) 紫陌青門(자맥청문) : 자색의 거리와 푸른 문. 화려한 도시를 의미하며 여기서는 수도 임안臨安을 가리킨다.

9) 西湖(서호) : 호수 이름. 임안에 있다.

10) 鎖(쇄) : 잠그다, 닫아걸다.

修竹(수죽) : 길게 뻗은 대나무.

梢(초) : 나뭇가지나 잎의 끝.

11) 棲鴉(서아) : 깃들이고 있는 까마귀. 흰 벽 위의 초서체가 마치 까마귀가 앉아 있는

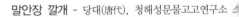

황제의 보대 - 명(明) 만력(萬曆) 연간

말안장 깔개 - 당대(唐代), 청해성문물고고연구소 △

것 같음을 비유한 것으로, 여기서는 추밀원에 있을 때의 웅대했던 기상과 포부를 의미
한다.

12) 功名看鏡(공명간경) : 공명 때문에 거울을 보다. 공업성취에 대한 조급함으로 거울을
보며 시간의 흐름을 걱정하는 것을 의미한다.

13) 浮玉(부옥) : 금산金山의 다른 이름.
송宋 주필대周必大의 ≪이로당잡기二老堂雜記·기진강부금산기鎭江府金山≫에 "이 산은
커다란 강이 빙 둘러 있는데 항상 바람에 파도가 사방에서 일어나고 기세는 날아
움직이니 남조에서는 이를 부옥이라 불렀다.(此山大江環繞, 每風濤四起, 勢欲飛動,
故南朝謂之浮玉)"라 하였다.

【해설】

융흥隆興 2년(1164) 2월, 임안에서 추밀원편수樞密院編修로 있던 육유는 장준의 북벌을
지지하였다가 진강통판鎭江通判으로 좌천되었는데, 이해 윤11월 임안에서 함께 지냈던
한원길이 모친을 뵈러 진강으로 와 잠시 머물렀다. 이 사는 이듬해인 건도乾道 원년
(1165) 1월, 한원길과 함께 진강의 금산을 유람하며 쓴 것으로, 임안에서의 한원길과
자신의 모습을 회상하고 공업수립의 꿈은 깨어진 채 헛되이 시간만 흘러가고 있는
안타까움을 한원길과 더불어 달래보고자 하는 심경이 나타나 있다.

상편에서는 임안에서의 한원길의 모습을 묘사하며 그의 품성과 재주를 칭송하고
있다. 날아오르는 난새와 고니로써 아침에 입조하는 그의 고아한 모습을 비유하고 영호
도令狐綯의 고사를 인용하여 그가 뛰어난 재주와 식견을 지니어 황제의 총애를 받았음을
말하고 있다. 이어 그가 높은 관직으로 승승장구하였고 당시에는 둘이 헤어져 이곳
진강에서 만나게 될 줄 생각지도 못했다는 말로써 인생사의 불가측성을 말하고 있다.

하편에서는 임안에서의 자신의 모습을 말하며 상편과 대비시키고 있다. 추밀원에
가득한 긴 대나무로 자신의 절개와 지조를 상징적으로 나타내고 추밀원 벽에 쓴 초서체
의 글씨로 당시 북벌을 향한 자신의 거침없는 기상과 의지를 드러내고 있다. 그러나

지금은 깨어진 꿈이 되어 다시 기약할 수 없게 되었음을 말하고 비록 한때이나마 한원길과 함께 하는 즐거운 만남으로 헛되이 흘러가는 시간에 대한 애석함을 달래보려 하고 있다.

완사계 · 한무구의 운에 화답하여

....

모래톱에 누워 옥술병에 취하는 것도 흥이 없어
그대 불러 작은 창밖의 경관을 함께 감상하나니
석양에 부는 피리 소리에 정은 참으로 애틋해지네.

바쁜 날은 진정 많고 한가한 날은 적으며
새로운 시름은 늘 옛 시름에 이어 생겨나네.
나그네 신세에 함께 할 짝 없으니 그대 떠남을 두려워하네.

....

浣沙溪 · 和無咎韻[1]

懶向沙頭醉玉瓶,[2] 喚君同賞小窗明,[3] 夕陽吹角最關情.[4]
忙日苦多閑日少,[5] 新愁常續舊愁生,[6] 客中無伴怕君行.[7]

【주석】

1) 無咎(무구) : 한원길(韓元吉, 1118~1187). 앞의 〈적벽사赤壁詞 · 궁궐 종소리에 날이 밝아 禁門鐘曉〉 주1) 참조.

2) 懶(라) : 게으르다, 귀찮다. 흥이 없음을 말한다.
   沙頭(사두) : 모래톱.

3) 小窗明(소창명) : 작은 창으로 보이는 경관.

4) 最關情(최관정) : 정이 생겨나는데 가장 관건이다. 감정을 가장 애틋하게 만드는 요소

임을 말한다.

5) 苦(고) : 진실로, 참으로.

6) 新愁(신수) : 새로운 시름. 여기서는 한원길과의 이별을 의미한다.

7) 客中(객중) : 나그네 신세. 고향인 산음(山陰, 지금의 절강성 소흥시紹興市)을 떠나 진강
   통판鎭江通判으로 와 있는 것을 말한다.

【해설】

한원길은 융흥隆興 2년(1164) 윤11월, 진강鎭江에 있는 모친을 뵈러 왔다가 당시 진강
통판鎭江通判으로 와 있던 육유를 만나 잠시 함께 지냈다. 이 사는 이듬해인 건도乾道
원년(1165) 1월, 한원길이 고공랑징考功郞徵으로 임명되어 조정으로 떠날 때 그와 헤어지
며 쓴 것으로, 석별의 아쉬움과 함께 홀로 남을 자신의 외로움을 나타내고 있다. 제목으
로 보아 이 사는 한원길의 사에 화답하여 지어진 것으로 여겨지는데, 한원길의 원래의
사는 지금 전하지 않는다.

상편에서는 친구와의 이별을 앞두고 술을 마시는 것조차 흥이 나지 않음을 말하며
피리 소리 들려오는 석양의 경관으로 이별의 서글픔을 나타내고 있다. 하편에서는 친구
와의 이별로 인해 또 하나의 시름이 생겨났음을 말하며 다시금 홀로 타향 땅에 남게
된 자신의 외로움을 두려움의 심정으로 토로하고 있다.

만강홍

높다란 성벽 위 붉은 난간,
올라와 바라보니 온 강이 가을 색이네.
사람은 길 떠나는 기러기와 사직에 날아드는 제비처럼
몇 번이고 가벼이 이별한다네.
이별을 아쉬워하며 헤어지던 때의 말을 잊기도 어렵건만
서글프도다, 또 다시 타향의 나그네가 되어 버렸네.
묻나니, 귓가에 얼마나 많은 흰 실이 있는가?
참으로 베라도 짤 수 있겠구나.

버드나무 늘어진 정원과
그네 타던 거리.
수많은 일들이
헛되이 내던져져 버렸네.
지금은 어디에 있나
꿈속 영혼으로도 찾기 어렵네.
오리 향로는 아직 식지 않고 향은 아득히 피어오르는데
비단 이불 막 펼 때 마음은 쓸쓸하기만 하리.
생각건대 붉은 눈물이 가을 장맛비에 짝하여
촛불 앞에서 방울져 떨어지겠지.

萬江紅

危堞朱欄,[1] 登覽處一江秋色.[2] 人正似征鴻社燕,[3] 幾番輕別. 繾綣難忘
當日語,[4] 凄涼又作他鄉客.[5] 問鬢邊都有幾多絲,[6] 眞堪織.[7]
楊柳院, 秋千陌. 無限事,[8] 成虛擲.[9] 如今何處也, 夢魂難覓. 金鴨微溫香
縹緲,[10] 錦茵初殿情蕭瑟.[11] 料也應紅淚伴秋霖,[12] 燭前滴.

【주석】

1) 危堞(위첩) : 높다란 성벽 위의 담장. '첩堞'은 성벽 위에 덧대어 올린 나지막한 담을
   가리킨다.

2) 登覽(등람) : 높은 곳에 올라 내려다 보다.

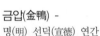

금압(金鴨) –
명(明) 선덕(宣德) 연간

3) 征鴻社燕(정홍사연) : 가을에 남으로 날아가는 기러기와 봄에
   날아오는 제비. 제비는 춘사일春社日에 왔다가 추사일秋社日에
   날아가므로 '사연社燕'이라 부른다.

4) 繾綣(견권) : 서로 정이 깊어 차마 헤어지지 못하는 모양.
   當日語(당일어) : 헤어지던 때의 말.

5) 他鄉客(타향객) : 타향 땅의 나그네. 진강통판鎭江通判으로 있
   다 다시 융흥통판隆興通判으로 옮기게 된 것을 가리킨다.

6) 絲(사) : 흰 명주실. 여기서는 흰 머리카락을 의미한다.

7) 織(직) : 베를 짜다. 귀 밑에 난 흰머리가 베를 짤 수 있을
   정도로 많다는 뜻이다.
   가도賈島〈객희客喜〉시에 "귓가에 비록 흰머리 있으나 겨울옷
   을 짤 수 없네.(鬢邊雖有絲, 不堪織寒衣)"라 한 구가 있다.

8) 無限事(무한사) : 무한히 많은 일. 진강에서의 많은 추억을
   의미한다.

9) 成虛擲(성허척) : 헛되이 내던져지다. 이미 지난 일이 되어버

            렸음을 말한다.
  10) 金鴨(금압) : 오리 모양의 화로
  11) 錦茵(금인) : 비단 이부자리.
  12) 料也(료야) : 생각해보다, 헤아려보다.
        秋霖(추림) : 가을 장맛비.

【해설】

  이 사는 건도 원년(1165) 7월 진강통판鎭江通判으로 있다 융흥통판隆興通判으로 옮겨가
며 진강에 남아 있는 사람에게 증별한 것이다. 사에서는 이별에 대한 아쉬움과 또 다시
시작되는 타향생활의 서글픔을 말하고 남아 있는 사람에 대한 그리움을 나타내고 있다.
오리 향로와 비단 이불이 등장하는 하편의 내용으로 보아 그 증별의 대상이 혹 여인이
아니었을까 추측되지만 확언할 수는 없다.

  상편에서는 진강의 성벽에 올라 가을의 경관을 바라보며 가을 기러기와 봄 제비처럼
잦은 이별을 해야만 하는 인간의 숙명을 떠올리고, 다시금 시작되는 타향생활로 인해
깊은 시름에 잠겨드는 모습이 나타나 있다. 하편에서는 진강에서의 기억과 수많은 추억
들이 이미 지난 일이 되어버렸음을 말하고, 헤어져 진강에 남아 있는 사람이 자신에
대한 그리움으로 가을비 속에 밤새 눈물짓고 있을 모습을 상상하고 있다.

낭도사 · 단양 부옥정의 이별자리에서 쓰다

우거진 나무에 장정은 어둑한데
몇 번이고 이별의 술잔 쥐네.
〈양관곡〉은 항상 한스러워 끝내 들을 수가 없거늘.
하물며 오늘 아침 가을 빛 속에
몸은 길 떠나는 나그네 신세임에랴.

맑은 눈물은 비단 수건 적시고
각자 깊은 슬픔에 잠겨 있건만
강 가득한 이별의 회한은 서로 똑같이 나눈 듯.
어찌하면 천 장의 가로놓인 쇠사슬을 얻어
안개 자욱한 나루를 막을 수 있을지.

진강(鎭江) 학은부옥정(鶴隱浮玉亭)

浪淘沙 · 丹陽浮玉亭席上作1

綠樹暗長亭2, 幾把離尊.3 陽關常
恨不堪聞.4 何況今朝秋色裏,5 身
是行人.
清淚浥羅巾,6 各自消魂,7 一江離
恨恰平分.8 安得千尋橫鐵鎖,9 截
斷煙津.

【주석】

1) 丹陽(단양) : 진강鎭江의 옛 이름.

   浮玉亭(부옥정) : 정자 이름. 초산焦山 기슭의 장강長江 가에 있다.

2) 綠樹暗(녹수암) : 무성한 나무 그늘에 가리어 어둑하다.

   長亭(장정) : 길 가에 10리마다 세워진 정자나 역참. 객을 전송할 때 전별연을 베풀거나 여행 중 휴식을 취하는 곳으로, 여기서는 부옥정浮玉亭을 가리킨다.

3) 幾把(기파) : 몇 번이고 부여 쥐다. 이별을 아쉬워하며 쉽게 헤어지지 못하는 상황을 말한다.

4) 陽關(양관) : 곡조 이름. 〈양관곡陽關曲〉을 가리킨다. 정조가 슬프고 애상하다.

5) 何況(하황) : 하물며.

6) 浥(읍) : 적시다.

   羅巾(나건) : 비단 수건

7) 消魂(소혼) : 혼을 녹이다. 깊은 슬픔을 의미한다.

8) 恰平分(흡평분) : 마치 고루 나눈 것 같다. 앞 구의 '각자 깊은 슬픔에 잠긴다各自消魂'와 연결시켜 떠나는 이와 남아 있는 이 모두에게 같은 양의 슬픔이 있음을 말한 것이다.

9) 尋(심) : 길이의 단위. 7척尺 또는 8척에 해당하며 '장丈'과 통한다. 본래 '심尋'은 넓이의 단위이고 '인仞'은 깊이의 단위로서, 두 팔을 좌우와 상하로 뻗었을 때의 길이에 해당되어 1척尺의 차이가 있었으나, 후에는 이를 혼용하여 사용하였다.

   鐵鎖(철쇄) : 철로 만든 사슬.

   진晉 무제武帝 함녕咸寧 5년(279)에 대장 왕준王濬이 배를 건조하고 수군을 훈련시켜 사천四川에서 출발하여 장강을 따라 동으로 내려가 오吳를 정벌하였는데, 오의 도성인 건업建業에 이르자 당시 오나라 사람들이 쇠사슬을 만들어 강을 가로막아 이를 저지하자는 계책을 올렸으나 실현되지 못했다. ≪진서晉書·왕준전王濬傳≫

【해설】

이 사는 건도乾道 원년(1165) 7월 융흥통판隆興通判으로 부임하며 진강鎭江을 떠나는 이별의 자리에 쓴 것으로, 이별의 슬픔과 차마 떠나기 싫은 아쉬움을 나타내고 있다.

상편에서는 부옥정에서의 전별연의 모습과 이별의 상황을 말하고 있는데, 무성한 나무에 가려 어두운 부옥정으로 자신의 어둡고 찹찹한 심경을 비유하고 끊임없이 이어지는 술잔과 구슬픈 양관곡의 곡조로 이별의 아쉬움과 서글픔을 나타내고 있다. 하편에서는 떠나는 자신이나 보내는 친구들이나 모두가 똑같이 깊은 슬픔에 잠겨 있음을 말하고, 안개 자욱한 나루로 자신의 심정을 비유하며 왕준王濬의 고사를 차용하여 천 장이나 되는 쇠사슬로 떠나갈 길을 막아 오래도록 이곳에 머물고 싶은 바람을 나타내고 있다.

정풍파 · 진현의 길 위에서 매화를 보고 왕백수에게 주다

....

모자 기울여 쓰고 채찍 늘어뜨린 채 손님 보내고 돌아오나니
작은 다리 아래, 흐르는 물에 매화가지 하나.
쇠하고 병들어 봄이 된 것도 기억하지 못했네.
누가 말하기라도 한 건가?
그윽한 향기가 외려 알고 사람을 좇아오네.

어찌하면 한가로워져 자주 술자리 벌이고
손 끌어
그대와 함께 활짝 핀 꽃 감상할 수 있을까.
젊었을 적 서로 따르다 이제는 귀밑머리 희끗하네.
무엇 때문인가?
흐르는 세월, 나그네의 한이 서로 재촉해서라네.

....

定風波 · 進賢道上見梅贈王伯壽1

欹帽垂鞭送客回,2 小橋流水一枝梅. 衰病逢春都不記. 誰謂,3 幽香却解
逐人來.4
安得身閑頻置酒,5 攜手,6 與君看到十分開.7 少壯相從今雪鬢.8 因甚,9
流年羈恨兩相催.10

【주석】

1) 進賢(진현) : 지명. 지금의 강서성 진현현進賢縣.

   王伯壽(왕백수) : 누구인지 알 수 없다.

2) 欹帽(의모) : 모자를 약간 기울게 쓰다. 여유롭고 느긋한 모습을 의미한다.
   ≪주서周書·독고신전獨孤信傳≫에 "독고신이 진주에 있을 때, 일찍이 사냥을 나갔다가
   날이 저물어 말을 달려 성으로 들어왔는데 그 모자가 약간 기울어졌다. 다음날 아침,
   관리와 백성들 중 모자가 있는 이들은 모두가 독고신을 흠모하여 모자를 기울여 썼다.
   (信在秦州, 嘗因獵日暮馳入城, 其帽微側. 詰旦而吏民有戴帽者, 咸慕信而側帽焉)"라
   한 것에서 유래한 것으로, 여기서는 손님을 보낸 후의 여유로운 심적 상태를 의미한다.

   垂鞭(수편) : 채찍을 늘어뜨리다. 말을 타고 천천히 느긋하게 오는 모습을 의미한다.

3) 誰謂(수위) : 누가 말했던가? 생각지도 못했음을 말한다.

4) 幽香(유향) : 그윽한 향기, 여기서는 매화의 향기를 가리킨다.

   却解(각해) : 오히려 이해하다. 봄이 온 것도 모른 시인의 마음을 매화가 알아챈 것을
   말한다.

5) 頻(빈) : 자주.

6) 攜手(휴수) : 손을 끌다, 친한 이들과 교유하는 것을 의미한다.

7) 十分開(십분개) : 활짝 피어 있다. '십분十分'은 '최고', '한창'의 뜻. 여기서는 매화의
   꽃이 한창인 것을 가리킨다.

8) 少壯(소장) : 젊은 시절.

9) 因甚(인심) : 무엇 때문인가? 함께 흰머리로 늙어버린 이유를 물은 것이다.

10) 羈恨(기한) : 나그네의 슬픔.

   催(최) : 재촉하다.

【해설】

이 사는 건도乾道 원년(1165) 겨울, 융흥통판隆興通判으로 부임한 초기에 공무로 손님을
전송하고 돌아오다 진현을 지나며 쓴 것으로, 타향에서의 바쁜 공무생활에 대한 회한과

친구에 대한 그리움이 나타나 있다.

상편에서는 손님을 보내고 난 후 편안하고 여유로운 심정으로 돌아오는 모습과 돌아오는 길에 물 위에 떠가는 매화 가지를 발견하고 바쁜 공무로 인해 봄이 온 것도 깨닫지 못한 자신의 삶을 안타까워하는 모습이 나타나 있다. 하편에서는 왕백수와 함께 봄을 감상하고 즐기고 싶은 바람을 나타내고 이제는 함께 늙어 타향살이 하는 처지까지 똑같은 자신들의 신세를 한스러워하고 있다

연수곰

....

비 그친 서산에 저녁 빛은 환하고
고요히 사람도 없는데
깊은 꿈에서 놀라 깨어나네.
떠나겠다는 말 오래이더니
이제 정말로 가신단 말입니까?

눈썹 그릴 마음은 이미 없고
텅 빈 작은 누각에 수놓은 병풍은 비스듬히 가려 놓았네.
그대 하루빨리 마음 바로 잡으시기를,
그대의 두 살쩍머리 별처럼 빛나기 전에.

....

戀繡衾

雨斷西山晚照明, 悄無人,[1] 幽夢自驚. 說道去、多時也,[2] 到如今、眞個
是行.[3]
遠山已無心畫,[4] 小樓空、斜掩繡屛.[5] 你嚛早、收心呵,[6] 趁劉郎、雙鬢
未星.[7]

【주석】

1) 悄(초) : 고요하다

2) 說道(설도) : 말하다. 구어투의 표현이다.

　　多時(다시) : 오랜 시간.

3) 眞個是行(진개시행) : 정말로 가다. 구어투의 표현이다.

4) 遠山(원산) : 여인의 눈썹을 비유한다. 먹으로 먼 산 모양의 눈썹을 그리는 것을 말한다.

5) 斜掩綉屏(사엄수병) : 수놓은 병풍을 옆으로 비스듬히 하여 가려 버리다.

6) 嚛(호) : 어기사.

　　收心(수심) : 마음을 거두다. 마음을 바로 잡고 다시 돌아오는 것을 말한다.

7) 劉郎(유랑) : 사랑하는 남자.

　　≪태평광기太平廣記≫ 권61에 인용된 ≪선선기神仙記≫에 따르면 동한東漢 때 유신劉晨
　　과 완조阮肇가 천태산天台山에 약을 캐러 갔다가 두 명의 선녀를 만났다. 선녀는 이
　　둘을 집으로 초대하여 참깨밥을 대접하였으며 서로 부부의 연을 맺었다. 반년 쯤 후에
　　집으로 돌아오니 자손들은 이미 한 세대가 지난 후였다. 후에 다시 천태산으로 돌아가
　　선녀를 찾았지만 흔적을 찾을 수 없었다. 후에는 '유랑'으로 사랑하는 남자를 가리키게
　　되었다.

　　星(성) : 별빛으로 빛나다. 머리가 하얗게 쇠는 것을 의미한다.

【해설】

　이 사는 42세 때인 건도乾道 2년(1166) 융흥통판隆興通判으로 있던 남창南昌을 떠나며
쓴 것으로, 떠남을 만류하는 여인의 말을 빌어 이별의 아쉬움을 나타내고 있다.

　상편에서는 인적 없는 고요한 황혼녘의 정경으로 님을 떠나보내는 여인의 쓸쓸한
심경을 담아내고, 비록 오래전부터 떠나보낼 마음의 준비는 하고 있었건만 이제는 현실
로 마주하게 된 이별의 상황을 차마 받아들이지 못하고 반문하는 여인의 아픔이 나타나
있다. 하편에서는 눈썹 그려 예쁘게 단장하고 싶은 마음도 없이 화려한 병풍을 텅 빈
방 한구석에 치워버리는 모습으로 이별을 마주한 여인의 침울하고 무기력한 심경을
말하고, 더 늦기 전에 떠나려는 생각을 거두어 달라는 말로써 님을 붙잡아 두고 싶은
간절함을 나타내고 있다.

당대여성 눈썹양식

자고천

....

푸른 연기에 저녁놀 비치는 곳에 집 짓고 살며
조금의 세상사에도 상관하지 아니 하네.
옥해주 다 마시고선 대나무 헤치며 거닐고
≪황정경≫ 다 읽고선 드러누워 산을 보네.

휘파람 불고 거리낌 없이 사는 것을 탐하며
늙고 쇠약해 지는 것 내버려 두나니
처지 따라 얼굴 한 번 펴는 것도 무방하리.
조물주의 마음이 우리와 다름을 원래부터 알았나니,
늙도록 영웅을 내버려 두기를 예사롭게 하는구나.

....

鷓鴣天

家住蒼煙落照間, 絲毫塵事不相關.[1] 斟殘玉瀣行穿竹,[2] 卷罷黃庭臥看山.[3]
貪嘯傲,[4] 任衰殘.[5] 不妨隨處一開顏.[6] 元知造物心腸別,[7] 老却英雄似等閑.[8]

【주석】

  1) 塵事(진사) : 속세의 일, 세상사.

  2) 斟殘(짐잔) : 술을 따라 다 마시다.

    玉瀣(옥해) : 술 이름. 향과 맛이 좋은 술.

  3) 卷罷(권파) : 둘둘 말다. 책을 다 읽었음을 뜻한다.

    黃庭(황정) : ≪황정경黃庭經≫. 도가道家의 경전으로, 주로 양생술養生術과 관련한 내용
    이 실려 있다.

  4) 嘯傲(소오) : 휘파람 불고 오만하게 살다. 구속됨이 없이 사는 것을 의미한다.

  5) 衰殘(쇠잔) : 늙고 쇠약해지다.

  6) 不妨(불방) : 무방하다. 거리낄 것이 없다.

  7) 元(원) : 본래.

    造物(조물) : 조물주.

    心腸別(심장별) : 마음과 생각이 다르다.

  8) 却(각) : 물리치다, 내버려두다.

    等閑(등한) : 예사롭게 여기다. 아무렇지 않게 생각하다. 영웅을 내버려 두어 능력을
    펼칠 기회를 주지 않는 것을 말한다.

【해설】

    장준張浚의 북벌이 실패한 후 진강통판鎭江通判으로 좌천되었다가 다시 융흥통판隆興
通判으로 옮겼던 육유는 42세 때인 건도乾道 2년(1166) '대간과 결탁하여 시비를 따지고
장준의 용병을 역설했다(交結臺諫, 鼓唱是非, 力說張浚用兵)'는 죄명으로 탄핵되어 고향
인 산음으로 돌아온다. 이후 46세 때인 건도乾道 6년(1170) 기주통판夔州通判으로 임명되
어 촉蜀 지역으로 나갈 때까지 4년을 삼산三山에서 머물게 되는데, 이 사는 이 시기에
쓴 것으로 여겨진다. 사에서는 세상사에 초연한 채 전원에서 유유자적한 삶을 살고
있는 모습을 말하면서도 여전히 공업의 달성과 이상의 실현에 대한 미련을 버리지
못하고 있는 시인의 안타까움이 나타나 있다.

상편에서는 저물녘 연기가 피어오르는 한가로운 전원 마을에 기거하며 세속에 대한 일체의 욕망에서 벗어나 술과 자연, 양생의 책을 벗 삼아 살고 있는 시인의 모습이 나타나 있다. 하편에서는 이러한 생활을 통해 얻어진 인생에 대한 달관되고 초탈한 태도를 말하고 있으나, 마지막 두 구에서 야속한 명운과 회재불우懷才不遇한 영웅에 대해 탄식하고 있다. 결국 앞서 그가 보인 달관의 태도는 그 자신이 진정으로 추구했던 것이 아니었으며, 현실의 좌절과 절망에서 어쩔 수 없이 취하게 된 자기 위안에 불과한 것이었음을 알 수 있다.

자고천

....

세속에 발 딛고 사는 것도 이미 바보 같은 짓이었거늘
게다가 평지에서 푸른 하늘로 날아오르길 바랐었네.
요즈음엔 또 다른 삶이 있나니
안개 덮인 물결 다 사버리는 데에 돈조차 필요 없네.

시장에서 술 사고
배에서 마름 따며
취하여 비바람 소리 들으며 도롱이 덮고 잠을 자네.
삼산의 늙은이 정말 우스우니
세상일 깨닫는데 40년을 늦었다네.

....

鷓鴣天

挿脚紅塵已是顚,[1] 更求平地上靑天. 新來有箇生涯別,[2] 買斷煙波不用
錢.[3]

沽酒市, 採菱船, 醉聽風雨擁蓑眠. 三山老子眞堪笑,[4] 見事遲來四十年.[5]

【주석】
　1) 挿脚(삽각) : 발을 딛다.
　　顚(전) : 바보, 미치광이. '전癲'과 같다.

2) 新來(신래) : 최근.

3) 買斷(매단) : 다 사 버리다.

   煙波(연파) : 안개가 자욱한 파도. 여기서는 산음의 경호鏡湖를 가리킨다.

4) 三山老子(삼산노자) : 삼산에 은거하여 사는 늙은이. 삼산三山은 육유가 융흥통판隆興通
   判에서 면직되어 돌아와 은거한 곳으로, 산음의 남쪽 경호 가에 있다.

5) 見事(견사) : 세상일의 이치를 알다, 사리를 깨닫다.

【해설】

이 사는 42세 때인 건도乾道 2년(1166)에서 46세 때인 건도 6년(1170) 사이 융흥통판隆
興通判에서 면직되어 돌아와 고향인 산음의 삼산三山에서 머물 때 쓴 것으로 여겨진다.
사에서는 고향으로 돌아와 자연 속에 묻혀 사는 유유자적한 심정을 말하고, 공명을
추구했던 이전의 삶에 대한 회의와 새로이 시작된 자연에서의 삶에 대한 만족감이
나타나 있다.

상편에서는 지금까지 공명을 추구하며 살았던 자신의 삶을 바보 같은 삶으로 치부하
며 아무런 대가도 필요도 없이 아름다운 자연을 온전히 즐길 수 있는 고향에서의 새로운
삶에 만족하고 있다. 하편에서는 시장에서 술을 사고 배 위에서 마름을 따며 취하여
아무 곳에서나 잠드는 모습을 통해 고향에서의 자유롭고 편안한 일상을 말하고 세속에
서 허송세월만 하다 일찍 돌아오지 못한 것을 후회하고 있다.

자고천

....

청문에서 오이 심는 법 배우는 것도 흥이 없고
다만 낚시나 하며 세월을 보낸다네.
쌍쌍이 새로 찾아든 제비 봄 언덕을 날아가고
점점이 가벼운 갈매기 저녁 모래톱에 내려앉네.

노랫소리는 아득하고
노 소리는 삐걱삐걱
술은 맑은 이슬 같고 생선젓 안주는 붉은 꽃 같네.
사람 만나 내 어디로 가는지 물으면
웃으며 배 가리켜 여기가 내 집이라 답한다네.

....

鷓鴣天

懶向靑門學種瓜,[1] 只將漁釣送年華.[2] 雙雙新燕飛春岸, 片片輕鷗落晚沙.
歌縹渺,[3] 櫓嘔啞,[4] 酒如淸露鮓如花.[5] 逢人問道歸何處, 笑指船兒此是家.

【주석】

1) 懶(라) : 게으르다, 귀찮다. 별다른 흥이나 의욕이 없음을 말한다.
   靑門(청문) : 한漢나라 장안성長安城 동남쪽의 문. 진秦나라 때 동릉후東陵侯를 지냈던
   소평邵平은 진나라가 멸망한 뒤에는 평민의 신분으로 전락하여 장안성長安城 청문 밖에

　서 오이를 키우며 살았는데 이 오이가 맛이 좋아서 '동릉과東陵瓜' 또는 '청문과靑門瓜'라
　불렸다 한다.

2) 年華(연화) : 좋은 때, 화려한 시절.

3) 縹渺(표묘) : 멀고 아득한 모양.

4) 嘔啞(구아) : 의성어. 노 젓는 소리.

5) 鮓(자) : 생선젓. 붉은 누룩과 소금으로 절인 생선.

【해설】

　이 사는 건도乾道 2년(1166)에서 6년(1170) 사이 산음의 삼산三山에서 머물 때 쓴 것으
로 여겨지며, 봄날의 고즈넉한 정경과 농사짓고 고기 잡는 전원생활의 모습이 나타나
있다.

　상편에서는 장안長安의 청문靑門 밖에서 은거하며 오이를 심고 살았던 소평邵平의 고
사를 인용하며 농촌에 한거하고 있는 자신의 모습을 나타내고 있다. 하편에서는 배에서
낚시하며 잡아 올린 물고기로 술안주를 삼는 모습과 이웃 사람들과 더불어 정담을
나누는 모습이 나타나 있다. 작품 전체적으로 여유롭고 안락한 느낌이 나타나 있기는
하지만, 상편에서 사용된 '흥이 없다懶', '다만只', '좋은 시절을 보낸다送年華'라는
용어들을 통해 또한 온전히 전원생활 속에 빠져들지 못하고 있는 작자의 심정을 느낄
수 있다.

채상자

....

삼산 산 아래의 한가로운 거사
두건과 신발 소박하다네.
약간 취해 한가로이 잠드니
바람이 날리는 꽃잎 끌어다 낚싯배에 떨구네.

....

采桑子

三山山下閑居士,¹ 巾履蕭然.² 小醉閑眠. 風引飛花落釣船.

【주석】

1) 三山(삼산) : 산음山陰의 남쪽 경호鏡湖 가에 있다.
2) 蕭然(소연) : 소박하고 단출한 모양.

【해설】

이 사 또한 앞의 세 작품과 마찬가지로 건도乾道 2년(1166)에서 6년(1170) 사이 산음의 삼산三山에서 머물 때 쓴 것으로 여겨진다. 이 사는 본집에는 수록되어 있지 않으며 송宋 진곡陳鵠의 《서당집西塘集·기구속문耆舊續聞》 권10에 이 네 구만 수록되어 있다.

사에서는 삼산 아래에서 사는 자신을 세상과 절연하고 사는 '거사居士'라 칭하며 소박하고 단출한 차림으로 편안하게 술 마시며 한가로이 잠드는 모습이 나타나 있다. 그동안

의 관직생활에서의 구속과 번잡함에서 벗어나 자연 속에서 자유롭고 편안한 생활을
누리고 있는 시인의 여유가 느껴진다.

대성악

....

번개가 치고 우레가 울림에
덧없는 인생 스스로 한탄하니
사십 이년 세월이로다.
지난 일 생각해보니
허무하기가 꿈과 같고
슬프고 기뻤던 모든 일들
연기처럼 모였다가 흩어지네.
고통의 바다는 끝이 없고
애욕의 강은 바닥이 없나니
물결 위를 떠돌다 순간 온갖 곳 물이 새는 배가 되었네.
누가 알리?
무상의 불꽃 속으로 들어가
쇠를 단련하여 자신을 굳건하게 해야 하는 것을.

찰나의 시간에 머리는 하얗게 쇠나니
육신을 잘 추슬러 자연으로 돌아가리.
어찌 세상에 마음을 두어
토지 구하고 집 장만하며
살아 반드시 환달하고
죽어 이름을 남기려 하리?
장수하거나 요절하거나 막히거나 통하는 것
옳거나 그르거나 영예롭거나 욕된 것,
이것들은 모두가 하늘에서 유래하는 것이라네.

지금부터 떠나가
동서남북 가는 대로 맡기고
날아오르는 신선이 되고자 하네.
....

大聖樂

電轉雷驚,¹ 自歎浮生, 四十二年. 試思量往事, 虛無似夢, 悲歡萬狀, 合散如煙. 苦海無邊,² 愛河無底,³ 流浪看成百漏船.⁴ 何人解, 向無常火里,⁵ 鐵打身堅.⁶

須臾便是華顚.⁷ 好收拾形體歸自然. 又何須着意,⁸ 求田問舍,⁹ 生須宦達, 死要名傳. 壽夭窮通,¹⁰ 是非榮辱, 此事由來都在天. 從今去, 任東西南北, 作個飛仙.

【주석】

1) 電轉雷驚(전전뢰경) : 번개가 치고 우레가 울리다. 시간이 빨리 지나는 것을 비유한다.

2) 苦海(고해) : 고통의 바다. 불교 용어로 인간 세상의 번뇌와 고통을 의미한다.
≪법화경法華經 · 수량품壽量品≫에 "내가 여러 중생을 보니 고통의 바다에 빠져 있다.(我見諸衆生, 沒在於苦海)"라는 말이 있다.

3) 愛河(애하) : 애욕의 강. 불교 용어로 인간의 정욕을 의미한다.
≪능엄경楞嚴經≫ 권4에 "애욕의 강이 말라 너를 해탈하게 하였다.(愛河乾枯, 令汝解脫)"라는 말이 있다.

4) 看成(간성) : 순식간에, 매우 빨리.
百漏船(백루선) : 여러 곳에 물이 새어 금방이라도 가라앉을 듯한 배. 위태로운 인생을 의미한다.

5) 無常火(무상화) : 순간에 사라지는 불꽃. 덧없이 사라지는 짧은 인생을 의미한다.

6) 鐵打(철타) : 쇠를 단련하다.

7) 須臾(수유) : 짧은 순간.

   華顚(화전) : 하얗게 쇤 머리.

8) 着意(착의) : 마음을 두다. 세상일에 연연해하는 것을 가리킨다.

9) 求田問舍(구전문사) : 토지를 추구하고 집을 묻다. 재산을 증식하여 사욕을 채우는
   것을 의미한다.
   ≪위지魏志·진등전陳登傳≫에서 유래한 말이다. 호남의 고사高士인 진등이 사리사욕을
   추구하는 허사許汜를 무시하니 허사가 이를 유비劉備에게 고자질하였다. 유비는 오히려
   허사를 책망하며 "그대에게는 나라의 뛰어난 인물이라는 이름이 있는데 지금 천하는
   크게 어지럽고 제왕은 있을 곳을 잃었으니, 그대에게 나라를 걱정하고 집안을 잊으며
   세상을 구할 뜻이 있기를 바란다오. 하지만 그대는 토지를 추구하고 집이나 묻고 있어
   말에 취할 것이 없소. 이는 원룡(진등)이 꺼리는 것이니 무슨 이유로 그대와 말을
   하겠소?(君有國士之名, 今天下大亂, 帝王失所, 望君憂國忘家, 有救世之意, 而君求田
   問舍, 言無可采, 是元龍所諱也, 何緣當與君語)"라 하였다.

10) 壽夭(수요) : 오래 살고 일찍 죽는 것.

【해설】

　42세 때인 건도乾道 2년(1166) 산음山陰의 삼산三山에 은거할 때 쓴 것으로, 불가와
도가사상을 바탕으로 인생무상의 감회와 신선 세상의 추구를 나타내고 있다. 이 사는
본집에는 수록되어 있지 않으며 명대 왕가옥王珂玉이 편집한 서화저록집인 ≪산호망珊瑚
网≫의 〈법서제발法書題跋〉 권7에 수록되어 있다.

　상편에서는 아무런 성취도 없이 덧없이 흘러버린 지난 세월을 회상하며 인생의 허무
함을 말하고, 번뇌와 애욕에서 벗어나지 못하는 인생에 고뇌하고 있다. 그러나 비록
무상의 인생이라 할지라도 자신에 대한 부단한 단련을 통해 강인하고 굳건한 심신

상태를 견지하고 있어야 함을 말하고 있다. 하편에서는 세상사에 대한 미련과 물욕을 버리고 자연에 귀의하여 신선이 되고자 하는 지향을 말하며, 인생의 득실과 성패는 하늘에 달려 있다는 말로 인간의 의지와 노력에 의한 인생의 성취를 부정하고 있다.

인생에 대한 시인의 이와 같은 생각과 태도는 당시 공업성취의 이상이 좌절된 것에 대한 반발에서 나온 것이라 할 수 있으니, 4년 후인 건도 6년(1170) 기주통판夔州通判으로 부임하면서부터는 적극적인 현실참여와 공명의식을 나타내게 된다.

만강홍 · 기주에서 왕백례 시어에게 매화 구경 모임을 열 것을 재촉하며

성긴 꽃 그윽한 향기에
늦겨울 깊어가는 시름 어찌할 수 없나니.
하물며 파동의 강 위로
초산은 겹겹이 쌓여 있음에랴.
모자 기울여 쓰고 한가로이 서쪽 양수 물가에서 찾고
채찍 늘어뜨리고 웃으며 남쪽 가지를 향해 말하네.
사군께서 학사원으로 돌아가면
아름다운 경관이 쓸쓸해질까 걱정되어서라고.

맑은 거울 속 흰머리를 슬퍼하나니
매화는 산 역참 밖 시내 다리 가에 피어 있네.
쓸쓸히 고개 돌려 바라보는 곳에
도성이 있는 듯하니.
지금처럼 초췌한 내 모습을 누가 알아주리?
매화 시들어 떨어지면 이미 색조차 없을 터인데.
음식 들고 놀러 갈 일을 묻나니, 언제 손님들을 부르실 건지?
그래도 꺾어 즐길 만은 하답니다.

萬江紅 · 夔州催王伯禮侍御尋梅之集1

疎蕊幽香,2 禁不過、晚寒愁絶.3 那更是、巴東江上,4 楚山千疊.5 欹帽

閑尋西瀼路.⁶ 軃鞭笑向南枝說.⁷ 恐使君、歸去上鑾坡,⁸ 孤風月.⁹
清鏡裏, 悲華髮.¹⁰ 山驛外, 溪橋側. 淒然回首處, 鳳凰城闕.¹¹ 顗頷如今
誰領略,¹² 飄零已是無顏色.¹³ 問行廚、何日喚賓僚,¹⁴ 猶堪折.¹⁵

【주석】

1) 夔州(기주) : 지금의 사천성 봉절현奉節縣. 당시 육유는 기주통판夔州通判으로 있었다.
   王伯禮(왕백례) : 왕백상王伯庠. 자는 백례伯禮이며 제남(濟南, 지금의 산동성 제남시濟南
   市) 사람이다. 소흥紹興 2년(1132)에 진사가 되었으며 건도乾道 연간에 기주지주夔州知州
   를 지냈다.
   侍御(시어) : 시어사侍御史. 어사대에 소속되어 죄인의 추국推鞫이나 관원의 탄핵彈劾
   등을 맡았다. 왕백상이 이전에 조정에서 어사御史를 지냈기 때문에 이와 같이 불렀다.
2) 疎蕊(소예) : 성기게 핀 꽃. 매화가 드문드문 피어 있는 것을 가리킨다.
3) 晚寒(만한) : 늦겨울.
4) 巴東(파동) : 기주夔州. 수대隋代에는 기주를 파동군巴東郡이라 칭하였다.
5) 楚山(초산) : 형산荊山. 지금의 호북성 서쪽에 있다.
6) 欹帽(의모) : 모자를 기울여 쓰다. 여유롭고 느긋한 모습을 의미한다. 앞의 〈정풍파定風
   波·모자 기울여 쓰고 채찍 늘어뜨린 채 손님 보내고 돌아오나니欹帽垂鞭送客回〉 주2)
   참조.
   西瀼(서양) : 양수瀼水의 서쪽. 기주夔州를 가리킨다.
   육유의 ≪입촉기入蜀記≫에 "(기주는) '양'의 서쪽에 있어 '양서'라 하기도 한다. 그 고장
   사람들은 산간에서 흐르는 물이 강으로 통하는 것을 '양'이라 한다.((夔州)在瀼之西,
   故一曰瀼西. 土人爲山間之流通江者曰瀼云)"라는 기록이 있다.
7) 軃鞭(타편): 채찍을 늘어뜨리다. 말을 타고 천천히 느긋하게 오는 모습을 의미한다.
8) 鑾坡(난파) : 학사원學士院.
   송宋 섭몽득葉夢得의 ≪석림연어石林燕語≫에 "한림학사를 '파'라 부르는데, 당 덕종 때
   일찍이 학사원을 금란파로 옮겼기 때문에 '난파'라 칭하기도 한다.(欲稱翰林學士爲坡,

蓋唐德宗時嘗移學士院于金鑾坡上, 故亦稱鑾坡)"라는 기록이 있다.

9) 孤風月(고풍월) : 외로운 풍경. 아름다운 경관을 보아주는 사람이 없음을 말한다.

10) 華髮(화발) : 흰머리.

11) 鳳凰城闕(봉황성궐) : 황제가 있는 도성.

12) 領略(영략) : 이해하다, 알아주다.

13) 飄零(표령) : 시들어 떨어지다.

14) 行廚(행주) : 먹을 것을 싸들고 놀러가다. 여행 중 취사를 할 수 있도록 만든 시설을 가리키기도 한다.

15) 猶堪折(유감절) : 그런대로 꺾을 만하다.

　　당唐 두추랑杜秋娘의 〈금루의金縷衣〉에 "꽃이 꺾을만하면 바로 반드시 꺾어야 하니, 꽃이 없을 때가 되어 헛되이 꽃을 꺾지는 말라.(有花堪折直須折, 莫待無花空折之)"라는 구절이 있다.

【해설】

　　건도乾道 5년(1169) 12월 6일 기주통판夔州通判으로 임명된 육유는 이듬해인 건도 6년(1170) 윤5월 18일 산음을 출발하여 그해 10월 27일에 기주에 도착하였는데, 이때의 여정은 그가 쓴 ≪입촉기入蜀記≫에 잘 나타나 있다. 당시 왕백상王伯庠이 기주지주夔州知州로 있었으며 처음 만났을 때 이들은 매화가 피면 함께 감상하자는 약속을 하게 된다. 이 사는 그해 겨울 매화가 피기 시작했을 때 왕백상에게 매화 구경하러 가기로 한 약속을 지킬 것을 재촉하며 쓴 것으로, 매화를 통해 타향에서의 객수와 왕백상에 대한 축원을 나타내고 있다.

　　상편에서는 성긴 꽃잎과 아련한 향기로 겨울의 끝자락에 이제 막 매화가 피어난 상황을 말하고 산이 겹겹이 펼쳐있는 기주의 지형으로 먼 타향에 떠나와 있는 자신의 처지를 말하며 나그네의 시름을 나타내고 있다. 이어 물가와 나무 사이로 매화를 찾아다니는 자신의 모습을 묘사하며 자신이 이렇게 서두르는 이유가 왕백상이 영전하여 조정으로 돌아가게 되면 아름다운 경관을 함께 할 수 없기 때문임을 말하고 있다. 하편에서는 흰머리의 자신과 산 역참 밖에 쓸쓸히 피어 있는 매화를 묘사하며 이제는 늙고 쇠해 알아줄 이 없는 자신과 보아주는 이 없이 시들어버릴 매화와 일치시키고, 도성 쪽을 바라보는 행동으로 자신과 매화의 간절함을 나타내고 있다. 마지막으로 왕백상에게 조속히 날을 잡아 매화 구경하러 갈 것을 청하며 그래도 꺾어 즐길 만은 하다는 말로 아직 시간이 늦지는 않았음을 말하고 있다.

감황은 · 왕백례의 입춘 생일에

·····················

봄 색이 인간 세상에 이르러
채색 비단 깃발 막 머리에 꽂나니
춘반의 가는 생채가 좋기만 하네.
생일이 오늘 같은 날은
선가에서만 있을 수 있나니.
눈서리가 귀밑머리 물들이도록 내버려 두지만
붉은 얼굴은 여전하다네.

따스한 조서가 막 도래하여
연영전에서 면대할 것을 재촉하니
중서성과 문하성에서 관직에 임명되는 것을 보게 되었네.
면대할 때 입을 옷은 몸에 꼭 맞고
둥근 꽃무늬 새 혁대는 옷에 딱 어울리네.
이제야 바로 갚을 수 있게 되었구려,
공명수립의 부채를!

·····················

感皇恩 · 伯禮立春日生日1

春色到人間, 綵幡初戴,2 正好春盤細生菜.3 一般日月,4 只有仙家偏耐.5
雪霜從點鬢,6 朱顏在.

溫詔鼎來,⁷ 延英催對,⁸ 鳳閣鸞臺看除拜.⁹ 對衣裁穩,¹⁰ 恰稱毯紋新帶.¹¹ 箇時方旋了,¹² 功名債.¹³

【주석】

1) 王伯禮(왕백례) : 왕백상王伯庠. 앞의 〈만강홍萬江紅·성긴 꽃 그윽한 향기에疏蕊幽香〉 주1) 참조.

2) 綵幡(채번) : 채색 비단으로 만든 작은 깃발. 옛 풍속에 입춘일이 되면 채색 비단으로 작은 깃발을 만들어 머리에 꽂거나 꽃나무 가지에 묶었는데, 이를 '춘번春幡' 또는 '춘승春勝', '번승幡勝'이라고 한다.

3) 春盤(춘반) : 입춘에 먹는 생채 음식. 옛 풍속에 입춘이면 새로운 것을 맞아들인다는 의미로 생채를 먹었는데, 우리의 구절판과 같이 여러 종류의 생채를 전병에 싸서 먹는다. 두보의 〈입춘立春〉 시에도 '봄날 춘반의 가는 생채(春日春盤細生菜)'라는 구가 있다.
細生菜(세생채) : 가늘게 자른 생채.

4) 一般(일반) : 이와 같은.
日月(일월) : 날짜. 여기서는 입춘일을 가리킨다.

5) 偏耐(편내) : 오로지 감당할 수 있다. 입춘일에 생일을 맞는 것은 선가仙家에서나 있을 수 있는 일임을 말한 것이다.

6) 從(종) : 내맡기다.

7) 溫詔(온조) : 따스한 은총이 담긴 조서.
鼎(정) : 막, 방금.

8) 延英(연영) : 연영전延英殿. 황제가 신하를 소대하여 정사를 묻는 곳으로, 여기서는 왕백상에 대한 황제의 은총이 각별함을 의미한다.

9) 鳳閣(봉각) : 중서성中書省의 별칭. 당唐

춘반(春盤)

예종睿宗 광택光宅 원년(684)에 중서성을 봉각으로 바꾸었다.

鸞臺(난대) : 문하성門下省의 별칭. 당唐 예종睿宗 수공垂拱 원년(685)에 문하성을 난대로 바꾸었다.

10) 對衣(대의) : 황제를 면대할 때 입는 옷. 송대에는 황제가 대신을 불러 만날 때 항상 옷과 말안장을 하사하였다.

裁穩(재온) : 몸에 맞게 재단하다.

11) 恰稱(흡칭) : 딱 맞아 떨어지다. 옷과 혁대가 짝을 이루어 잘 어울리는 것을 말한다.

毬紋新帶(구문신대) : 둥근 꽃문양이 장식된 새 혁대.

12) 箇時(개시) : 이 때.

旋(선) : 돌려주다. 갚다. '환還'의 뜻이다.

13) 功名債(공명채) : 공명수립의 부채. 공명을 이루고자 한 뜻을 마침내 이루게 되었음을 말한다.

【해설】

이 사는 46세 때인 건도乾道 6년(1170) 겨울 기주통판虁州通判으로 있을 때 쓴 것으로, 입춘일立春日에 생일을 맞은 기주지주虁州知州 왕백상王伯庠을 송수하고 그의 입조를 축하하며 기증한 것이다.

상편에서는 채색 깃발을 머리에 꼽고 가늘게 썬 생채를 먹는 모습으로 입춘의 풍습을 나타내고, 이날이 생일인 것은 선가에서나 있을 수 있는 특별한 일이라는 말로 왕백상의 생일을 축하하고 있다. 아울러 오래도록 젊음을 잃지 않는 그의 외모를 신선에 빗대어 칭송하고 있다. 하편에서는 그가 황제의 각별한 은총을 받아 조정으로 불려가 새로운 관직에 임명되게 되었음을 말하고, 몸에 맞고 잘 어울리는 관복으로 이와 같은 대우가 그에게 합당한 것임을 말하고 있다. 마지막 두 구에서는 그가 평소 꿈꾸었던 공명수립의 소망을 마침내 이루게 되었음을 말하며 그의 입조를 축하하고 있다.

맥신계 · 왕백례를 보내며

큰 수레 열 대로
촉 땅을 떠나네.
옛날 조정의 반열로 돌아가니
다시금 누구와 나란히 하늘을 날리.
구당협에 물은 떨어져
눈물의 파도는 깊어져만 가는데
길 재촉하는 연이은 북소리에
상아 돛대는 일어나니
쇠사슬로 장강을 막기도 어려워라.

봄 깊은 학사원에는
붉은 태양에 궁궐 바닥돌이 따뜻
하리.
어디에서 소식을 들을 것인가?
암연히 깊은 슬픔에 겹겹 성과 높은
전각을 떠도네.
인정이란 익숙한 것만 보고
잊는 것은 한스러워하지 않나니,
매화나무 늘어선 역참 밖
여뀌 자란 물가에서
다만 관직 임명 소식만 기다리네.

융거 - 진시황릉 출토

驀山溪 · 送伯禮1

元戎十乘,2 出次高唐館.3 歸去舊鵷行4, 更何人、齊飛霄漢.5 瞿唐水落,6 惟是淚波深, 催疊鼓,7 起牙檣,8 難鎖長江斷.9
春深鼇禁,10 紅日宮磚暖.11 何處望音塵, 暗消魂、層城飛觀.12 人情見慣, 不敢恨相忘, 梅驛外, 蓼灘邊,13 只待除書看.14

【주석】

1) 伯禮(백례) : 왕백상王伯庠. 앞의 〈만강홍萬江紅 · 성긴 꽃 그윽한 향기에疎蕊幽香〉 주1)
참조.

2) 元戎(원융) : 커다란 융거戎車.
十乘(십승) : 열 대의 수레. '승乘'은 네 마리의 말이 끄는 수레.

3) 高唐館(고당관) : 초회왕楚懷王이 노닐었다고 하는 전설상의 신선의 거처. 여기서는
기주夔州가 있는 촉蜀 지역을 가리킨다.

여뀌

4) 鵷行(원항) : 조정 관원의 반열.

5) 霄漢(소한) : 하늘을 흐르는 강. 하늘을 의
미한다.

6) 瞿唐(구당) : 구당협瞿唐峽. 장강삼협長江三
峽 중의 하나로, 기주 동쪽에 있다.

7) 疊鼓(첩고) : 여러 번 두드려 긴급함을 나
타내는 작은 북.

8) 牙檣(아장) : 상아로 장식한 돛대.

9) 鎖長江斷(쇄장강단) : 쇠사슬로 장강을 가
로막다. 앞의 〈낭도사浪淘沙 · 우거진 나무
에 장정은 어둑한데綠樹暗長亭〉 주9) 참조.

10) 鼇禁(오금) : '궁궐에 있는 오산鼇山'이라는 뜻으로, 학사원學士院을 가리킨다. '오산'은 전설상의 신선의 거처로, 송대에는 그 맑고 존귀함을 높여 이와 같이 불렀다.

11) 宮磚(궁전) : 궁궐 바닥에 깔린 벽돌.

12) 消魂(소혼) : 혼을 녹이다. 깊은 슬픔을 의미한다.
    層城飛觀(층성비관) : 겹겹으로 쌓인 성과 높이 솟아 있는 전각. 시인이 있는 기주를 가리킨다.

13) 蓼灘(요탄) : 여뀌가 자라 있는 여울.

14) 除書(제서) : 제배서除拜書. 이전의 관직에서 면직하고 새로운 관직에 임명하는 황제의 조서.

【해설】

이 사는 시인이 기주통판夔州通判으로 있을 때, 조정의 부름을 받아 도성으로 돌아가는 왕백상王伯庠을 전송하며 쓴 것이다. 앞의 〈감황은感皇恩・봄 색이 인간 세상에 이르러春色到人間〉에 따르면 당시 기주지주夔州知州로 있던 왕백상은 건도乾道 6년(1170) 겨울 입춘 무렵에 조정의 부름을 받았음을 알 수 있는데, 이듬해 8월 왕백상은 영가(永嘉, 지금의 절강성 온주시溫州市) 태수로 전임되었다. 따라서 이 사는 47세 때인 건도乾道 7년(1171) 초에 쓴 것으로 여겨진다.

상편에서는 화려한 의장으로 도성을 향해 떠나는 왕백례의 위용을 묘사하고 구당협에 가득한 이별의 눈물로 그를 차마 떠나보내지 못하는 자신의 안타까움을 나타내고 있다. 하편에서는 첫2구에서 그가 있을 궁궐의 모습을 상상하며 궁궐 벽돌에 내리는 따뜻한 햇살로 왕백상에 대한 황제의 은총을 나타내고, 다음 2구에서는 그에 대한 그리움에 시름으로 기주성을 떠도는 자신의 모습을 말하며 둘의 처지를 대비시키고 있다. 이어 먼 곳으로 떠나와 조정에서 잊혀 진 존재가 되어버린 자신의 신세를 말하고, 보아주는 이 없이 홀로 핀 매화와 인적 드문 물가에 쓸쓸히 자란 여뀌로 자신을 비유하며 자신에게도 황제의 부름이 당도하기를 갈망하고 있다.

목란화 · 입춘일에 쓰다

....

삼 년을 떠돈 파산 길,
푸른 관복은 다 해지고 모자엔 먼지만 가득하네.
신세는 서쪽 양수 나루터의 떠도는 구름과 같고
시름은 구당 관문 위의 무성한 풀과 같네.

춘반과 봄 술은 해마다 좋나니
비단 깃발 꼽아보곤 흠뻑 취해 쓰러지네.
오늘 아침에 모두가 한 살씩 더하였으니
인간 세상에서 나만 늙는 것은 아니라네.

....

木蘭花 · 立春日作

　　三年流落巴山道,¹ 破盡靑衫塵滿帽.² 身如西瀼渡頭雲,³ 愁抵瞿唐關上
草.⁴
　　春盤春酒年年好,⁵ 試戴銀幡判醉倒.⁶ 今朝一歲大家添, 不是人間偏我老.

【주석】
　1) 巴山(파산) : 대파산大巴山. 섬서陝西와 사천四川 일대에 걸쳐 있는 산맥으로, 여기서는
　　촉蜀 지역을 가리킨다.
　2) 靑衫(청삼) : 푸른 적삼. 낮은 지위의 문관이 입는 관복이다.

3) 西瀼(서양) : 양수瀼水의 서쪽. 양수는 기
주夔州 부근을 흐르는 강으로, 동쪽과 서
쪽으로 나누어 흐른다.

4) 瞿唐關(구당관) : 장강삼협長江三峽 중의
하나인 구당협瞿唐峽 북쪽의 관문.

5) 春盤(춘반) : 입춘에 먹는 생채 음식. 옛
풍속에 입춘이면 새로운 것을 맞아들인
다는 의미로 생채를 먹었는데 이를 '춘
반'이라고 한다.

6) 判(판) : 호쾌하게, 흠뻑.

銀幡(은번) : 은색으로 수놓은 작은 깃발.
옛 풍속에 입춘일이 되면 채색 비단으로
작은 깃발을 만들어 머리에 꽂거나 꽃나
무 가지에 묶었는데, 이를 '춘번春幡' 또는
'춘승春勝', '번승幡勝'이라고 한다. 맹원로
孟元老의 《동경몽화록東京夢華錄》에 따
르면, 입춘일이면 황제가 관원들에게 번
승幡勝을 하사하였는데 지위가 낮은 관
원은 비단으로 만든 것을, 지위가 높은
관원은 금은으로 만든 것을 하사하였다.

번승(幡勝)

【해설】

이 사는 47세 때인 건도乾道 7년(1171) 겨울 기주통판夔州通判으로 있을 때 쓴 것으로,
기주에서의 두 번째 입춘을 맞는 상반된 감회가 대비적으로 나타나고 있다.

상편에서는 공무로 바쁜 기주에서의 생활이 3년째를 맞이함을 말하고, 나루터를 떠도
는 구름과 관문의 무성한 풀로써 타향을 전전하는 자신의 신세와 공업의 실현 없이

헛되이 시간만 보내는 있는 안타까움을 비유하고 있다. 그러나 하편에서는 춘번을 꽂고 춘반과 춘주를 즐기며 흠뻑 취하는 모습으로 입춘을 맞은 즐거움을 나타내고, 자신만 나이 든 것이 아니라는 해학적인 말로써 스스로를 위안하고 있다.

임강선 · 과주를 떠나며 쓰다

....

비둘기 울어 내리는 비는 새로운 푸르름을 재촉하고,
제비와 진흙은 남은 꽃잎을 거두어버리네.
봄빛은 아름다운 사람과 같나니
서로 마음을 이야기하는 것은 헛되이 애틋하기만 하고
헤어지는 것은 오히려 급하기만 하네.

진실한 정은 써내기 쉽다는 것만 알았지
원망의 글은 빼어나기 어렵다는 것을 어찌 알았으리.
물은 흐르고 구름은 흩어져 각기 동서로 가는데
꽃 핀 정원의 달빛은 행랑에 반쯤 비치고
버드나무 다리의 바람은 모자에 가득하네.

....

臨江仙 · 離果州作1

鳩雨催成新綠,2 燕泥收盡殘紅.3 春光還與美人同, 論心空眷眷,4 分袂
却匆匆.5
只道眞情易寫,6 那知怨句難工7. 水流雲散各西東, 半廊花院月,8 一帽
柳橋風.9

행랑(行廊)

【주석】

1) 果州(과주) : 지금의 사천성 남충시南充市. 성도成都의 동쪽에 있다.

2) 鳩雨(구우) : 비둘기 울어 내리는 비. 속설에 비둘기가 울면 비가 오는 경우가 많아 이와 같이 불렀다.

3) 燕泥(연니) : 제비와 진흙.
   이 구는 제비가 꽃잎을 따서 날아가고 꽃잎이 떨어져 진흙이 묻는 것을 말한다.

4) 眷眷(권권) : 그리워 애틋한 모습.

5) 分袂(분메) : 이별하다. '메袂'는 소매를 뜻한다.

   匆匆(총총) : 바쁘게 가는 모양.

6) 只道(지도) : 다만 알다.

7) 怨句難工(원구난공) : 원망하는 구절은 빼어나기 어렵다.
   이상 두 구는 한유韓愈의 〈형담창화시서荊潭唱和詩序〉에서 "기쁘고 즐거운 말은 빼어나기 어렵고, 어렵고 힘든 말은 좋기가 쉽다.(歡愉之辭難工, 而窮苦之言易好也)"라 한 말을 바꾸어 표현한 것이다.

8) 廊(랑) : 주랑走廊, 행랑行廊. 지붕을 얹어 건물 사이를 연결한 복도.

9) 柳橋(유교) : 물가에 버드나무가 심어져 있는 다리.

【해설】

　기주통판으로 있던 육유는 48세 때인 건도乾道 8년(1172) 사천선무사四川宣撫使 왕염王炎의 부름을 받아 선무사사간판공사宣撫使司幹辦公事로 임명되며, 그해 정월 기주(夔州, 지금의 사천성 봉절현奉節縣)를 출발하여 만주萬州, 양산梁山, 인수隣水, 악지岳池, 과주果州, 낭중閬中, 광원廣元, 영강寧强 등지를 지나 3월에 그의 막부가 있는 남정(南鄭, 지금의 섬서성 한중시漢中市)에 도착한다. 이 사는 남정으로 가던 도중 2월에 과주果州를 지나며 쓴 것으로, 봄이 저물어 가는 경관을 묘사하며 떠나는 봄에 대한 아쉬움을 나타내고 있다.

상편에서는 비에 신록이 우거지고 남은 꽃잎마저 시들어 떨어지는 모습으로 봄이 떠나는 상황을 묘사하고, 봄을 사랑하는 사람에 비유하여 영원히 붙잡아 둘 수 없음을 아쉬워하고 있다. 하편에서는 봄을 떠나보내는 슬픈 감정을 말로 표현해내기가 어려움을 말하고, 동서로 나뉘어 가는 물과 구름으로 피할 수 없는 이별의 숙명을 나타내고 있다. 마지막 두 구에서는 행랑을 반쯤 비치는 화원의 달빛과 모자에 가득 불어오는 유교柳橋의 바람으로 채워지지 못한 봄의 아쉬움과 다시금 떠나야 하는 앞으로의 여정을 말하고 있다.

접련화 · 소익을 떠나며 쓰다

··························

밭두둑 위로 퉁소 소리 들리니 한식날이 가까이 왔고
비 지나간 정원 수풀에
향기롭고 촉촉한 꽃향기 피어오르네.
천 리의 석양은 종소리에 어둑해지려 하는데
높은 곳에 기대어 집안 소식 기다리네.

바다 끝과 하늘가를 모두 지나왔으니
삼십 년 세월에
회한 없는 곳이 없도다.
하늘이 정이 있다면 끝내 묻고 싶나니
어찌 차마 이 그리움의 귀밑머리를 서리에 물들게 하시는지?

··························

蝶戀花 · 離小益作1

陌上簫聲寒食近,2 雨過園林, 花氣浮芳潤.3 千里斜陽鐘欲暝, 憑高望斷
南樓信.4
海角天涯行略盡, 三十年間,5 無處無遺恨. 天若有情終欲問, 忍教霜點
相思鬢.6

【주석】

1) 小益(소익) : 익창현益昌縣. 지금의 사천성 광원시廣元市. 성도成都를 익주益州라 하였기 때문에 이에 대비하여 소익이라 불렀다.

2) 寒食(한식) : 24절기 중의 하나. 동지冬至가 지난 뒤 105일째 되는 날로, 주로 청명淸明과 같은 날이거나 다음날이 된다. 고대 중국에서는 청명절 이삼일 전부터 한식날까지 사흘간 화식火食을 금하고, 청명절에 버드나무와 느릅나무에 새로 불을 지펴 사용하였다.

3) 芳潤(방윤) : 향기롭고 촉촉하다.

4) 南樓(남루) : 남쪽 누각. 고향이나 그리운 사람이 있는 곳을 의미한다.

5) 三十年(삼십년) : 성년이 된 후부터 지금까지의 시간을 말한다.

6) 忍(인) : 차마 ~하다.

【해설】

이 사는 기주통판虁州通判으로 있다 48세 때인 건도乾道 8년(1172) 사천선무사四川宣撫使 왕염王炎의 선무사사간판공사宣撫使司幹辦公事로 임명되어 왕염의 막부가 있던 남정南鄭으로 가던 도중 소익小益을 지나며 쓴 것으로, 타지에서 한식날을 맞는 감회와 자신의 인생역정에 대한 회고가 나타나 있다.

상편에서는 퉁소 소리와 비 내린 정원으로 한식날의 정경과 풍광을 특징적으로 나타내며 황혼녘의 종소리에 고향에 대한 그리움이 더욱 깊어져 감을 말하고 있다. 하편에서는 성년이 된 이후부터 34세 때인 소흥 28년(1158) 복주영덕현주부福州寧德縣主簿로 관직생활을 시작하여 지금에 이르기까지, 바닷가에서 내륙 깊숙이까지 전전하였지만 아무런 공업도 이루지도 못한 채 그리움과 이별의 아픔만 가득했던 지난 30년간의 세월에 회한을 나타내고 있다. 마지막 두 구에서는 자신의 불우한 인생을 하늘에 호소하며 헛되이 지나는 세월을 안타까워하고 있다.

자고천 · 가맹역에서 쓰다

····················

파산을 다 보고 촉산을 보나니
두견새 우는 강 위로 지는 봄은 지나가네.
오래된 역에서 자는 것도 습관 되어 늘 편안히 베개 베고
〈양관곡〉 듣는 것도 익숙하여 슬프지가 않다네.

복식호흡도 게을리 하고
단약 만드는 것도 게을리 하건만
젊은 모습으로 인간 세상 즐기는데 아무런 문제없다네.
은밀히 전하는 신선 되는 비결 한 글자를
그대에게 말해주나니, 다만 '어리석음'일 따름이라네.

····················

鷓鴣天 · 葭萌驛作1

看盡巴山看蜀山,2 子規江上過春殘.3 慣眠古驛常安枕, 熟聽陽關不慘
顏.4
慵服氣,5 嬾燒丹.6 不妨靑鬢戲人間.7 祕傳一字神仙訣,8 說與君知只是
頑.9

【주석】
　1) 葭萌驛(가맹역) : 지금의 사천성 광원시廣元市 서남쪽 가릉강嘉陵江 가에 있다.

2) 巴山(파산) : 대파산大巴山. 섬서陝西와 사천四川 일대에 걸쳐 있는 산맥으로, 여기서는
촉蜀의 동부 지역을 가리킨다.
蜀山(촉산) : 촉 지역의 산. 여기서는 촉의 중서부 지역을 가리킨다.

3) 子規(자규) : 두견새. '불여귀不如歸'라고도 하며, 전설상 고대 촉국蜀國 망제望帝의 영혼
이 환생한 것이라 전한다. 뒤의 〈작교선鵲橋仙・초가집 처마에 인적은 고요하고茅簷人
靜〉 주4) 참조.

4) 陽關(양관) : 곡조 이름. 〈양관곡陽關曲〉을 가리킨다. 정조가 슬프고 애상하다.

5) 服氣(복기) : 복식호흡. 도가에서의 수련방법 중의 하나로, 호흡을 통해 몸을 단련하고
건강을 유지한다.

6) 燒丹(소단) : 연단술. 도가에서의 수련방법 중의 하나로, 단약을 제련하여 복용한다.

7) 不妨(불방) : 방해되지 않는다. 문제 되는 것이 없음을 말한다.

8) 神仙訣(신선결) : 신선이 되는 비결.

9) 頑(완) : 어리석다, 고집스럽다. 술수나 영리를 추구하지 않고 순박함으로 돌아가 고집
을 꺾지 않는 것을 말한다.

【해설】

이 사는 48세 때인 건도乾道 8년(1172) 기주를 떠나 남정으로 부임하던 도중 3월 하순
무렵 가맹역葭萌驛을 지나며 쓴 것으로, 촉 지역을 가로지르는 먼 여정에 대한 감회와
인간세상을 지향하는 자신의 삶의 철학을 나타내고 있다.

상편에서는 촉산을 보고 파산을 다 보았다는 말로 기주를 출발하여 가맹역에 이르는
동안 촉 지역을 두루 지나왔음을 말하고, 오래고 먼 부임길로 인해 역참에서 노숙하는
것이나 슬픈 〈양관곡〉의 노래를 듣는 것이나 이제는 모두 익숙해져 아무렇지도 않게
되었음을 말하고 있다. 하편에서는 복식호흡과 연단술을 통해 신선의 세계를 추구하는
것에 부정적인 의식을 나타내며, 어리석음을 추구하여 인간 본연의 순박함으로 돌아가
게 되면 이러한 인위적인 노력 없이도 오래도록 젊음을 유지한 채 인간세상에서 즐기며
살아갈 수 있음을 말하고 있다.

망매

....

사람의 수명 금석이 아니거늘
하늘이 늙은이를
물로 산으로 떠돌게 함을 한탄하네.
꿈속에서 남가태수가 되는 것 같은
이 짧은 세월을
어찌 가벼이 내버리리?
수자리의 봉화와 변방의 먼지 속에서
또 일 년의 봄을 보내었네.
가무와 수렵에만 빠져 있는 이들을 한탄하나니
모두가 두릉의 존귀한 자제들이요
원림을 누비는 협객들이로다.

긴 줄로 태양을 묶어놓으려 애쓰지 말지니
인간세상 잠깐사이에 모두가 진부한 흔적이 되어버리네.
설령 영웅의 기세에 의지하여 구름 타고 하늘을 난들
어찌 봉황이 나는 길을 돌이키고
난새의 깃촉을 부러뜨릴 수 있으리.
종일토록 높은 곳에 기대어
강동의 소식 들리지 않음을 근심하나니.
모래 가에 무리에서 떨어진 기러기 있다 한들
누구에게 부탁하여 물어보리.

....

望梅

　壽非金石,¹ 恨天敎老向, 水程山驛.² 似夢裏、來到南柯,³ 這些子光陰,⁴
更堪輕擲. 戍火邊塵, 又過了、一年春色. 歎名姬駿馬,⁵ 盡付杜陵,⁶ 苑
路豪客.⁷

　長繩漫勞繫日,⁸ 看人間俯仰,⁹ 俱是陳迹. 縱自倚、英氣凌雲,¹⁰ 奈回盡
鵬程,¹¹ 鍛殘鸞翮.¹² 終日憑高, 悄不見、江東消息. 算沙邊,¹³ 也有斷
鴻,¹⁴ 倩誰問得.¹⁵

【주석】

1) 金石(금석) : 쇠와 돌. 오래도록 변함이 없는 것을 의미한다.

2) 水程山驛(수정산역) : 물길과 산길을 지나는 여정.

3) 南柯(남가) : 남쪽 가지. 여기서는 남가지몽南柯之夢을 의미한다.

　당唐 이공좌李公佐의 《남가태수전南柯太守傳》에 나오는 내용으로, 협사 순우분淳于棼이
술에 취해 나무 아래에서 잠이 들었는데 꿈에서 괴안국槐安國으로 가게 된다. 그곳에서
전공을 세워 부마가 되고 남가태수에 봉해져 부귀영화를 누리며 20여년을 산다. 후에
전쟁에서 패하고 공주도 죽고 왕의 미움까지 받아 고향에 대한 그리움에 깨어나니
처음 잠들었던 때로 돌아왔음을 알게 된다. 뜰 앞 괴槐나무 아래를 파보니 개미굴이
있었고 그곳이 꿈속의 괴안국이었음을 깨닫게 된다.

4) 些子(사자) : 적은 양.

5) 名姬駿馬(명희준마) : 아름다운 기녀와 뛰어난 말. 여기서는 가무와 수렵을 즐기는
것을 의미한다.

6) 杜陵(두릉) : 한漢 선제宣帝의 능으로, 장안 동남쪽에 있다. 여기서는 지체 높고 부유한
사람을 의미한다.

7) 苑(원) : 제왕과 귀족의 원림園林. 짐승을 길러 사냥하던 곳이다.

8) 漫(만) : ~하지 말라. '막莫'과 같다.

　　繫日(계일) : 해를 묶어두다. 시간의 흐름이 안타까워 줄로 묶어 해를 붙잡아두려 하는
　　것을 말한다.

9) 俯仰(부앙) : 고개를 숙이고 올려다 보다. 아주 짧은 시간을 비유한다.

10) 凌雲(능운) : 구름을 뚫고 하늘로 날아오르다.

11) 鵬程(붕정) : 붕새가 날아가는 길.

　　≪장자莊子‧소요유逍遙遊≫에 "북쪽 바다에 물고기가 있는데, 그 이름이 곤鯤이다. 곤
　　의 크기는 몇천 리가 되는지 알 수 없는데, 변하여 새가 되니 그 이름이 붕鵬이다.
　　붕의 등은 몇천 리가 되는지 알 수 없다. … 붕새가 남쪽 바다로 옮겨 갈 때 물을
　　튀기는 것이 3천 리요, 회오리바람을 타고 9만 리를 올라가며 6개월을 날아가서야
　　쉰다.(北冥有魚, 其名爲鯤. 鯤之大, 不知其幾千里也. 化而爲鳥, 其名爲鵬. 鵬之背, 不
　　知其幾千里也. … 鵬之徙於南冥也, 水擊三千里, 搏扶搖而上者九萬里. 去以六月息者
　　也)"라 하였다.

12) 鍛殘(쇄잔) : 날개를 잘라 다치게 하다.

　　鸞翮(난핵) : 난새의 깃촉. '난새'는 전설상의 봉황과 같은 신령한 새이다. '핵'은 새의
　　깃촉으로, 여섯 개로 되어 있다 하여 '육핵六翮'이라고도 한다.
　　≪한시외전漢詩外傳≫에 "무릇 큰 기러기와 고니는 한 번에 천 리를 날아가나니, 믿는
　　것은 여섯 깃촉일 따름이다.(夫鴻鵠一擧千里, 所恃者六翮耳)"라 하고, 예형禰衡의 〈앵
　　무부鸚鵡賦〉에 "찢기고 꺾인 여섯 깃촉을 바라보니, 비록 힘써 날아가고자 한들 어찌
　　갈 수 있으리?(顧六翮之殘毁, 雖奮迅其焉如)"라는 구가 있다.

13) 算(산) : 비록 ~하지만.

14) 斷鴻(단홍) : 무리에서 낙오된 기러기.

15) 倩(청) : 청하다, 부탁하다.

【해설】

　　이 사는 48세 때인 건도乾道 8년(1172) 봄과 여름 사이에 남정(南鄭, 지금의 섬서성

한중시漢中市)에서 쓴 것으로, 유한한 인생에 대한 탄식과 공업을 이루지 못한 채 헛되이 시간만 흐르고 고향의 소식조차 알 수 없는 현실에 대한 안타까움이 나타나 있다.

상편에서는 아무런 성취도 없이 이곳저곳을 떠돌기만 하는 자신의 삶을 안타까워하면서도 짧고 유한한 인생이나마 헛되이 보내지는 않겠다는 결의를 나타내고 있다. 그러나 다시금 한 해가 헛되이 지나고, 장수들은 중원수복에 대한 의지나 노력 없이 가무와 수렵으로 소일하고 있음을 말하며 공업수립의 요원함을 탄식하고 있다. 하편에서는 시간을 붙잡아 두려하는 인간의 부질없는 노력과 짧은 인생의 덧없음을 말하며 인간의 아무리 뛰어난 재능과 강인한 의지로도 하늘의 운명을 돌이키거나 거스를 수 없음을 말하고 있다. 이어 고향소식조차 알 수 없고 대신하여 물어봐 줄 사람도 없는 자신의 외롭고 쓸쓸한 처지를 말하며, 공업의 성취도 향수의 해소도 어느 것 하나 이룰 수 없는 암울한 현실에 절망의 심경을 나타내고 있다.

완사계 · 남정의 연회 자리에서

....

화청궁 제2탕에서 목욕 마치고
붉은 천으로 분 두드리니 옥 같은 피부 차갑네.
어여쁜 여인 막 흰 연실 치마 입었네.

봉황자로 성성이 핏빛 같은 옷을 만들고
용갑에선 사향이 새어나오네.
물가 정자 그윽한 곳에서 노을 새겨진 술잔을 받드네.

....

浣沙溪 · 南鄭席上

浴罷華淸第二湯,1　紅綿撲粉玉肌凉, 娉婷初試藕絲裳.2
鳳尺裁成猩血色,3　螭奩熏透麝臍香,4　水亭幽處捧霞觴.5

【주석】

　1) 華淸(화청) : 화청궁華淸宮. 당唐 현종玄宗이 양귀비楊貴妃를 위해 세운 이궁離宮으로,
　　온천궁溫泉宮이라고도 한다. 현종과 양귀비가 매년 이곳에 행차하여 온천욕을 즐겼다.
　　지금의 섬서성 임동현臨潼縣 여산驪山 아래에 있다.
　　第二湯(제이탕) : 화청궁의 제2탕. 화청궁에는 열여덟 개의 온천이 있는데, 제1탕은
　　'어탕御湯'이라 하여 황제만 사용했고, 나머지는 후비后妃나 근신近臣들이 사용하였다.
　　여기서는 남정南鄭의 온천을 가리킨다.

2) 娉婷(빙정) : 아름답고 어여쁜 모습. 막 목욕과 단장을 끝낸 여인의 모습을 가리킨다.
   藕絲裳(우사상) : 흰 연근의 실로 짠 치마.
3) 鳳尺(봉척) : 봉황문양이 새겨진 자.
   猩血色(성혈색) : 성성이의 피 색. 선홍색.
4) 螭奩(이렴) : 용문양이 새겨진 화장갑.
   麝臍香(사제향) : 사향麝香. 사향노루의 배꼽 부근에서 분비되며 귀한 향료로 꼽힌다.

화청궁(華淸宮)

5) 霞觴(하상) : 노을문양이 새겨진 잔. 예로부터 신선들이 마시는 술잔으로 여겨졌다.

【해설】

　이 사는 48세 때인 건도乾道 8년(1172) 남정南鄭에 있을 때 연회 자리에서 쓴 것으로, 연회에 참석한 기녀의 모습을 묘사한 것이다.

　상편에서는 목욕을 마치고 곱게 단장한 여인의 아름다운 모습을 묘사하고 있다. 먼저 여인의 목욕탕을 화청궁의 제2탕이라 부르며 여인을 양귀비에 비유하고, 붉은 분과 흰 치마, 따뜻한 온천과 차가운 살결 같은 색채와 온도의 대비를 통해 여인의 아름다움을 선명하게 부각시키고 있다. 하편에서는 붉은 옷을 입고 사향의 향기를 풍기며 단아한 모습으로 연회의 시중을 드는 모습을 묘사하고 있는데, 봉황문양의 자와 용문양의 화장갑, 노을문양의 술잔을 통해 여인을 하늘에 선녀仙女에 비유하고 있다. 전체적으로 만당오대晩唐五代의 향렴체香奩體적인 분위기가 느껴지며, 북송 전기에 성행한 화간사花間詞와도 비슷한 느낌을 준다.

추피기 · 칠월 십육일 저녁에 고흥정에 올라 장안의 남산을 바라보며

....

가을 되어 변방 성 호각소리 구슬픈데
봉화는 높다란 누대를 비추네.
슬픈 노래로 축筑을 타다가
높은 곳에 기대어 술 뿌리니
이내 흥 유원하기만 하여라.

정이 많기는 누가 남산의 달만 하리
나를 위해 특별히 저녁 구름을 걷어 주었네.
안개에 싸인 파교의 버드나무
연못 가 곡강의 객관에서는
필시 사람 오길 기다리리.

....

秋波媚 · 七月十六日晩, 登高興亭望長安南山[1]

秋到邊城角聲哀,[2] 烽火照高臺. 悲歌擊筑,[3] 憑高酹酒,[4] 此興悠哉.
多情誰似南山月, 特地暮雲開.[5] 灞橋煙柳,[6] 曲江池館,[7] 應待人來.[8]

【주석】

1) 高興亭(고흥정) : 남정南鄭의 정자 이름. 지금의 섬서성 한중시漢中市 서북쪽에 있다.
   南山(남산) : 종남산終南山. 장안 남쪽에 있다.

2) 角(각) : 호각. 짐승의 뿔로 만든 나팔로, 군중軍中에서 사용한다.

3) 筑(축) : 거문고 비슷한 현악기. 머리 부분이 가늘고 길며 대나무 등의 막대로 두드려 연주한다.

4) 酹酒(뇌주) : 술을 땅에 붓다. 신에게 제를 올리는 행위이다.

5) 特地(특지) : 특별히.

6) 灞橋(파교) : 다리 이름. 장안 동쪽을 흐르는 파수灞水 위에 있다.

7) 曲江(곡강) : 연못 이름. 장안 동남쪽에 있었으며 곡강지曲江池라고도 한다. 한 무제武帝 때 이곳에 의춘원宜春苑이라는 동산을 만들었으며, 수대에는 연못의 이름을 부용지芙蓉 池로 바꾸고 동산의 이름을 부용원으로 바꾸었다. 당대에 다시 곡강지로 바꾸었다. 삼짇날이나 중양절 같은 명절 때 귀족들이 이곳에서 연회를 벌이거나 과거 급제자들을 위한 축하연이 열리는 등 당대 최고의 명승지였다. 당대 말에 이미 말라버렸고 지금은 옛 터만 남아 있다.

8) 人(인) : 장안을 수복하러 오는 남송의 군사를 가리킨다.

【해설】

　이 사는 48세 때인 건도乾道 8년(1172) 남정南鄭에서 왕염王炎과 그 막부의 장군들과 함께 북벌을 준비할 때 고흥정에 올라 쓴 것으로, 금金에 함락되어 있는 장안 지역을 바라보며 북벌에 대한 기대와 희망을 나타내고 있다. 당시 남정은 금과 대치하고 있는 최전선으로, 이곳의 고흥정에 오르면 장안의 종남산을 볼 수 있었다. 상편에서 작자는 곧 실현될 북벌의 꿈을 생각하며 출동의 명령만을 기다리는 장수의 심정으로 경건히 하늘에 기원하며 느긋하게 주변의 경관을 감상하고 있다. 하편에서는 때마침 구름까지 걷히어 달빛 아래 종남산이 환히 빛나고 있는 모습으로 북벌의 성공을 희망적으로 예상하고, 중원수복을 기다리고 있을 장안의 유민들을 떠올리며 조급한 마음을 나타내고 있다.

축(筑)
마왕퇴(馬王堆) 3호 한묘(漢墓) 출토.

청상원 · 가맹역에서 쓰다

저물녘 강가에서 술 들이키나니
잠깐 눈 내렸다 개였지만 여전히 춥네.
산의 역참은 처량하고
어둑한 등불 아래 사람 홀로 잠드네.

원앙 베틀에서 비단 잘라내어 새로이 보내나니
지난 일 탄식하며 다시 돌아볼 수 없네.
남루에서 꿈에서 깨어나니
검은 머리칼은 베개 가득 쌓여 있네.

소화고성(昭化古城) - 고가맹역

淸商怨 · 葭萌驛作1

江頭日暮痛飮, 乍雪晴猶凜.2 山驛凄涼, 燈昏人獨寢.
鴛機新寄斷錦,3 歎往事, 不堪重省.4 夢破南樓,5 綠雲堆一枕.6

【주석】

1) 葭萌驛(가맹역) : 역참. 지금의 사천성 광원시廣元市 서남쪽 가릉강嘉陵江 가에 있는
소화고성昭化古城이다.

2) 乍雪(사설) : 잠깐 내리는 눈.

3) 鴛機(원기) : 베틀의 미칭美稱. 원앙기鴛鴦機라고도 하며, 원앙의 아름다운 문양을 만들
어 낸다는 뜻이다.
新寄斷錦(신기단금) : 비단을 잘라 새로 보내다. 전한前漢 때 소혜蘇蕙가 남편 두도竇滔
에게 금서錦書를 써 회문시回文詩를 보냈던 고사를 차용한 것으로, 남편을 그리워하는
여인의 마음을 의미한다. 앞의 〈차두봉釵頭鳳 · 붉고 고운 손紅酥手〉 주8) 참조.

4) 不堪(불감) : ~할 수 없다.

5) 南樓(남루) : 남쪽 누각. 여인이 있는 곳을 의미한다.

6) 綠雲(녹운) : 푸른 구름 같은 머리카락. 여기서는 '오운烏雲'의 뜻으로, 여인의 검고
풍성한 머리카락을 의미한다.
堆一枕(퇴일침) : 베개 가득 쌓이다. 자리에 누운 채 일어나지 않는 것을 가리킨다.

【해설】

육유가 남정南鄭에 도착한지 6개월 만인 효종孝宗 건도乾道 8년(1172) 9월, 조정이 주화
파主和派에 의해 장악되면서 사천선무사四川宣撫使 왕염王炎은 임안臨安으로 소환되고 그
의 막부는 해체되게 된다. 육유 또한 안무사참의관安撫司參議官이라는 새로운 직책을
받아 그해 11월에 남정을 출발하여 성도成都로 돌아가게 된다. 육유는 남정에서 나와

검문劍門, 재동梓潼, 면주綿州, 나강羅江, 광한廣漢을 거쳐 성도로 들어오게 되는데, 이 사는 이 때 가맹역을 지나며 쓴 것이다.

사에서는 각각 자신과 아내의 상황으로 나누어 자신의 외로움과 아내의 그리움을 나타내고 있다. 상편에서는 저물녘 강가에서 폭음하고 있는 모습을 통해 중원수복의 꿈이 수포로 돌아가 버린 절망감을 나타내고 차가운 날씨와 처량한 역참, 어두운 등불로 쓸쓸하고 암담한 심경을 비유하고 있다. 하편에서는 금서錦書를 보내고 남편과의 지난 일을 탄식하며 회상하는 아내의 모습으로 남편에 대한 사랑과 그리움을 말하고, 꿈에서 깨어나서도 여전히 자리에서 일어나지 못하는 모습을 통해 홀로 남은 아내의 쓸쓸함과 무기력함을 나타내고 있다.

제천락 · 면주 길 위에서

....

호각소리 잦아들고 저녁 종소리 들려오는 관산 길에
나그네 잠시 외로운 주막에 의탁하네.
변방의 달 아래 여행길의 먼지 속에
채찍의 줄과 모자의 그림자 있나니
항상 흐르는 세월 붙들어 헛되이 차지하고 있었구나.
까마귀 깃들인 버드나무는 어둑한데
한탄하노니, 꾀꼬리와 꽃을 가벼이 저버리고
헛되이 병서와 검술에만 힘을 쏟았구나.
일은 지나가 버리고 감회는 일어나니
서글픈 마음에 큰 뜻 품고 길 떠났
던 생각이 자주 떠오르네.

외로운 마음 누구와 더불어 애써
풀 것인가?
저자 주막에서 술 사보지만
약한 술로 어찌 진한 시름 당해낼
수 있으리.
거문고 가락에 맞춘 아름다운 노
랫말로도
백분 섞어 쓴 오묘한 필치로도
부드러운 정, 짙은 향기를 어찌 그
려낼 수 있으리.
여행길 본래 싫어하거늘

면주비림(綿州碑林)

하물며 안개가 황폐한 흔적들을 뒤덮고
비는 점점이 떠 있는 부평초에 드문드문 내리고 있음에랴.
잠자기에 가장 좋은 때이건만
베개는 차갑고 문은 반쯤 닫혀있네.
....

齊天樂·左綿道中1

角殘鐘晚關山路,2 人乍依孤店. 塞月征塵, 鞭絲帽影,3 常把流年虛占.
藏鴉柳暗,4 歎輕負鶯花, 謾勞書劍.5 事往關情,6 悄然頻動壯遊念.7
孤懷誰與强遣. 市壚沽酒,8 酒薄怎當愁釀.9 倚瑟姸詞, 調鉛妙筆,10 那
寫柔情芳豔. 征途自厭, 況煙斂蕪痕, 雨稀萍點.11 最是眠時,12 枕寒門
半掩.

【주석】

1) 左綿(좌면) : 면주綿州. 지금의 사천성 면양시綿陽市. 부강涪江의 왼쪽에 있어 이와 같이
   부른다.

2) 關山路(관산로) : 험준한 관문과 높은 산을 지나는 길. 남정에서 성도로 이어지는 촉
   지역의 험한 산길을 가리킨다.

3) 鞭絲帽影(편사모영) : 채찍의 줄과 모자의 그림자. 손에 말채찍을 들고 모자를 쓴 채
   성도를 향해 길을 가고 있는 자신을 나타낸다.

4) 柳暗(유암) : 버드나무가 어둑하다. 일반적으로 빛이 들지 않을 정도로 버드나무의
   잎이 무성한 것을 가리키지만, 여기서는 계절이나 시기로 보아 밤이 되어 컴컴하게
   보이는 것으로 보는 것이 옳을 듯하다.

5) 謾(만) : 헛되다.

6) 關情(관정) : 마음이 움직이다, 감회가 생겨나다.

7) 悄然(초연) : 근심에 마음 아파하는 모양.

  壯遊路(장유로) : 웅대한 뜻을 지니고 떠난 길.

8) 市壚(시로) : 시장의 주점酒店

9) 釅(엄) : 맛이나 색깔 등이 진하다. 여기서는 시름이 깊은 것을 가리킨다.

10) 鉛(연) : 백분白粉. 그림에 색을 넣거나 얼굴 화장에 쓰는 흰 가루.

11) 萍點(평점) : 점점이 떠 있는 부평초浮萍草.

12) 最是眠時(최시면시) : 가장 잠자기 좋은 때. 자정 무렵을 가리킨다.

【해설】

  건도乾道 8년(1172) 9월 사천선무사四川宣撫使 왕염王炎이 임안臨安으로 소환되고 그의 막부가 해체됨에 따라 육유는 안무사참의관安撫司參議官이 되어 그해 11월 남정南鄭을 출발하여 성도成都로 돌아가게 되는데, 이 사는 연말 무렵 면주綿州를 지나며 쓴 것이다. 사에서는 험한 산길을 지나는 고달픈 여정과 공업을 이루지 못하고 헛되이 시간만 보내버린 회한의 감정이 나타나 있다.

  상편에서 저녁 종소리 들려오는 외로운 주막에서 하룻밤을 보내는 모습으로 자신의 실의와 좌절감을 나타내고, 변방의 달빛 아래 가득한 먼지와 먼 길 떠나는 나그네의 차림새로 힘겹고 고단한 여정의 과정을 짐작하게 하고 있다. 이어 공업성취의 열정에 빠져 봄의 계절도 즐기지 못한 채 헛되이 시간만 보냈음을 말하며 웅대한 뜻을 품고 지냈던 지난 시절을 시름으로 떠올리고 있다. 하편에서는 술을 마시고 노래도 불러보며 시도 써 보지만 어떠한 것으로도 끝내 자신의 시름을 달랠 수가 없음을 말하며, 안개에 뒤덮이고 비조차 드문드문 내리는 스산한 경관으로 인해 시름은 더욱 깊어져 밤 깊도록 잠조차 이룰 수 없음을 말하고 있다.

한궁춘 · 막 남정에서 성도로 돌아와 쓰다

깃털 달린 화살과 무늬 새긴 활 들고
매를 부르던 옛 보첩과
호랑이 잡던 평원을 생각하네.
피리 불며 저물녘에 들판의 막사로 돌아오면
눈은 푸른 장막을 뒤덮었고,
취한 먹물 뿌리면
용이 종이 위에 날아 떨어진 듯하였네.
사람들은 나를 잘못 알았나니,
시인의 정서와 장군의 지략 있어
한 시대의 탁월한 재기가 있다 하였네.

중양약시(重陽藥市)

무슨 일로 다시금 남쪽으로 와,
중양절의 약령시와
대보름날의 산 같은 꽃등을 보고 있는가?
꽃 피는 시절, 모든 사람들 즐기는 곳에
모자 비껴쓰고 채찍 드리운 채 지나네.
노랫소리 듣고는 옛날이 생각나,
술동이 앞에서 때로 눈물을 흘리네.
그대 기억하게나,
제후에 봉해질 일은 있으니
공명은 반드시 하늘에 달려 있는 것이 아니
라네.

漢宮春 · 初自南鄭來成都作

羽箭雕弓,[1] 憶呼鷹古疊,[2] 截虎
平川.[3] 吹笳暮歸野帳,[4] 雪壓青
氈.[5] 淋漓醉墨,[6] 看龍蛇飛落蠻
牋.[7] 人誤許,[8] 詩情將略,[9] 一時
才氣超然.
何事又作南來, 看重陽藥市,[10] 元
夕燈山.[11] 花時萬人樂處, 欹帽
垂鞭.[12] 聞歌感舊, 尚時時流涕
尊前.[13] 君記取, 封侯事在,[14] 功
名不信由天.[15]

보첩

【주석】

1) 羽箭雕弓(우전조궁) : 깃털을 단 화살과 무늬를 새겨 넣은 활.

2) 疊(첩) : 보첩堡疊. 성의 방어를 위해 만든 진지.

3) 平川(평천) : 평원平原.

4) 野帳(야장) : 들판에 설치한 막사. 군대의 야영지를 가리킨다.

5) 氈(전) : 담요로 만든 장막. 눈이나 비바람을 막기 위해 막사의 출입구에 친다.

6) 淋漓(임리) : 흩뿌리다. 붓을 휘갈겨 쓰는 것을 의미한다.

7) 蠻牋(만전) : 사천 지역에서 생산되는 채색 종이.

8) 誤許(오허) : 잘못 인정하다. 자신을 잘못 이해하였음을 말한다.

9) 詩情將略(시정장략) : 시인의 정서와 장군의 지략. 문무를 겸비하였음을 말한다.

10) 藥市(약시) : 약령시藥令市.
육유의 ≪노학암필기老學庵筆記≫ 권6에 "성도의 약령시는 옥국화 지역이 가장 성대했는데, 9월 9일에 열렸다.(成都藥市以玉局化爲最盛，用九月九日)"라 하였으니, 중양절에 성도에서 약령시가 크게 열렸음을 알 수 있다.

11) 元夕(원석) : 정월 대보름. 이날 각양각색의 등을 내걸기 때문에 '등절燈節'이라고도 한다.

　燈山(등산) : 등불을 단 커다란 산의 모형. '오산등鼇山燈'이라고도 하며, 정월 대보름이면 자라의 등에 신산神山의 형상을 만들어 수백 개의 등을 달아 거리 한 가운데 설치하였다.

12) 欹帽垂鞭(의모수편) : 모자를 삐딱하게 쓰고 말채찍을 늘어뜨리다. 실의하여 무기력한

오산등(鼇山燈)

모습을 나타낸다.

13) 尊(준) : 술동이. '준樽'과 같다.

14) 封侯事(봉후사) : 제후로 봉해질 수 있는 공업. 금金을 몰아내고 중원을 회복하는 일을 가리킨다.

15) 由天(유천) : 하늘에서 말미암다. 공업을 이루는 것은 하늘에 달려 있다.

≪논어論語·안연顏淵≫에 "살고 죽는 것은 운명이 있으며, 부유하고 존귀한 것은 하늘에 달려 있다.(死生有命, 富貴在天)"라 하였는데, 육유는 이를 부정하며 모든 일은 사람의 의지와 행위에 달려 있음을 말한 것이다.

【해설】

이 사는 건도乾道 9년(1173) 초, 남정의 막부에서 돌아와 성도에 머물면서 쓴 것으로, 북벌의 꿈을 키웠던 남정에서의 생활을 회고하고 성도에서의 무기력한 삶에 대한 회의와 함께 그럼에도 변치 않는 북벌의 의지를 나타내고 있다.

상편에서는 눈보라가 몰아치는 혹독한 기후 속에서도 낮에는 평원을 누비며 사냥하고 밤이면 야영지로 돌아와 시를 쓰던 남정에서의 생활을 회상하고 있다. 이어 시인의 정서와 장군의 지략을 겸비했다는 다른 사람들의 칭송을 부정함으로써 아무런 공업도 없이 결국 무위로 끝나버리고 만 남정에서의 지난 삶을 비관하고 있다. 하편에서는 성도에서의 중양절 약령시와 대보름 꽃등 행사, 봄날의 꽃놀이를 무기력하게 바라보고 지나치는 모습을 통해 무의미한 성도생활에 회의를 나타내고, 공업의 성취는 하늘에 달려있다는 말을 부정하며 자신의 노력에 의한 공업성취의 의지를 나타내고 있다.

야유궁 · 궁궐의 노래

....

홀로 있는 밤, 추위는 비취색 이불에 스미는데
어찌할까나, 깊은 꿈 이루지 못하고 다시 일어나네.
새로운 근심 쓰려 하니 눈물은 종이에 흩뿌리네.
성은 입던 때를 회상하고
남은 생 탄식하나니
오늘날 이 지경에 이르고 말았네.

툭툭 등불 심지 떨어지니
묻나니, 이러한 때에 무슨 일을 알려주려 하는지.
지척의 궁궐문은 만 리 보다 머네.
임금의 마음을 한탄하나니
높은 곳의 난간과도 같아
오래도록 의지하기 어렵네.

....

夜遊宮 · 宮詞

獨夜寒侵翠被,[1] 奈幽夢、不成還起.[2] 欲寫新愁淚濺紙.[3] 憶承恩, 歎餘
生, 今至此.
萩萩燈花墜,[4] 問此際、報人何事. 咫尺長門過萬里.[5] 恨君心, 似危欄,[6]
難久倚.

【주석】

1) 翠被(취피) : 비취색 이불. 또는 비취새 무늬를 수놓은 이불.

2) 幽夢(유몽) : 깊은 꿈.

3) 濺(천) : 흩뿌리다.

4) 蔌蔌(속속) : 가볍게 떨어지는 모양 또는 소리.

　　燈花(등화) : 등불 심지. 심지 끝이 타서 뭉쳐진 모습이 꽃과 같다 하여 이와 같이 불렀다. 속설에 등불 심지의 불똥이 튀면 좋은 일이 생긴다고 한다.

5) 長門(장문) : 장문궁長門宮. 한대漢代의 궁궐 이름으로, 한무제漢武帝의 진황후陳皇后가 투기하다 총애를 잃고 유폐된 곳이다. 여기서는 궁녀가 있는 곳을 가리킨다.

6) 危欄(위란) : 높은 곳의 난간.

【해설】

　이 사는 임금의 총애를 잃은 궁녀의 슬픔과 시름을 나타낸 것으로, 궁녀의 비유를 통해 사천선무사四川宣撫使로 있다 소환된 왕염王炎의 처지를 안타까워 한 것으로 여겨진다. 따라서 건도乾道 9년(1173) 남정의 막부에서 돌아와 성도에 머물면서 쓴 것으로 여겨진다.

　상편에서는 외로운 밤에 홀로 옅은 잠에서 깨어 일어나 눈물로써 시름의 글을 쓰고 있는 여인의 모습을 묘사하며 임금의 총애를 잃은 슬픔을 말하고 있다. 하편에서는 등불 심지의 불똥이 튀는 길조를 보고 행여 있을 좋은 소식에 기대를 나타내지만, 이내 임금에게 버림받은 자신의 신세를 생각하며 의지할 수 없는 임금의 마음에 실망을 드러내고 있다.

자고천 · 섭몽석을 보내며

....

집은 오 땅 동쪽 황제가 계신 근처,
평생을 소년처럼 호탕하게 살았었네.
푸른 누각에서 일만 금이나 되는 술을 사고
애첩 옆에서 백만 금으로 노름을 했었지.

몸은 쉬이 늙더라도 한은 잊기 어렵나니
술동이 앞에서 얻은 것은 처량함뿐이라네.
그대 돌아가거들랑 서울의 친구들에게 알려주게나,
이룬 것 하나 없이 양 귀밑머리 서리가 내렸다고.

....

鷓鴣天 · 送葉夢錫1

家住東吳近帝鄉,2 平生豪舉少年場.3 十千沽酒青樓上,4 百萬呼盧錦瑟
傍.5
身易老, 恨難忘, 尊前贏得是淒凉.6 君歸爲報京華舊,7 一事無成兩鬢霜.

【주석】

1) 葉夢錫(섭몽석) : 섭형葉衡. 자는 몽석夢錫이며 무주婺州 금화(金華, 지금의 절강성 금화
시金華市) 사람이다. 소흥紹興 18년(1148) 진사가 되었으며, 건도乾道 연간에 성도지부成
都知府를 지내고 순희淳熙 원년(1174) 조정으로 들어와 우승상右丞相을 지냈다.

2) 東吳(동오) : 오 땅의 동쪽. 강남의 동남쪽 지역을 가리킨다.

　　帝鄕(제향) : 황제가 있는 곳. 도성 임안臨安을 가리킨다.

3) 豪擧(호거) : 호탕하게 행동하다.

　　少年場(소년장) : 소년들이 모여 교유하는 곳.

4) 靑樓(청루) : 기녀의 거처.

5) 呼盧(호로) : 도박할 때 내는 함성. 여기서는 도박을 의미한다.

　　錦瑟(금슬) : 채색 무늬의 비단 문양으로 장식한 거문고. 여기서는 기녀를 의미한다.
　　≪주례周禮・악기도樂器圖≫에 "아슬은 23현이고 송슬은 25현인데, 보옥으로 꾸민 것을
　　보슬이라고 하고 무늬비단처럼 무늬를 그린 것을 금슬이라고 한다.(雅瑟二十三絃,
　　頌瑟二十五絃, 飾以寶玉者曰寶瑟, 繪文如錦曰錦瑟)"라 하였다.

6) 嬴得(영득) : 얻다.

7) 京華舊(경화구) : 도성에 있는 옛 친구.

금슬

【해설】

　이 사는 건도乾道 9년(1173) 성도부윤成都府尹으로
있다 지건강부知建康府로 전임하게 되어 명을 받기
위해 도성으로 돌아가는 섭몽석葉夢錫을 전송하며
쓴 것으로, 비록 송별사이지만 전편이 자신에 대한
감회를 나타내고 있다.

　상편에서는 자신의 고향 산음山陰 또한 섭몽석과
같이 도성과 가까운 곳임을 말하고 술과 유희를
즐기며 평생 호탕하게 살았음을 회고하고 있다. 하
편에서는 젊은 시절과 마찬가지로 여전히 술동이
앞에 있지만 회한을 간직한 채 홀로 쓸쓸히 지내고 있는
지금의 현실을 대비시키며 아무런 공업도 이루지 못한 채
이미 늙어버린 자신을 한탄하고 있다.

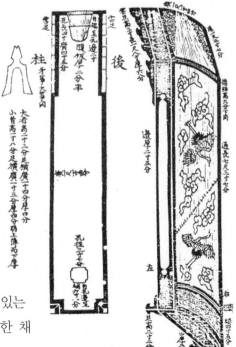

오야제 · 가주의 동당에 쓰다

처마 끝 녹나무 그림자는 해를 따라 돌고
누각 앞 여지는 꽃잎을 날리네.
자고새 울음 속에 맑은 하늘은 저물고
보첩의 북소리는 업무보고를 재촉하네.

고향의 꿈은 때때로 배게 머리에 찾아들고
도성에서의 편지는 이 하늘 끝으로 오지를 않네.
고을 사람들의 송사는 적고 공문은 해당 관서로 이송하고는
한가로운 정원에서 홀로 차를 달이네.

烏夜啼 · 題漢嘉東堂¹

簷角楠陰轉日,² 樓前荔子吹花.³ 鷓鴣聲裏霜天晚,⁴ 疊鼓已催衙.⁵
鄉夢時來枕上, 京書不到天涯.⁶ 邦人訟少文移省,⁷ 閑院自煎茶.

【주석】

1) 漢嘉(한가) : 가주嘉州. 지금의 사천성 낙산시樂山市.
2) 楠陰(남음) : 녹나무의 그림자.
3) 荔子(여자) : 여지荔枝.
4) 鷓鴣(자고) : 자고새. 생김새가 닭과 비슷하며 크기는 작다. 흑백색이 섞여 있으며

자고(鷓鴣)

여지화(荔枝花)

등과 가슴, 배쪽에 흰색의 둥근 반점이 있다.

霜天(상천) : 맑은 하늘. '가을 하늘'을 의미하기도 하지만 앞 구의 여지 꽃잎이 날리는

시기와는 맞지 않는다.

5) 催衙(최아) : 아참衙參을 재촉하다. '아참'은 주현州縣의 하급 관료들이 일정 시간에 관아

에 배열하여 주목州牧이나 현령縣令에게 업무를 보고하는 것을 의미한다.

6) 京書(경서) : 도성에서 오는 편지. 도성에 있는 친구들의 소식을 가리킨다.

天涯(천애) : 하늘 끝. 가주嘉州를 가리킨다.

7) 文(문) : 공문서公文書.

省(성) : 해당 관서.

【해설】

이 사는 건도乾道 9년(1173) 늦봄 무렵 성도부成都府의 안무사참의관安撫司參議官으로

있으며 섭지가주攝知嘉州를 맡고 있을 때 쓴 것으로, 가주 동쪽 관서에서의 정경과 일상

을 묘사하며 고향과 친구들에 대한 그리움을 나타내고 있다.

상편에서는 햇빛을 따라 나무 그림자가 움직이고 소리 없이 날려 떨어지는 꽃잎을

통해 가주 동관의 고요하고 적막한 경관을 나타내고, 자고새의 울음 속에 고요히 저무는 자연의 저녁과 날 저물며 더욱 부산해지는 인간의 저녁을 대비의 수법을 통해 해학적으로 묘사하고 있다. 하편에서는 고향의 꿈을 꾸고 친구의 소식을 기다리며 한가로이 차를 달이는 시인의 모습이 나타나 있는데, 송사도 적고 직접 처리해야 할 일도 없는 무료한 공무생활이 이에 대한 상념과 그리움을 더욱 배가시켰음을 짐작할 수 있다.

소무만 · 당인의 서늘

....

옅은 안개 속에 하늘에선 가랑비 내려
약간의 어두움 속에 맑고도 촉촉하니
아름다운 거리의 가는 먼지들이 막 고요해졌네.
평평한 다리에 말 매어놓고
화려한 누각에서 배를 띄우니
하늘 담은 호수는 거울과도 같네.
벼랑을 스치며 꽃잎은 날리고
처마 나란히 새로 제비 날아오니
모두가 인간세상의 정해짐이 없음을 배운 듯하네.
해를 이어 군막에 있으며
변방의 보루에서 봄을 보냄을 탄식하나니
얼굴은 늙고 귀밑머리는 시들어 버렸구나.

헛되이 기억하나니
두곡지의 누대와
신풍에서의 피리 소리.
어찌해야 친구의 소식을 들을 수 있을지.
나그네 마음은 쉬이 감동하건만
늙은이 함께 할 짝은 많지 않으니
청담을 이야기하며 권력에는 오래도록 한가롭다네.
다만 서둘러 붓 걸어둔 시렁과 차 달이는 화로 챙겨
대나무 가마와 물결 위 작은 배를 타고 가나니.
푸른 연잎이 벼랑을 가리고

붉은 연꽃이 물에 떠오르길 기다려
다시금 그윽한 흥취를 즐긴다네.
······························

蘇武慢 · 唐安西湖1

澹靄空濛,2 輕陰清潤,3 綺陌細塵初靜. 平橋繫馬, 畵閣移舟, 湖水倒空
如鏡.4 掠岸飛花, 傍簷新燕,5 都似學人無定.6 歎連年戎帳,7 經春邊壘,
暗凋顔鬢.8

空記憶, 杜曲池臺,9 新豐歌管.10 怎得故人音信. 羈懷易感, 老伴無多,
談麈久閑犀柄.11 惟有脩然,12 筆牀茶竈,13 自適筍輿煙艇.14 待綠荷遮
岸, 紅蕖浮水, 更乘幽興.

【주석】

1) 唐安(당안) : 촉주蜀州. 지금의 사천성 숭경현崇慶縣으로 성도成都의 서쪽 100리 쯤 되는
곳에 있다.
西湖(서호) : 당안의 관아 안에 있는 호수. 경치가 뛰어나 유람지로 널리 알려져 있다.
2) 澹靄(담애) : 옅은 안개.
空濛(공몽) : 하늘에서 가랑비가 내리다.
3) 輕陰(경음) : 날씨가 약간 흐리다.
4) 倒空(도공) : 하늘이 거꾸로 내려오다. 호수에 하늘이 비친 것을 가리킨다.
5) 新燕(신연) : 새로 날아온 제비.
6) 無定(무정) : 일정하게 정해짐이 없다.
7) 戎帳(융장) : 군대의 막사.

8) 暗凋(암조) : 어둡고 시들다. 늙어 얼굴이 빛을 잃고 귀밑머리가 쇠해지는 것을 의미한다.

9) 杜曲(두곡) : 두곡지杜曲池. 지금의 섬서성 장안시長安縣 남쪽에 있으며, 당대에 권세가들이 못 주위에 많은 누대를 세웠다.

10) 新豊(신풍) : 신풍현新豊縣. 지금의 섬서성 임동현臨潼縣 동쪽에 있으며, 당대에 주점과 기루가 많아 가무소리가 그치지 않았다고 한다.

11) 談塵(담주) : 청담淸談. 세속에서 벗어난 현학적이고 철리적인 주제에 대한 의론. '주塵'는 큰 사슴을 가리키며, 고대에 청담을 할 때 사슴의 꼬리를 들고 한 것에서 유래하였다.

12) 脩然(소연) : 자유롭고 구속됨이 없는 모양.

13) 筆牀(필상) : 붓을 걸어 놓거나 눕혀 놓는 시렁이나 받침. '필상筆床' 또는 '필가筆架'라고도 한다.

茶竈(차조) : 찻물을 끓이는 화로.

14) 筍輿(순여) : 대나무로 만든 가마. '죽교竹轎'라고도 한다. 앞뒤로 두 사람이 어깨에 메는 가마로, 길이 가파르고 험한 사천 지역에 적합한 교통수단이다.

煙艇(연정) : 안개 자욱한 수면을 달리는 작은 배. 육유는 후에 자신의 거처 이름을 '연정煙艇'이라 하며 소박하고 자유롭게 살고 싶은 지향을 나타내기도 하였다.

죽교(竹轎)

【해설】

섭지가주攝知嘉州를 맡고 있던 육유는 50세 때인 순희淳熙 원년(1174) 봄,

촉주통판蜀州通判으로 임명되어 가주嘉州를 떠나 당안唐安으로 갔다. 이 사는 그해 늦봄과 초여름 사이에 당안의 관아 안에 있던 서호西湖를 유람하며 쓴 것으로, 서호의 아름다운 경관을 묘사하고 정처 없이 옮겨 다니는 관직생활에 대한 탄식과 자연을 즐기며 감상하는 한적한 생활에 대한 즐거움을 나타내고 있다.

상편에서는 옅은 안개가 덮이고 가랑비가 내리는 모습으로 서호의 경관을 몽환적으로 묘사하고, 세상의 먼지가 가라앉아 고요하고 깨끗한 모습으로 이곳이 마치 선계의 호수와 같음을 말하고 있다. 이어 말을 몰고 배를 타며 육지와 호수를 아우르며 서호의 아름다운 모습을 감상하고, 흩날리는 꽃잎과 다시 날아온 제비를 바라보며 인생의 부정不定함을 탄식하며 늙도록 정처 없이 떠돌기만 하는 관직생활을 안타까워하고 있다. 하편에서는 화려한 두곡杜曲의 연못과 떠들썩한 신풍新豐의 거리를 비유로 들어 자유롭고 호탕했던 젊은 날의 삶을 회상하고 이제는 늙어 의지할 친구도 없이 홀로 타향을 떠도는 자신의 신세를 탄식하고 있다. 그러나 공명과 권력에 대한 집착이 사라진 한가로운 마음에 아름다운 자연을 즐기고 유람하는 여유와 즐거움이 가득함을 말하며 위안을 얻고 있다.

목란화만 · 밤에 청성산 옥희루에 올라

한단의 꿈같은 세상 두루 다니다
푸른 머리에 일찍 서리 내린 것을 탄식하네.
어찌하리, 화산에서 단약 빚고
청계산에서 학 보려 했건만
처음의 마음을 저버렸도다.
요즈음 혼탁한 세상 속에서
참된 도와 비결을 깨달았으니 너무나 깊고도 그윽하도다.
온 밭에 황금 영지를 기르고
온 숲에 옥 나무를 심은 것 같다네.

별의 제단에서 밤중에 독경 소리를 익히는데
차가운 이슬 옥비녀에 맺히네.
비취빛 봉황이 구름을 젖히고
푸른 난새가 달을 거슬러 오르는 것을 마주하니
궁궐은 고요히 쓸쓸하기만 하네.
옥 상자에 담아 글 한 통 올리니
천제 계신 하늘에 나를 알아주는 이가 있다네.
봉래산으로 가 길게 노래하며 편안해 하나니
인간세상의 세월은 빠르기만 하다네.

木蘭花慢·夜登靑城山玉華樓1

閱邯鄲夢境,2 歎綠鬢、早霜侵. 奈華岳燒丹,3 靑谿看鶴,4 尚負初心. 年來向濁世裏, 悟眞詮祕訣絶幽深.5 養就金芝九畹,6 種成琪樹千林.7 星壇夜學步虛吟,8 露冷透瑤簪. 對翠鳳披雲, 靑鸞遡月, 宮闕蕭森.9 琅函一封奏罷,10 自鈞天帝所有知音.11 却過蓬壺嘯傲,12 世間歲月駸駸.13

【주석】

1) 靑城山(청성산) : 지금의 사천성 성도시成都市 서북쪽에 관현灌縣에 있는 산. 도가의 명산으로, 동한東漢 때 장도릉張道陵이 이곳에 제단을 쌓고 도를 전수하였다. 산에 70여 곳의 도관이 있으며 그중 장인관丈人觀이 가장 유명하다. 후에 건복궁建福宮으로 이름이 바뀌었다.

玉華樓(옥화루) : 청성산 장인관丈人觀에 있는 누대.

2) 邯鄲夢(한단몽) : 한단邯鄲의 꿈. 인생의 무상함을 의미한다.

당唐 심기제沈旣濟의 《침중기枕中記》에 나오는 내용으로, 소년 노생盧生이 한단邯鄲의 객사에서 도사 여옹呂翁을 만나 도사가 준 베개를 베고 잠이 들었는데, 꿈속에서 고관대작을 지내고 부귀영화를 누리며 50여년을 살다가 깨어나 보니 잠들기 전에 찌던 기장이 아직다 익지도 않은 시간이었다.

3) 華岳(화악) : 화산華山. '화악산華岳山' 또는 '악화산岳華山'이라고도 부른다.

청성산(靑城山) 건복궁(建福宮)

4) 靑谿(청계) : 청계산淸谿山. 도사들의 거주지를 가리킨다.

   진晉 곽박郭璞의 〈유선시遊仙詩〉에 "청계산은 천여 인 높이로, 그 속에 한 도사가 있다네.(靑谿千餘仞, 中有一道人)"라는 구절이 있다.

   看鶴(간학) : 학을 보다. 도가 수련의 한 방법으로, 학을 기르는 것을 의미한다.

5) 眞詮祕訣(진전비결) : 삶의 참된 진리와 오묘한 비결.

6) 金芝(금지) : 황금색의 영지靈芝. 전설상 신선의 영약靈藥.

   畹(원) : 밭의 단위. 30무畝 또는 12무畝이다.

7) 琪樹(기수) : 옥 나무. 전설상 선계에 심어진 나무.

8) 星壇(성단) : 도사들이 별에 제사지내거나 설법을 하는 제단.

   步虛吟(보허음) : '자취가 없는 소리'라는 뜻으로, 도경道經을 낭송하는 소리를 가리킨다. 송宋 유경숙劉敬叔의 《이원異苑》에 "진사왕(조식)이 산을 노닐다 홀연 하늘에서 독경 소리를 들었는데 맑고 아득하며 낭랑하였으니, 그 소리를 알아들은 자가 이를 써서 신선의 소리로 삼았다. 도사들은 이를 본떠 보허성을 만들었다.(陳思王遊山, 忽聞空裏 誦經聲, 淸遠遒亮, 解音者則而寫之, 爲神仙聲. 道士效之, 作步虛聲)"라 하였다.

9) 蕭森(소삼) : 고요하고 쓸쓸한 모양.

10) 琅函(낭함) : 옥 상자. '함函'은 상자나 서찰을 뜻하며, 여기서는 천제에게 올리는 글을 의미한다.

11) 鈞天(균천) : 하늘의 중앙. 전설상 천제天帝가 사는 곳이다.

12) 蓬壺(봉호) : 봉래산蓬萊山. 전설상 바다에 있다는 세 선산仙山인 봉래蓬萊, 방장方丈, 영주瀛洲 중의 하나. 산의 모양이 항아리와 같다 하여 각각 봉호蓬壺, 방호方壺, 영壺瀛壺라 고도 부른다.

    嘯傲(소오) : 길게 소리 내어 노래 부르다. 자유롭고 편안한 모습을 가리킨다.

13) 駸駸(침침) : 말이 빨리 달리는 모양. 여기서는 세월이 빨리 흘러가는 것을 의미한다.

【해설】

   50세 때인 순희淳熙 원년(1174) 겨울, 촉주통판蜀州通判으로 있던 육유는 섭지영주攝知

榮州의 일을 맡아 영주(榮州, 지금의 사천성 영현榮縣)로 부임하게 된다. 이 사는 도중에 청성산靑城山에 들러 도관을 구경하며 쓴 것으로, 인생의 무상함과 촉박함을 탄식하며 선계에 대한 지향과 추구를 나타내고 있다.

상편에서는 한바탕의 꿈과 같은 덧없는 인생에 매달려 신선의 도를 추구하며 살고자 했던 처음의 마음을 저버리고 살았음을 탄식하며 최근에 도가의 참된 도와 오묘한 비결을 깨달아 신비로운 선계의 경지를 보게 되었음을 말하고 있다. 하편에서는 독경 소리를 익히며 도가의 수련에 정진하는 모습과 봉황과 난새가 날아오르는 신비로운 경관으로 선계에 대한 지향을 나타내고, 천제가 있는 하늘에 자신을 알아주는 이가 있다는 말로 현실에 대한 회한과 아쉬움을 드러내고 있다. 마지막 두 구에는 신선이 되어 느긋하고 편안한 마음으로 인간세상의 촉박함을 내려다보는 모습을 상상하고 있다.

수룡음 • 영주에서 쓰다

....

술동이 앞, 꽃 아래 봄을 즐기는 곳에서
마음의 정 모두 사그라짐을 탄식하나니.
이 몸은 부평초에 기탁하고
술친구들은 구름처럼 흩어지고
아름다운 사람은 하늘 멀리 있다네.
게다가 올해는
남방의 연기와 비가
야랑의 강가에 자욱하네.
헛되이 누각에 기대어 피리 불고
창가에 서서 거울 보며
때때로 눈물을 뿌리고
흐르는 세월에 놀란다네.

꽃 지고 달 밝은 정원에서
고요히 한마디 말도 없이
혼은 녹고 간장은 끊어졌네.
어깨 기대고 손 끌며
그 때는 아름다운 들보에 깃들인
한 쌍의 제비 같았지.
새로이 들려오는 말에
거미줄 끼고 먼지 자욱하다 하네,
춤추던 적삼, 노래하던 부채에.
헤아려보면 초췌한 모습 부끄러워하고

향기로운 길 걷는 것도 귀찮아하며
지저귀는 꾀꼬리 보는 것도 두려워하겠지.
....

水龍吟 · 榮南作1

樽前花底尋春處, 堪歎心情全減. 一身萍寄, 酒徒雲散, 佳人天遠. 那更
今年, 瘴煙蠻雨,2 夜郎江畔.3 漫倚樓橫笛,4 臨窗看鏡, 時揮涕、驚流
轉.5

花落月明庭院, 悄無言、魂消腸斷. 憑肩攜手,6 當時曾效, 畫梁栖燕.7 見
說新來,8 網縈塵暗,9 舞衫歌扇. 料也羞憔悴,10 慵行芳徑,11 怕啼鶯見.

【주석】

1) 榮南(영남) : 영주榮州. 지금의 사천성 영현榮縣. 남쪽에 있어 이와 같이 불렀다.

2) 瘴煙(장연) : 남방의 연기. '장瘴'은 남방의 풍토병으로, 여기서는 남방 지역을 의미한다.

3) 夜郎(야랑) : 야랑국夜郎國. 지금의 귀주성貴州省 동재현桐梓縣 지역에 있었던 남방의
고대국가 이름으로, 한대漢代에 중국으로 귀속되었다. 여기서는 영주榮州를 가리키며,
육유는 여러 시에서 영주를 야랑으로 자주 칭하였다.

4) 漫(만) : 헛되이.

5) 流轉(유전) : 세월이 흘러가다.

6) 憑肩攜手(빙견휴수) : 어깨에 기대고 손을 끌다. 함께 즐기고 노니는 것을 가리킨다.

7) 畫梁(화량) : 아름다운 문양으로 장식한 들보.

8) 見說(견설) : 다른 사람들의 말을 듣다. '청설聽說'과 같다.

9) 網縈塵暗(망영진암) : 거미줄이 얽히고 먼지가 자욱하다. 오랫동안 사용하지 않은 것을

　　의미한다.
　10)　料也(요야) : 헤아리다, 짐작하다.
　11)　慵(용) : 게으르다, 귀찮다.

【해설】

　이 사는 51세 때인 순희淳熙 2년(1175) 섭지영주攝知榮州의 일을 맡아 영주榮州에 있을 때 쓴 것으로, 낯선 남방 지역에 홀로 떠나와 있는 외로움과 헤어져 있는 아름다운 사람에 대한 그리움이 나타나 있다.

　상편에서는 꽃 아래에서 술을 마시며 봄을 즐기면서도 마음이 전혀 즐겁지 않음을 말하며, 그 이유가 친구들과 헤어져 타향을 떠돌고 그리운 사람과도 멀리 떨어져 있기 때문임을 말하고 있다. 이어 누각에 기대어 홀로 피리를 불고 거울에 늙어버린 모습을 비추어보며 회한의 눈물을 흘리는 모습으로 그리운 이들과 이별하고 공업의 성취도 이루지 못한 채 헛되이 흘러버린 시간에 대한 안타까움을 나타내고 있다. 하편에서는 아름다운 사람과의 가슴 아팠던 이별의 순간을 떠올리며 함께 어울려 지냈던 지난날의 추억을 회상하고, 자신과 마찬가지로 이별의 슬픔에 아파하며 실의하고 있을 상대의 모습을 상상하고 있다.

화랑(畵梁)

호사근 · 장진보에게 주다

묶인 기러기 돌아갈 수 없나니
현 끊어져 아름다운 거문고 망가져버렸음을 아파하네.
겨울에 빚은 술은 약하여 취하게 할 힘도 없나니
마치 친구의 정 옅은 듯하네.

남방의 구름과 비에 외로운 성은 어둑한데
몸은 초산 모퉁이에 있어라.
성도의 소식 자주 묻나니
외로이 혼자 있게 될까 두려워서라네.

好事近 · 寄張眞甫1

羈雁未成歸,2 腸斷寶箏零落.3 那更凍醪無力,4 似故人情薄.
瘴雲蠻雨暗孤城, 身在楚山角. 煩問劍南消息, 怕還成疎索.5

【주석】

1) 張眞甫(장진보) : 장진張震. 자가 진보眞甫이며 광한(廣漢, 지금의 사천성 광한시廣漢市)
   사람이다. 소흥紹興 21년(1151)에 진사가 되었으며 성도부윤成都府尹을 지냈다.
2) 羈雁(기안) : 묶인 기러기. 자신을 가리킨다.
3) 腸斷(장단) : 창자가 끊어지다.

箏(쟁) : 거문고와 비슷한 13현의 악기. '보쟁寶箏'은 보옥으로 장식한 것을 가리킨다.

零落(영락) : 부서지고 쇠락하다. '쟁'의 현이 끊어져 망가진 것을 말한다. 거문고발의 배열이 날아가는 기러기와 같아서 현이 끊어진 거문고로 날아가지 못하는 기러기를 비유한 것이다.

4) 凍醪(동료) : 겨울에 빚어 봄에 익는 술. '춘주春酒'라고도 한다.

無力(무력) : 사람을 취하게 할 힘이 없다. 술의 농도가 약하여 먹어도 취하지 않는 것을 가리킨다.

3) 瘴雲蠻雨(장운만우) : 남방의 구름과 비. 영주榮州를 가리킨다.

4) 劍南(검남) : 성도成都. 당唐 정관貞觀 원년(627)에 검남도劍南道를 두었는데, 검문관劍門關 남쪽에 있어 이와 같이 불렀다.

5) 疎索(소삭) : 무리에서 떨어져 홀로 외롭게 지내다.

【해설】

이 사는 50세 때인 순희淳熙 원년(1174) 겨울, 섭지영주攝知榮州의 일을 맡아 영주榮州에 있을 때 성도成都에 있는 장진長震에게 보낸 것으로, 남방 지역에 홀로 떠나와 있는 자신의 신세를 탄식하고 성도에 있는 친구들에 대한 그리움을 나타내고 있다.

쟁(箏)

상편에서는 먼저 이중의 비유를 사용하여 묶여 날아가지 못하는 기러기를 통해 관직에 매어 돌아가지 못하는 자신을 비유하고, 이를 다시 현이 끊어져 망가진 거문고에 비유하고 있다. 이어 술로 시름을 잊어보고자 하지만 술이 진하지 않아 이 조차도 어려움을 말하고 약한 술에서 무심한 친구의 박정함을 떠올리고 있다. 하편에서는 앞서 '묶인 기러기'와 '현 끊어진 거문고'로 비유한 자신의 외로운 처지를 '남방의 구름과 비', '외로운 성', '초산의 모퉁이' 등을 들어 직접적으로 서술하며, 성도의 소식을 묻는 것으로 친구들과 단절되지 않고 오래도록 함께 하고 싶은 바람을 나타내고 있다.

맥산계 · 영주의 용동을 유람하고

· ·

깊은 산 외로운 성,
섣달이 다하고 봄이 막 깨어 나오네.
적막함이 텅 빈 서재를 감싸니
이 한 몸 정말로 무료하기만 하네.
소대와 용동이 있나니
구름 덮인 산은 곳곳에 있다네.
붉은 여울 가
기다린 소나무 그늘 아래
한가로이 ___에 기대어 앉네.

세 잔 술에 취하여
비단 두건 떨어지는 것도 몰랐네.
호각 소리가 돌아가라 부르니
매화꽃 지는 마을을 가마 타고 밤중에
지나왔네.
성문 점점 가까워질수록
기녀의 옷처럼 붉은 빛 몇 점 보이더니
역참 밖
주점의 토단 앞에도
한가로운 등불이 켜 있네.

· ·

___주(___) 용동(龍洞)

驀山溪 · 遊三榮龍洞1

窮山孤壘, 臘盡春初破. 寂寞掩空齋, 好一箇、無聊底我.2 嘯臺龍岫,3
隨分有雲山.4 臨淺瀨, 蔭長松, 閑據胡牀坐.5
三杯徑醉, 不覺紗巾墮.6 畫角喚人歸,7 落梅村、籃輿夜過.8 城門漸近,
幾點妓衣紅, 官驛外, 酒壚前,9 也有閑燈火.

【주석】

1) 三榮(삼영) : 영주榮州. 영주성 밖에 영려榮黎, 영은榮隱, 영덕榮德의 세 산이 있어 이와
   같이 불렀다.

   龍洞(용동) : 영주성 밖에 있는 동굴.

2) 底(저) : ~의. '적的'과 같다.

3) 嘯臺(소대) : 영주 대불사大佛寺 내의 반산半山 중턱에 있는 돈대 이름. 휘파람을 잘
   불었던 진晉 손등孫登의 이름을 따 '손등소대孫登嘯臺'라고도 불렀다.

   龍岫(용수) : 용동龍洞.

4) 隨分(수분) : 곳곳에. 구름 덮인 산은 어느 곳이나 있음을 말한다.

호상(胡牀)

5) 胡牀(호상) : 교의交椅. 팔걸이와 등받이가 있으며 다리가 접이식으로
   되어 있는 이동식 의자. 처음에 외지에서 전래되었기 때문에 이와 같이
   불렀으며, '호상胡床'이라고도 한다.

6) 紗巾墮(사건타) : 비단 두건이 떨어지다. 여유롭고 한가로운 상태를
   의미한다. '사건紗巾'은 '사모紗帽'와 같은 뜻으로 쓰여 비단 모자를 의미
   하기도 한다.

7) 畫角(화각) : 아름다운 장식이 새겨져 있는 호각號角.

8) 籃輿(남여) : 죽교竹轎. 대나무로 엮어 앞뒤로 두 사람이 어깨에 메는
   가마. 앞의 〈소무만蘇武慢 · 옅은 안개 속에 하늘에선 가랑비 내려澹靄

空濛〕 주14) 참조.
9) 酒壚(주로) : 주점에서 술항아리를 올려두는 토
   단土壇.

【해설】

이 사는 50세 때인 순희淳熙 원년(1174) 12월 무
렵 영주榮州의 용동龍洞을 유람하고 쓴 것으로, 유
람을 나가게 된 원인과 유람의 상황 및 유람에서
돌아오는 전과정이 시간 순으로 묘사되고 있다.
상편에서는 외지고 험한 영주에도 봄은 찾아 왔
으나 자신은 적막하고 무료하기만 할 뿐임을 말하
고, 아울러 이곳 영주에도 여느 다른 곳과 마찬가
지로 소대와 용동 같은 즐길만한 아름다운 곳이
있음을 말하며 용동으로 유람을 나가게 된 이유를
밝히고 있다. 이어 용동으로 유람을 나가 여울 가
소나무 그늘 아래에 한가로이 앉아 있는 모습으로

화각(畫角)

봄을 즐기는 상황을 나타내고 있다. 하편에서는 여유롭게 술 마시며 노닐다 날이 저물어
성으로 돌아오는 상황을 말하며, 멀리서 보이는 불빛을 기녀의 붉은 옷에 비유하고
역참과 주점에 걸려 있는 등불에 한가로운 감정을 기탁하고 있다. 이러한 비유와 기탁을
통해 시인의 이번 용동 유람이 매우 즐겁고도 만족스러운 것이었음을 짐작할 수 있다.

제천락 · 영주에서 음력 정월 초칠일에 용동을 유람해서 쓰다

. . . .

나그네 신세에 장소 따라 한가로이 근심을 삭이나니
소대와 용동을 찾아왔네.
길에는 봄 진흙 뭉쳐 있고
산에는 푸른 안개 걷혔으니
노니는 즐거움은 해마다 변함없다네.
하늘은 빼어난 장인이니
연한 녹색 훤초의 싹
옅은 황색 버드나무를 풀어놓았네.
웃으며 봄 신에게 묻나니,
인간을 위해 귀밑머리 좀 물들여 줄 수 있는지.

성도에선 가까이 오라 재촉하고

영주(榮州) 소대(嘯臺)

모자 끝에 스치는 바람은 부드러운데
다시금 주막에서 술을 사네.
부드러이 꺾이는 파촉의 노랫가락
쓸쓸하고 서글픈 변방의 피리 소리,
손님 모시고 자주 만나기에 모자람이 없
다네.
나그네 길의 먼지에 소매는 잿빛인데
매화도 사람마냥 성기고 야윔을 견딜 수가
없구나.
어느 때나 동쪽으로 돌아가게 되어
아름다운 배로 평안히 물결 따라 흘러가리?

齊天樂·三榮人日遊龍洞作1

客中隨處閑消悶,2 來尋嘯臺龍岫.3 路斂春泥,4 山開翠霧, 行樂年年依
舊.5 天工妙手. 放輕綠萱牙,6 淡黃楊柳. 笑問東君,7 爲人能染鬢絲否.
西州催去近也,8 帽簷風軟,9 且看市樓沽酒.10 宛轉巴歌,11 凄涼塞管, 攜
客何妨頻奏.12 征塵暗袖, 漫禁得梅花,13 伴人疎瘦,14 幾日東歸, 畫船平
放溜.15

【주석】

1) 三榮(삼영) : 영주榮州. 앞의 〈맥산계驀山溪·깊은 산 외로운 성窮山孤壘〉 주1) 참조.
   人日(인일) : 정월 초7일. 고대에 정월 초하루부터 칠일까지를 각각 닭, 개, 양, 돼지,
   소, 말, 사람을 짝으로 삼아 칭하고 관련된 풍습들을 즐겼다. 《형초세시기荊楚歲時記》
   에 "정월 칠일은 인일이다. 일곱 가지 나물로 국을 만들고 비단을 오려 사람 모양을
   만들었다. 혹은 금박을 새겨 사람 모양을 만들어 병풍에 붙이거나 머리에 꽂았으며,
   머리 장식을 만들어 서로 주거나 높은 곳에 올라 시를 지었다.(正月七日爲人日, 以七種
   菜爲羹, 翦綵爲人, 或鏤金薄爲人, 以帖屛風, 亦戴之頭鬢, 又造華勝以相遺, 登高賦詩)"
   라 하며 인일의 풍습을 기록하고 있다.
2) 隨處(수처) : 처지와 장소에 따라.
3) 嘯臺龍岫(소대용수) : 소대와 용동. 앞의 〈맥산계驀山溪·깊은 산 외로운 성窮山孤壘〉
   주3) 참조.
4) 春泥(춘니) : 봄이 되어 땅이 녹아 생기는 진흙.
5) 年年依舊(년년의구) : 해마다 변함이 없다. 육유는 한 해 전인 순희淳熙 원년(1174)
   12월 무렵에 용동龍洞을 유람하였고 해가 바뀌어 다시 이곳을 찾아 왔다.
6) 萱牙(훤아) : 훤초萱草의 어린 싹. '훤초'는 원추리 꽃으로, 속칭 '망우초忘憂草'라고 한다.
7) 東君(동군) : 봄을 관장하는 신.

훤초(萱草)

8) 西州(서주) : 성도成都. 순희淳熙 원년(1174) 제야에 육유는 사천제치사참의관四川制置使參議官으로 임명되어 속히 성도로 부임하라는 사령司令을 받았다.

9) 帽簷(모첨) : 모자의 앞이나 사방의 돌출된 부분.

10) 看(간) : ~해보다, 시도하다.

11) 巴歌(파가) : 파촉(巴蜀, 지금의 사천성 지역)의 노래.

12) 湊(주) : 만나다, 회합하다. '주湊'와 같다.

13) 漫禁得(만금득) : 받아들일 수 없다, 참을 수 없다. '만漫'은 '막莫'과 같다.

14) 伴人(반인) : 사람과 짝하다. 사람과 마찬가지임을 가리킨다.

　　疎痩(소수) : 성기고 수척하다.
　15) 放溜(방류) : 물결 따라 흘러가다.

【해설】

　이 사는 51세 때인 순희淳熙 2년(1175) 초7일 영주贛州에서 쓴 것으로, 해가 바뀌어 다시 용동을 찾아간 감회와 타향에서의 객수가 나타나 있다.

　상편에서는 객수를 달래기 위해 다시금 소대와 용동으로 유람을 나갔음을 말하고, 다만 며칠이 지났을 따름이지만 해가 바뀌어 얼었던 땅이 녹고 산에는 푸른 안개가 걷혀 있어 유람의 즐거움은 작년과 변함이 없음을 말하고 있다. 이어 훤초와 버드나무에 가득한 봄의 생기를 느끼며, 봄 신에게 자신에게도 젊음의 생기를 되찾게 해 줄 수 있는지를 묻고 있다. 하편에서는 새로운 직책을 받아 곧 성도로 돌아가게 되었음을 말하고, 아름다운 노래와 피리 소리가 있으며 손님들과 만나 어울리기에도 좋은 주루酒樓를 언급하며 영주를 떠나는 아쉬움을 나타내고 있다. 그러나 새로 돌아가는 곳 또한 다시금 객지인 까닭에, 먼지 자욱한 옷과 성기고 야윈 매화에 자신의 객수를 담아 동쪽으로 향하는 배를 타고 고향으로 돌아가고 싶은 소망을 나타내고 있다.

심원춘 · 영주 횡계가에서의 작은 연회

쌍계서각(雙溪書閣)

흰 꽃가루는 매화가지 끝에서 부서지고
푸른빛이 휜초 떨기에서 일렁이니
봄이 이미 깊다네.
천천히 주렴 낮게 말고
공죽 지팡이 짚고 느릿느릿 걷나니
얼음 풀려 잉어는 튀어 오르고
숲 따뜻하여 새들은 울어대네.
여지는 무성하고
죽지사 노래는 애달프니
탁주 한 잔을 눈물과 함께 따르네.
오래도록 난간에 기대어

산천의 변화는 더디건만
세월의 흐름은 촉급하기만 함을 탄식하네.

당시에 어찌 지금과 같음을 생각이나 했으리
이룬 일 하나 없이 귀밑머리는 서리에 물들었네.
옛 친구들을 보면
태반이 재상이요
옥대에 물고기 부신 차고
담비 꼬리와 황금매미로 장식한 모자를 썼네.
나라에 헌신하겠다는 생각 비록 강하건만
천자를 알현할 길이 없네.
만 리 밖 처량히 있으니 누구에게 내 말을 기탁하리?

동풍 속
안개에 싸인 파교의 버드나무만이
내 돌아가고자 하는 마음을 알아주리.
....

沁園春·三榮橫谿閣小宴1

粉破梅梢, 綠動萱叢, 春意已深. 漸珠簾低卷,2 筇枝微步,3 冰開躍鯉, 林暖鳴禽. 荔子扶疎,4 竹枝哀怨,5 濁酒一尊和淚斟. 憑欄久, 歎山川冉冉,6 歲月駸駸.7
當時豈料如今, 漫一事無成霜鬢侵.8 看故人强半,9 沙堤黃閣,10 魚懸帶玉,11 貂映蟬金.12 許國雖堅,13 朝天無路.14 萬里凄凉誰寄音? 東風裏, 有灞橋煙柳,14 知我歸心.

공장(筇杖)

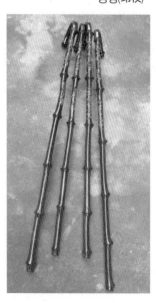

【주석】

1) 橫谿閣(횡계각) : 쌍계서각雙溪書閣. 영주榮州 북문 바깥에 있으며, 두 개울이 합하여 흐르는 곳에 세워져 있다.
2) 珠簾(주렴) : 구슬을 꿰어 만든 발.
3) 筇枝(공지) : 공죽筇竹으로 만든 지팡이. '공장筇杖' 또는 '공죽장筇竹杖'이라고도 한다. 공죽은 대나무의 일종으로, 마디 간격이 넓고 속이 차 있어 지팡이로 쓰기에 좋다.
4) 扶疎(부소) : 가지나 잎이 무성한 모양.
5) 竹枝(죽지) : 죽지사竹枝詞. 민간에 유행하던 가요로, 주로 지역의

풍토나 남녀의 애정을 칠언절구의 형식으로 노래하였으며 언어가 통속적이면서 음조
가 경쾌하다.

6) 冉冉(염염) : 사물이 천천히 변하거나 이동하는 모양.

7) 駸駸(침침) : 세월이 빨리 흘러가는 모양.

8) 漫(만) : 헛되이.

9) 强半(강반) : 반을 넘다. 태반太半.

10) 沙堤(사제) : 재상이 행차할 때 길에 누런 모래를 깔아 놓는 것.
    黃閣(황각) : 한대漢代 승상이 정무를 보던 곳. 여기서는 재상을
    가리킨다.

11) 魚懸帶玉(어현대옥) : 허리에 찬 어부魚符와 옥으로 장식한 띠.
    '어부'는 물고기 모양의 부신符信으로, '어대魚袋'라고도 한다. 좌
    우로 나누어 하나는 궁에 두고 하나는 허리 차고 다니며 궁궐
    출입시 이를 맞추어 보아 증표로 삼았다. 안쪽에 관직과 성명이
    새겨져 있다. 여기서는 조정의 고위 관원
    을 가리킨다.

어부(魚符)

12) 貂映蟬金(초영선금) : 초선관貂蟬冠. 담비의 꼬리
    와 매미 날개 문양으로 장식한 모자. 조정의 고위 관원을
    가리킨다.

13) 許國(허국) : 나라를 위해 몸을 바치다.

14) 朝天(조천) : 황제를 알현하다.

15) 灞橋(파교) : 다리 이름. 장안 동쪽을 흐르는 파수灞水 위에
    있다. 당대에 사람을 전송할 때 이곳에서 버들가지를 꺾어
    보냈다. 여기서는 남송의 도성인 임안臨安을 가리킨다.

초선관(貂蟬冠)

立笔
附蟬
額花
貂尾
貫笄
三小蟬
方心曲
領
宋·貂蟬笼巾

【해설】

이 사는 51세 때인 순희淳熙 2년(1175) 정월 영주榮州의
횡계각橫谿閣에서 연회를 즐기며 타향에서 봄을 맞이한 감

회를 쓴 것으로, 득의하지 못한 현실에 대한 탄식과 떠나온 고향에 대한 그리움이 나타나 있다.

상편에서는 가지마다 만발한 매화꽃과 흰초 떨기에 생동하는 푸른빛으로 봄이 이미 깊었음을 말하고, 횡계각으로 가며 본 영주의 봄 경관을 다양한 시선의 변화를 통해 생동감 있게 묘사하고 있다. 그러나 반복되는 계절의 순환 속에서 산천의 모습은 변함이 없지만 세월의 흐름은 빠르기만 함을 탄식하며 헛되이 흘러버린 지난 세월을 아쉬워하고 있다. 하편에서는 상편에 이어 다만 지난 세월뿐 아니라 현실의 처지 또한 아쉽고 안타까움을 말하고 있다. 아무런 공업도 이루지 못한 채 몸은 늙어 가고 친구들에 비해 지위 또한 낮으며 변방에 멀리 떨어져 있어 자신의 뜻을 황제 앞에서 펼칠 수도 없는 처지를 탄식하며 고향으로 돌아가고 싶은 바람을 나타내고 있다.

도원억고인 · 서문을 함께 쓰다

영주군 치소의 서쪽에 내성을 따라 누각을 지었는데 '고재'라 하였다. 아래로 산골 마을을 바라보면 고요하기가 세상 밖인 듯하다. 나는 70일을 머물다가 명을 받아 성도의 막부로 가게 되었다. 떠날 때가 되어 아쉬움에 종일 머물러 있다가 〈도원억고인〉 한 수를 썼다.

....

석양에 적막히 사립문은 닫혀 있고
한 줄기 밥 짓는 연기 이따금씩 피어오르네.
닭과 개는 숲 밖을 왔다 갔다 하는데
모두가 고요하고 쓸쓸한 정취를 지니고 있네.

노쇠한 늙은이 나이 들수록 영리와는 멀어지나니
아무 일 없는 이 산성을 무척이나 좋아했었네.
떠나가며 몇 번이고 아름다운 누각에 기대어보나니
언제나 이곳에 다시 오게 될지?

....

영주(榮州) 방옹정(放翁亭)

방옹정 내에 걸려 있는 육유시
〈영주를 떠나며(別榮州)〉

桃園憶故人·幷序

三榮郡治之西, 因子城作樓觀,[1] 曰高齋. 下臨山村, 蕭然如世外. 予留七
十日, 被命參成都戎幕而去. 臨行徙倚竟日,[2] 作桃源憶故人一首.

斜陽寂歷柴門閉,[3] 一點炊煙時起. 雞犬往來林外, 俱有蕭然意.[4]
衰翁老去疎榮利,[5] 絕愛山城無事. 臨去畫樓頻倚, 何日重來此.

【주석】

1) 子城(자성) : 대성大城에 딸린 작은 내성內城. 옹성甕城이라고도 한다.

2) 徙倚(사의) : 아쉬움에 떠나지 못하고 이리저리 배회하다.

3) 寂歷(적력) : 적막하고 성긴 모양.

4) 蕭然(소연) : 고요하고 쓸쓸한 모양.

5) 榮利(영리) : 영록榮祿과 재리財利. 높은 관직과 많은 재물을 가리킨다.

【해설】

이 사는 51세 때인 순희淳熙 2년(1175) 정월 10일 사천제치사참의관四川制置使參議官으
로 임명되어 성도成都로 부임할 때 쓴 것으로, 영주榮州를 떠나는 아쉬움을 나타내고
있다. 육유는 한 해 전인 순희 원년(1174) 11월 초에 영주로 부임하여 약 70일 만에
다시 성도로 돌아가게 되었는데, 이 기간 동안만 총8수의 사를 남기며 영주에 대한
각별한 애정을 나타내었다.

상편에서는 영주성의 고재高齋에서 내려다 본 적막한 산골 마을의 경관을 묘사하며
영주를 떠나는 쓸쓸한 자신의 감정을 기탁하고 있다. 하편에서는 이곳 영주에 머무르며
세상의 영리에서 벗어나 마음의 위안과 안식을 얻었음을 말하고 차마 떠나지 못하고
배회하고 있는 모습으로 영주에 대한 사랑과 미련을 나타내고 있다.

도원억고인 · 응령을 지나는 길에

난간 몇 굽이 고재로 이어진 길
겹겹 구름 깊은 곳에 있네.
단청도 채 마르지 않았거늘 사람은 떠나가니
높다란 용마루에 헛되이 글만 남겼구나.

방초 무성한 장정에 날은 저무나니
길 떠나는 수레 멈출 수 없도다.
오직 외로운 기러기와 안개 자욱한 모래톱만이
자꾸만 고개 돌려 돌아보는 나를 알아주네.

桃園憶故人 · 應靈道中1

欄干幾曲高齋路,2 正在重雲深處. 丹碧未乾人去,3 高棟空留句.4
離離芳草長亭暮,5 無奈征車不住.6 惟有斷鴻煙渚, 知我頻回顧.

【주석】

1) 應靈(응령) : 응령현應靈縣. 영주榮州의 서남쪽 150리쯤 되는 곳에 있다.
2) 高齋(고재) : 영주성 내성에 있는 누각.
3) 丹碧未乾(단벽미건) : 단청도 채 마르지 않다. 시간이 매우 짧음을 가리킨다.
4) 高棟(고동) : 높은 용마루. 여기서는 고재를 가리킨다.

  5) 離離(이리) : 풀이 무성한 모양.

  6) 征車(정거) : 길 떠나는 수레. 성도成都로 향해 가는 수레를 가리킨다.

【해설】

  이 사는 51세 때인 순희淳熙 2년(1175) 정월 영주榮州를 떠나 성도成都로 부임하는 도중 응령현應靈縣을 지나며 쓴 것으로, 떠나가는 영주에 대한 아쉬움과 미련이 나타나 있다.

  상편에서는 멀리 영주의 고재高齋로 이어지는 길에서 짙은 구름 사이로 언뜻 보이는 고재의 난간에 안타까움을 느끼며 70여일에 불과한 영주에서의 짧은 추억에 깊은 아쉬움을 나타내고 있다. 하편에서는 응령의 장정에서 유숙하며 무리에서 떨어진 기러기와 안개에 싸인 모래톱에 자신의 쓸쓸한 감정을 기탁하고, 떠나온 영주 쪽을 자꾸만 돌아보는 모습으로 차마 떠나지 못하는 미련을 나타내고 있다.

어가오 · 중고 형에게 부쳐

···························

동쪽을 바라보나니 산음은 어디인가?
오고 가는 데에만 일만 삼천 리라네.
집으로 보내는 편지는 헛되이 종이에만 가득하네.
맑은 눈물 흘리나니
답장 돌아오면 이미 내년이리.

홍교 아래로 흐르는 물에 말 기탁하나니
조각배 타고 언제나 형제들을 찾아갈 수 있을지?
하늘 끝까지 두루 돌아다니다 정말로 늙어버렸네.
근심에 잠 못 이루니
차 달이는 연기 속에 귀밑머리는 몇 가닥이 쇠해버렸네.

···························

漁家傲 · 寄仲高1

東望山陰何處是, 往來一萬三千里. 寫得家書空滿紙. 流淸淚, 書回已是
明年事.2
寄語紅橋橋下水,3 扁舟何日尋兄弟. 行徧天涯眞老矣4. 愁無寐, 鬢絲幾
縷茶煙裏.5

【주석】

1) 仲高(중고) : 육유의 사촌 형 육승지陸升之. 자가 중고仲高이며 육유보다 12살이 많았다. 일찍이 권신 진회秦檜에게 아부하여 사림의 비난을 받았으며, 진회 사후 뇌주雷州로 폄적되어 7년을 지냈다. 후에 산음으로 돌아와 자신의 잘못을 뉘우치고 자호를 '복재復齋'라 하였다.

2) 書回(서회) : 편지가 돌아오다. 답장이 오는 것을 말한다.

3) 紅橋(홍교) : 다리 이름. 산음 부근에 있다.

4) 行徧(행편) : 두루 돌아다니다.

5) 幾縷(기루) : 몇 가닥.

【해설】

이 사는 육유의 사촌 형인 육승지陸升之에게 쓴 것으로, 멀리 떠나온 고향 땅과 헤어진 형제들에 대한 그리움을 나타내고 있다. 육승지가 뇌주에서의 폄적생활을 마치고 고향으로 돌아간 것이 순희淳熙 원년(1174)이었고 육유가 성도에서 이 소식을 들은 것은 그 이듬해였던 것을 생각하면, 이 사는 51세 때인 순희淳熙 2년(1175) 무렵 성도成都에서 사천제치사참의관四川制置使參議官을 지낼 때 쓴 것으로 여겨진다.

상편에서는 동쪽으로 멀리 고향 땅을 바라보며 왕복으로 일만 삼천 리나 떨어져 있어 편지조차 자유롭게 왕래할 수 없음을 눈물로 안타까워하고 있다. 하편에서는 고향으로 흐르는 강물에 안부의 말을 기탁하며 강물 따라 조각배 타고 형제들을 찾아 떠나가고 싶은 그리움을 나타내고, 타향 땅을 떠돌다 어느새 늙어버린 자신의 모습에 시름겨워하고 있다.

촉잔연운도(蜀栈連雲圖)
— 청말민초 마태(馬駘)

남가자 · 익창으로 떠나는 주기의를 전송하며

타향에서 늦게야 만나
중년에 이별하기 어렵나니
늦가을 비바람에 나그네의 옷은 차갑도다.
또 다시 조천문 밖을 향해
남정에서의 슬픔과 기쁨을 이야기하네.

야윈 말로 서리 내린 잔교를 지나고
가벼운 배로 눈 덮인 여울을 지나면
오노산 아래 온 숲은 붉게 물들었으리.
3년 동안 늘 부쳤던 말, 나를 대신해 해주시길
꿈에서도 그리워하고 있다고.

南歌子 · 送周機宜之益昌1

異縣相逢晩,2 中年作別難, 暮秋風雨
客衣寒. 又向朝天門外,3 話悲歡.4
瘦馬行霜棧,5 輕舟下雪灘, 烏奴山下
一林丹.6 爲說三年常寄,7 夢魂間.

【주석】

1) 周機宜(주기의) : 누구인지 알 수 없다. '기의機宜'는 관직명으로, 군영에서 문서작성을 담당하였다.
益昌(익창) : 지금의 사천성 광원시廣元市. 성도成都의 북쪽에 있다.

2) 異縣(이현) : 타향. 여기서는 성도成都를 가리킨다.

3) 朝天門(조천문) : 성도의 북쪽 성문.

4) 悲歡(비환) : 슬픔과 기쁨. 남정에 종군할 때의 추억을 가리킨다.

5) 棧(잔) : 잔도棧道. 절벽에 구멍을 뚫어 나무를 가설하여 만든 길로, 지형이 험한 섬陝과 촉蜀 지역에 많이 설치되어 있다.

6) 烏奴山(오노산) : 오룡산烏龍山이라고도 하며, 익창 서쪽 가릉강嘉陵江 가에 있다.

7) 爲說(위설) : 나를 위해 대신 말하다. 남정에 있는 친구들에게 자신의 안부를 전해줄 것을 부탁한 것이다.

잔도(棧道)

【해설】

이 사는 51세 때인 순희淳熙 2년(1175) 가을 성도成都에 있을 때 익창益昌으로 떠나는 주기의周機宜를 전송하며 쓴 것이다. 익창은 성도의 북쪽 섬서성과의 경계에 있으며, 육유가 종군했던 남정(南鄭, 지금의 섬서성 한중시漢中市)과 가깝다. 육유는 건도乾道 8년(1172) 11월에 남정南鄭을 떠나 성도로 왔는데, 상편에서는 성도로 와서 주기의를 알게 되었고 비록 늦게 만났지만 친한 교분을 맺어 차마 헤어지기 어려움을 말하고 있다. 이어 남정과 가까운 곳으로 가는 주기의를 전송하며 기쁨과 슬픔이 교차했던 자신의 남정에서의 추억들을 떠올리고 있다. 하편에서는 주기의가 지나갈 험한 산길과 물길을 상상하며, 그곳의 친구들에게 자기를 대신하여 지난 3년 동안 꿈에서조차 잊지 못한 그리움을 전해 달라 부탁하고 있다.

쌍두련 · 범성대 대제에게 드림

....

휜 귀밑머리 희끗희끗한 채
웅장한 뜻은 헛되어 버리고
이 몸은 나그네와 같아라.
외로운 병든 천리마는
어두운 곳을 향하나니
옛날의 호방했던 기개는 다 없어져 버렸네.
꿈에서도 고향산천을 갈 수 없나니
안개 자욱한 겹겹의 강물이 가로막고 있다네.
몸은 만 리 밖에 있고
옛 친구들과의 만남은 끊어졌으니
청문에서의 아름다운 교유를 누가 기억하리.

모두들 성도가 번화롭다 말하지만
관직은 한가롭고 낮은 길기만 함을 탄식하며
사립문 안에서 잠이나 잔다네.
맑은 시름에 홀로 취하며
이때를 생각하니
누구에게 심사를 털어놓으리.
설령 오초 땅으로 향하는 배 있다한들
어느 때나 동으로 갈지 알 수 있으리?
부질없이 슬피 바라보나니
회는 맛나고 줄은 향기로울 텐데
가을바람은 또 일어나네.

....

雙頭蓮·呈范至能待制1

華鬢星星,2 驚壯志成虛, 此身如寄. 蕭條病驥,3 向暗裏, 消盡當年豪氣.
夢斷故國山川, 隔重重煙水. 身萬里, 舊社凋零,4 青門俊遊誰記.5
盡道錦里繁華,6 歎官閑晝永, 柴荊添睡.7 清愁自醉, 念此際, 付與何人
心事. 縱有楚柁吳檣,8 知何時東逝. 空悵望, 鱠美菰香,9 秋風又起.

【주석】

1) 范至能(범지능) : 범성대(范成大, 1126~1193). 자는 지능至能이며 오현(吳縣, 지금의 강소
   성 소주시蘇州市) 사람이다. 소흥紹興 24년(1154) 진사가 되어 이후 30년 동안 관직생활
   을 하였으며 만년에 고향에 은거하며 스스로를 석호거사石湖居士라 칭하였다. 전원시田
   園詩로 명성이 있으며 육유陸游, 양만리楊萬里, 소덕조蕭德藻와 더불어 '남송사대가南宋四
   大家'로 칭해진다.

2) 華鬢(화빈) : 흰머리.

3) 蕭條(소조) : 외롭고 쓸쓸한 모양.
   病驥(병기) : 병든 천리마. 재능을 펼치지 못한 채 늙고 병들어 버린 자신을 비유한다.

4) 舊社(구사) : 옛 친구들. '사社'는 문인들의 시문 모임으로 '결사結社'를 의미한다.
   凋零(조령) : 시들어 떨어지다. 여기서는 친구들과의 교유가 끊어진 것을 가리킨다.

5) 靑門(청문) : 장안長安의 동문. 여기서는 임안臨安을 가리킨다.

6) 錦里(금리) : 금성錦城. 성도成都를 가리킨다. '금관성錦官城'이라고도 하며 성도 부근의
   금강錦江에서 명칭이 유래하였다.

7) 柴荊(시형) : 사립문.

8) 楚柁吳檣(초타오장) : 오초吳楚 지역으로 향하는 키와 돛대. 고향으로 돌아가는 배를
   가리킨다.

9) 鱠美菰香(회미고향) : 회는 맛있고 줄은 향기롭다. 진晉 장한張翰의 고사를 인용한 것으
   로, 고향으로 돌아가고 싶은 마음을 가리킨다.

고엽(菰葉)

≪세설신어≫에 "장한의 자는 계응인데 제왕 사마경司馬冏의 동조연東曹掾이 되었다. 낙수에서 가을바람이 이는 것을 보고는 오 땅의 줄과 순채국, 농어회 생각이 간절해져 마침내 수레를 몰아 돌아갈 것을 명령하였다.(世說, 張翰, 字季鷹, 爲齊王冏掾, 在洛見秋風起, 因思吳中菰葉蓴羹鱸魚膾, 遂命駕歸)"라 하였다.

菰(고) : 줄. 벼과 식물인 고엽菰葉. 열매는 쌀과 같아 '고미菰米'라 하며 밥으로 지어 먹는다.

【해설】

이 사는 51세 때인 순희淳熙 2년(1175) 6월 성도成都에서 사천제치사참의관四川制置使參議官을 지낼 때 성도지부成都知府로 부임한 범성대范成大에게 기증한 것으로, 공업을 이루지 못한 회한과 고향에 대한 향수가 나타나 있다.

상편에서는 중원수복의 웅대한 뜻을 실현하지 못한 채 타향을 전전하고 있는 자신의 신세를 늙고 병든 천리마에 비유하며, 꿈에서도 돌아가기 힘들 정도로 먼 타향에 떨어져 있어 친구들과의 연락 또한 끊어졌음을 탄식하고 있다. 하편에서는 번화한 성도에서 홀로 칩거한 채 잠이나 자고 술이나 마시는 모습을 통해 무료하고 무의미한 성도에서의 관직생활을 말하고, 언제 돌아갈지 알 수 없는 불안정한 관직생활을 한탄하며 불어오는 가을바람에 고향으로 돌아가고 싶은 간절한 바람을 나타내고 있다.

오야제

....

나는 옥대에서 도가 경전을 교정하고
그대는 예주전에서 운전서로 글을 쓰네.
성도에서 다시 만나니
마음은 둘 다 변함없다네.

술잔 쥐고 어느 곳이든 가고
매화 찾으며 해마다 함께 할 것을 약속한다네.
천상의 많은 관직들 곰곰이 생각하다
에라, 땅에 사는 신선이 되자 하네.

....

烏夜啼

我校丹臺玉子,¹ 君書蕊殿雲篇.² 錦官城裏重相遇,³ 心事兩依然.
攜酒何妨處處, 尋梅共約年年. 細思上界多官府,⁴ 且作地行仙.⁵

【주석】

1) 丹臺(단대) : 붉은 누대. 전설상 신선이 산다고 하는 누대.
   玉子(옥자) : 옥 같은 글자. 도가의 경전을 가리킨다.
2) 蕊殿(예전) : 예주전蕊珠殿. 도가에서는 천상세계를 셋으로 나누어 옥청玉淸, 상청上淸,
   태청太淸이라 하는데, 이중 상청에 있는 궁궐이다.

　雲篇(운편) : 도가의 글자체인 운전서雲篆書로 쓴 글. 도가의 경전을 가리킨다.

3) 錦官城(금관성) : 성도成都. 금성錦城이라고도 한다.

4) 細思(세사) : 곰곰이 생각하다.

　多官府(다관부) : 관직이 많다. 천상세계에도 층층마다 많은 관직이 있음을 말한다.

5) 地行仙(지행선) : 땅에 사는 신선. 하늘의 관직에 매이지 않는 자유로운 신선을 말한다.

【해설】

　앞의 〈목란화만木蘭花慢·한단의 꿈같은 세상 두루 다니고闐邯鄲夢境〉를 보면 육유는 순희淳熙 원년(1174) 청성산靑城山에 들러 도관을 구경하였다. 사의 내용으로 보아 이 사는 이듬해 51세 때인 순희淳熙 2년(1175) 겨울, 영주로 갔다 다시 성도로 돌아와 이 때 알았던 도사와 재회하고 쓴 것으로 여겨진다. 사에서는 도사道士와 교유하며 함께 도가의 경계를 추구하는 모습과 관직생활에 대한 회의가 나타나 있다.

　상편에서는 도사는 경전을 쓰고 자신은 이를 교정하는 모습으로 도가의 세계에서 함께 교유하였음을 말하고, 헤어졌다 다시 만났지만 그 뜻은 여전히 변함이 없음을 말하고 있다. 하편에서는 술 마시고 매화를 구경하며 인간세상의 즐거움을 함께 하고 있음을 말하고, 하늘로 올라가 관직에 있기를 거부하며 지상의 신선으로 남겠다는 말을 통해 현실의 속박된 관직생활에 대한 회의와 매이지 않는 자유로운 삶에 대한 지향을 나타내고 있다.

야유궁 • 꿈을 적어 사백혼에게 부치다

....

눈 내리는 새벽, 맑은 갈잎 피리 소리는 어지러이 일어나고
꿈속에서 노닐던 곳, 어디인지 모르겠네.
철갑 기마병은 소리도 없어 바라봄에 물 흐르는 것 같았고
생각해보니 변방 국경지역,
안문의 서쪽, 청해호의 끝이었네.

차가운 등불 아래 잠에서 깨니
물시계 소리는 그쳤고 달은 종이창에 비스듬히 비치네.
만 리 밖에서 제후로 봉해질 것임을 자부하나니
누가 알리,
귀밑머리 비록 쇠해졌건만
마음은 아직 죽지 않았음을.

....

夜遊宮 • 記夢寄師伯渾[1]

雪曉淸笳亂起,[2] 夢遊處不知何地. 鐵騎無聲望似水,[3] 想關河,[4] 雁門西,[5]
靑海際.[6]
睡覺寒燈裏, 漏聲斷月斜窗紙.[7] 自許封侯在萬里,[8] 有誰知, 鬢雖殘, 心
未死.

【주석】

1) 師伯渾(사백혼) : 사혼보師渾甫. 자는 백혼伯渾이며 미산(眉山, 지금의 사천성 미산시眉山市) 사람이다. 시문과 서예에 뛰어났으며 평생토록 관직에 나아가지 않고 은거하였다.

2) 笳(가) : 갈대 피리.

3) 鐵騎(철기) : 철갑옷으로 무장한 기마병.
   似水(사수) : 물이 흐르는 것 같다. 소리 없이 행군하는 것을 말한다.

4) 關河(관하) : 함곡관函谷關, 무관武關, 대산관大散關, 소관蕭關 등 4개의 관문과 위하渭河, 황하黃河 등 2개의 강으로 둘러싸인 지역. 변방 국경 지역을 의미한다.

5) 雁門(안문) : 안문관雁門關. 지금의 산서성 대현代縣 서북쪽에 있다.

6) 靑海(청해) : 청해호靑海湖. 지금의 청해성 동쪽에 있다.

7) 漏聲(누성) : 물시계의 물 떨어지는 소리.

8) 自許(자허) : 스스로 인정하다. 제후로 봉해질 정도로 많은 공업을 세울 것임을 자부한 말이다.

【해설】

　이 사는 사백혼師伯渾에게 기증한 기몽사記夢詞로서, 잠에서 깨어나 꿈에서 보았던 변방의 정경을 회상하고 공업 수립에 대한 열의와 신념을 나타내고 있다. 육유의 〈사백혼문집서師伯渾文集序〉에 따르면, 건도乾道 9년(1173) 육유는 성도成都에서 가주嘉州로 부임할 때 미산眉山을 지나며 사백혼을 알게 되었고 그 후 4년 후에 사백혼이 병으로 세상을 떠났다고 하였다. 따라서 이 사는 건도 9년에서 순희淳熙 4년(1177) 사이에 쓴 것임을 알 수 있다.

　상편에서는 어디선가 들려오는 갈잎 피리 소리에 새벽잠을 깬 시인이 꿈속에서 보았던 변방의 정경을 회상하고 있는데, 중무장한 철갑 기마병들이 소리도 없이 행군하고 있는 모습을 통해 용맹하고 숙련된 병사들의 사기와 중원 수복에 대한 자신감을 나타내고 있다. 하편에서는 밤이 다해가는 새벽의 상황을 묘사하며 밝아 오는 새 시대에 대한 기대와 희망을 말하고, 자신의 공업 수립에 대한 확신과 나이가 들어도 변치 않을 우국충정의 신념을 나타내고 있다.

관 위치도

대산관(大散關)

함곡관(函谷關)

접련화

....

물에 부평초 떠다니고 바람에 버들 솜 말리는데
어여쁜 미소와 아리따운 이마로
그대가 날 맞이해 준 곳을 기억한다네.
꿈속에서나 만날 수 있건만
꿈도 사람 마음대로 꾸어지지 않음을 탄식하네.

꿈이 만약 사람 마음대로 된다면 어디를 갈 것인가?
짧은 모자와 가벼운 적삼 차림으로
밤마다 미주 가는 길에 있겠지.
은촛대 켠 아름다운 방 먼 것은 두렵지 않으나
바람이 청의강 나루를 막을까 걱정스럽네.

....

蝶戀花

水漾萍根風卷絮,1 倩笑嬌顰,2 忍記逢迎處.3 只有夢魂能再遇, 堪嗟夢
不由人做.
夢若由人何處去. 短帽輕衫, 夜夜眉州路.4 不怕銀缸深繡戶,5 只愁風斷
青衣渡.6

【주석】

1) 卷(권) : 감겨 말리다. '권捲'과 같다.

2) 倩笑嬌顰(천소교빈) : 어여쁜 미소와 예쁘
게 찡그린 이마.

3) 逢迎處(봉영처) : 맞이하고 접대하던 곳.
미산의 공음정共飮亭을 가리킨다.

4) 眉州(미주) : 지금의 사천선 미산시眉山市.

5) 銀缸(은항) : 은백색의 등잔 또는 촉대.
繡戶(수호) : 아름답게 수놓은 방. 여인의
방을 가리킨다.

6) 靑衣(청의) : 청의강靑衣江. 사천성 중부 지
역을 흐르는 강으로 '말수沫水'라고도 하며,
낙산시樂山市에서 민강岷江으로 들어간다.

은항(銀缸)

【해설】

건도乾道 9년(1173) 육유는 성도成都에서 가주嘉州로 부임할 때 미산眉山을 지나며 미산
의 공음정共飮亭에서 연회를 열었다. 당시 연회에 참석했던 기녀妓女의 모습이 육유에게
매우 인상적이었던 것으로 여겨지니, 이 사에서는 당시의 아름다운 기녀의 모습을 회상
하고 그녀와의 재회를 꿈꾸는 모습이 나타나 있다. 이 사의 작사 시기는 분명하지 않으
나 53세 때인 순희淳熙 4년(1177) 육유가 조정으로 돌아가는 범성대范成大를 전송하며
다시 미산에 갔던 것에 비추어 볼 때, 대략 이 무렵 미산에서 당시의 추억을 회상하며
쓴 것이라 여겨진다.

상편에서는 물에 떠다니는 부평초와 바람에 말리는 버들 솜으로 당시 관직생활로
떠돌아다니던 자신을 비유하고 아름다운 여인과의 만남을 회상하고 있다. 이어 꿈에서
라도 다시 만나고 싶지만 꿈조차 뜻대로 되지 않음을 말하며, 현실은 물론 꿈에서도
이루어질 수 없는 재회를 안타까워하고 있다. 하편에서는 만약 꿈을 원하는 대로 꿀

수 있다면 매일 밤마다 그녀와의 추억이 깃든 미산으로 갈 것임을 말하고, 아무리 먼 길이라도 자신은 상관없지만 다만 하늘이 그를 도와주지 않을까 걱정하는 마음으로 그녀에 대한 그리움을 나타내고 있다.

작교선 · 밤에 두견새 울음소리를 들으며

두견새

초가집 처마에 인적은 고요하고
쑥 창에 등불은 어둑한데
봄 저무는 강 가득 비바람 몰아치네.
숲의 앵무새와 둥지의 제비는 아무런 소리도 없고
달 뜬 밤이면 늘 두견새만 울어대네.

맑은 눈물 자아내게 재촉하고
외로운 꿈에서 놀라 깨어나게 하더니
다시금 깊은 가지 찾아 날아가 버리네.
고향에서도 차마 들을 수 없었거늘
하물며 반평생 떠도는 나그네 신세임에랴.

鵲橋仙 · 夜聞杜鵑

茅簷人靜,[1] 蓬窗燈暗,[2] 春晚連江風雨.[3] 林鶯巢燕總無聲, 但月夜常啼
杜宇.[4]

催成清淚, 驚殘孤夢. 又揀深枝飛去.[5] 故山猶自不堪聽, 況半世飄然羈
旅.[6]

【주석】

1) 茅簷(모첨) : 띠 풀을 이어 엮은 처마. 초가지붕을 가리킨다.

2) 蓬窗(봉창) : 쑥대를 엮어 만든 창.

3) 連江(연강) : 강에 가득하다.

4) 杜宇(두우) : 전설상 고대 촉국蜀國의 망제望帝. 여기서는 두견새를 의미한다. 두우杜宇
는 만년에 수재水災로 인해 재상 개명開明에게 제위를 물려주고 물러나 서산西山에 숨어
살면서 고국을 그리워하며 비통해 하다 죽었다. 죽어서 혼이 두견새가 되었는데 그
울음소리가 매우 구슬펐으며 늦봄이면 더욱 슬프게 울었다고 한다. '자규子規'라고도
부르며 그 울음소리가 마치 '돌아감만 못하다[不如歸]'라고 하는 것 같아 '불여귀不如歸'라
고도 한다.

5) 揀(간) : 가리다, 선택하다.

6) 羈旅(기려) : 나그네 신세에 매어 있다. '기羈'는 '묶이다, 매이다'의 뜻으로, 멀리 고향을
떠나 성도에서 관직생활을 하고 있는 것을 말한다.

【해설】

　이 사는 성도成都에 머무를 때 쓴 것으로, 늦봄에 두견새의 울음소리를 듣고 고향에
대한 그리움을 나타내었다.

　상편에서는 인적 없는 초가집과 어두운 창의 불빛, 봄 저무는 강에 몰아치는 비바람으
로 객지생활의 고달픔과 외로움을 나타내고, 밤마다 들려오는 구슬픈 두견새의 울음소
리에 향수가 더욱 깊어짐을 말하고 있다. 하편에서는 그리움의 눈물을 자아내게 할
뿐 아니라 고향으로 돌아가는 꿈조차 방해하는 두견새를 원망하며 관직에 매어 오랜
세월 타향을 떠도는 자신의 신세를 안타까워하고 있다.

감황은

작은 누각은 가을 하늘에 기대어
아래로 강가 모래톱을 굽어보고,
적막하고 외로운 구름은 비가 되지 못하네.
몇 마리 새로이 날아온 기러기 소리
고개 돌려보니 두릉은 어디인가?
비장한 마음 만 리에 헛되나니
누가 있어 함께 하리?

승상과 추밀사가 있고
대장군과 군정장관도 있으니
공명수립에 일할 사람 없을까 걱정하지 말지니.
지금 가만히 생각하면
다만 고향으로 돌아가는 길만 있나니
석범산 아래 세 무의 마름 밭 있는 곳이라네.

성도(成都) 망강루(望江樓)

感皇恩

小閣倚秋空,[1] 下臨江渚,[2] 漠漠孤雲未成雨.[3] 數聲新雁, 回首杜陵何處.[4]
壯心空萬里, 人誰許.[5]
黃閣紫樞,[6] 築壇開府,[7] 莫怕功名欠人做.[8] 如今熟計, 只有故鄕歸路, 石
帆山脚下,[9] 菱三畝.[10]

【주석】

1) 小閣(소각) : 작은 누각. 성도成都 동문 밖 금강錦江 가에 있는 망강루望江樓의 숭려각崇麗閣으로 여겨진다.

2) 江渚(강저) : 강가의 모래톱.

3) 漠漠(막막) : 적막하다, 조용하다.

4) 杜陵(두릉) : 장안長安 동남쪽에 있는 한漢 선제宣帝의 능. 여기서는 금金에 함락된 장안 지역을 가리킨다.

5) 人誰許(인수허) : 사람은 어디에 있는가? '수허誰許'는 '어느 곳'의 뜻으로, 자신과 뜻을 함께 할 사람이 없음을 탄식한 말이다.

6) 黃閣(황각) : 한대漢代 승상이 정무를 보던 곳. 여기서는 재상을 가리킨다.
紫樞(자추) : 추밀원樞密院. 여기서는 추밀사樞密使를 가리킨다. 이 구는 문관의 고위관직을 대표한다.

7) 築壇(축단) : 한漢 고조高祖가 단을 쌓고 한신韓信을 대장군에 봉한 것을 가리키는 말로, 여기서는 대장군을 의미한다.
開府(개부) : 막부를 설치하고 관속을 배치하는 것으로, 여기서는 높은 직위의 군정장관을 의미한다. 이 구는 무관의 고위관직을 대표한다.

8) 欠(흠) : 부족하다, 모자라다.

9) 石帆山(석범산) : 육유의 고향 산음山陰의 동남쪽 15리에 있는 산. 석벽의 높이가 수십 장이나 되어 마치 돛을 펴고 물에 떠 있는 것 같다 하여 명칭이 유래하였다.

10) 菱(릉) : 마름풀. 식용으로 사용된다.

【해설】

이 사는 성도成都에 머무를 때 쓴 것으로, 타향에 홀로 있으며 공업성취에서 멀어져 있는 자신의 현실을 탄식하며 고향으로 돌아가고 싶은 바람을 나타내고 있다.

상편에서는 망강루望江樓에서 바라본 금강錦江의 경관을 묘사하며 비가 되어 내리지 못하는 외로운 구름으로 뜻을 이루지 못한 채 타향에 홀로 떨어져 있는 자신을 비유하고 있다. 이어 북쪽에서 날아오는 기러기를 바라보며 여전히 금金에 함락되어 있는 장안을 떠올리고 자신과 뜻을 함께 할 사람이 없음을 탄식하고 있다. 하편에서는 고위직의 문무관원들을 열거하며 오히려 공업을 세울 사람이 많음을 말함으로써 중원수복이 이루어지지 않고 있는 현실을 역설적으로 비판하고, 고향으로 돌아가 농사나 지으며 살고 싶다는 말로 현실에 대한 실의와 좌절감을 나타내고 있다.

호사근 · 우문권신의 운에 차운하여

나그네 길 괴로워 고향으로 돌아갈 것 생각하나니
시름은 천 가닥 누에 실일세.
꿈속에서 본 경호는 안개비로 가득하고
산을 보니 몇 겹인지 모르겠네.

술동이 앞에서 젊은 날의 호방한 기세 다 녹여버리고
봄을 보내는 말조차 귀찮아하네.
꽃 지고 제비 나는 정원
세월을 한탄한들 어찌하리.

好事近 · 次宇文卷臣韻1

客路苦思歸, 愁似繭絲千緒.2 夢裏鏡湖煙雨,3 看山無重數.
尊前消盡少年狂,4 慵著送春語.5 花落燕飛庭戶, 歎年光如許.

【주석】

1) 宇文卷臣(우문권신) : 우문소혁宇文紹奕. 자가 권신卷臣 또는 곤신袞臣이며 광도(廣都, 지금의 사천성 쌍류현雙流縣) 사람이다. 일찍이 공주(邛州, 지금의 사천성 공래현邛崍縣) 지주知州를 지냈으며 육유가 촉 지역에 있을 때 시문으로 창화하였다.

2) 繭絲(견사) : 누에 실

3) 鏡湖(경호) : 호수 이름. 지금의 절강성 소흥시紹興市 남쪽에 있다. 여기서는 육유의
   고향을 가리킨다. 육유는 ≪검남시고劍南詩稿≫ 권8 〈밤에 소남문 성 위에 올라夜登小南門
   城上〉 시의 자주自注에서 '나의 옛 산은 경호의 남쪽에 있다.(予故山在鏡湖之南)'라 하였
   으며, 권32 〈은거하며幽栖〉 시의 자주에서도 '건도 병술년(1166)에 비로소 경호의 삼산에
   거처하였다.(乾道丙戌, 始卜居鏡湖之三山)'라 하였다.

4) 尊(준) : 술동이. '준樽'과 같다.
   少年狂(소년광) : 젊은 시절의 광기狂氣. 호방하고 호탕한 기세를 가리킨다.

5) 慵著(용저) : 게으르다, 귀찮다.

【해설】

이 사는 성도成都에 있을 때 우문권신의 사에 차운하여 쓴 것으로, 고향에 대한 그리움
과 세월의 흐름에 대한 탄식이 나타나 있다. 우문권신의 원사는 지금 전하지 않는다.
우문권신이 순희淳熙 4년(1177) 공주지주邛州知州로 있으며 육유를 초청하였고, 같은 해
쓴 ≪검남시고劍南詩稿≫ 권8 〈객사의 벽에 쓰다書寓舍壁〉 시에서 "가을바람은 두건과
베옷에 시원함을 더하는데, 또 다시 공주에서 열흘을 머문다네.(秋風巾褐添蕭爽, 又作臨
邛十日留)"라 한 것으로 보아, 이 사는 53, 4세 때인 순희淳熙 4년(1177) 또는 5년(1178)에
쓴 것으로 여겨진다.

상편에서는 향수로 인한 시름을 천 가닥 누에 실에 비유하며 꿈에서 본 고향의 아름다
운 고향의 모습과 대비시키고 있다. 하편에서는 젊은 날의 호방한 기세를 잃어버린
채 늙어 회한의 술잔을 들고 있는 모습으로 헛되이 흘러버린 세월을 안타까워하고
있다.

한궁춘 · 장씨의 정원에서 해당화를 감상하며 쓰다. 정원은 옛날 촉 연왕의 궁이다

인간세상 정처 없이 떠돌며
무협에서 원숭이 울음소리 듣고
진땅에서 검술 배우기를 좋아했었네.
텅 빈 배로 떠다니며 매어있지 않고
만 리 강과 하늘을 떠돌았네.
젊고 아름다운 모습으로
세상에서 아무 할 일 없는 신선이 되었나니.
어떠하리, 꾀꼬리와 꽃 가득한 곳에서
노래하며 한가로이 세월 보내는 것이.

거들먹거리며 오만하게 뜬 눈을 비웃지 말지니
한가로운 전각과 깊은 방 안의
수많은 어여쁜 여인들을 본다네.
연 왕궁의 해당화 핀 저녁 연회에
꽃은 금 술잔을 덮고 있네.
화려한 촛대는 서까래처럼 늘어서 있고
술자리 끝날 때 온 횃불에선 연기가 피어오르네.
이에 도성의 옛 친구들에게 말 전하니
머리에 두른 두건을 관모로 바꾸지는 말게나.

漢宮春 · 張園賞海棠作, 園, 故蜀燕王宮也1

浪迹人間,2 喜聞猿楚峽,3 學劍秦川.4 虛舟汎然不繫, 萬里江天. 朱顏綠
鬢,5 作紅塵、無事神仙.6 何妨在、鶯花海裏,7 行歌閑送流年.
休笑放慵狂眼,8 看閑坊深院, 多少嬋娟.9) 燕宮海棠夜宴, 花覆金船.10
如椽畫燭, 酒闌時、百炬吹煙.11 憑寄語、京華舊侶, 幅巾莫換貂蟬.12

【주석】

1) 張園(장원) : 장씨의 정원. 연왕궁燕王宮을 가리키며 당시 장씨의 소유로 되어 있었다.
蜀燕王(촉연왕) : 오대五代 후촉後蜀의 고조高祖 맹지상孟知祥의 제4자 맹이업孟貽鄴으로,
연왕燕王에 봉해졌다. 전촉前蜀의 고조高祖 왕건王建으로 보기도 한다.

2) 浪迹(낭적) : 곳곳을 자유롭게 떠돌아다니다.

3) 楚峽(초협) : 초楚의 협곡峽谷. 무협巫峽을 의미한다. 사천성 봉절현奉節縣에서 호북성
의창시宜昌市에 이르는 장강삼협長江三峽 중의 하나로, 여기서는 기주(夔州, 지금의 사천
성 봉절현) 통판으로 부임하며 촉에서의 관직생활을 시작한 것을 가리킨다.

4) 秦川(진천) : 진秦의 땅. 남정(南鄭, 지금의 섬서성 한중시漢中市)을 의미한다. 춘추전국
시기 진秦에 속했기 때문에 이와 같이 불렀으며, 여기서는 남정의 왕염王炎의 막부에서
종군한 것을 가리킨다.

5) 朱顏綠鬢(주안록빈) : 붉은 얼굴과 푸른 귀밑머리. 영원히 늙지 않는 젊고 아름다운
모습을 의미한다.

6) 紅塵(홍진) : 먼지. 세속의 인간세상을 뜻한다.
無事神仙(무사신선) : 세상에서는 할 일이 없는 신선. 현실에서 득의하지 못한 자신을
비유한다.

7) 鶯花海(앵화해) : 꾀꼬리와 꽃의 바다. 사방에 꾀꼬리가 지저귀고 꽃이 피어 있는 것을
가리킨다.

8) 放慵狂眼(방용광안) : 거들먹거리며 오만한 눈을 뜨다. 자유롭고 거리낌 없는 태도를

가리킨다.

9) 嬋娟(선연) : 곱고 아름답다. 연회에 참석한 기녀를 가리킨다.

10) 金船(금선) : 금으로 만든 배 모양의 화려하고 커다란 술잔.

11) 酒闌(주란) : 술자리가 끝나다.

吹煙(취연) : 연기가 날리다. 횃불이 꺼지고 연기가 피어오르는 것을 말한다.

12) 幅巾(폭건) : 머리 전체를 싼 두건. 평민의 복장을 가리킨다.

貂蟬(초선) : 초선관貂蟬冠. 담비의 꼬리와 매미 날개 문양으로 장식한 모자. 여기서는 관직을 의미한다. 앞의 〈심원춘沁園春·흰 꽃가루는 매화가지 끝에서 부서지고粉破梅梢〉 주12) 참조.

【해설】

육유는 46세 때인 건도乾道 6년(1170) 10월 기주통판으로 부임하며 촉에서의 관직생활을 시작하였는데, 이후 10년 가까운 기간 동안 남정南鄭과 성도成都, 가주嘉州, 영주榮州 등지를 떠돌다 순희淳熙 5년(1178)에서야 임안臨安으로 돌아왔다. 이 사는 임안으로 돌아오기 전 성도成都에 있을 때 연왕궁燕王宮에서 해당화를 감상하며 쓴 것으로, 촉蜀에서의 관직생활을 술회하고 연왕궁에서의 성대한 연회를 묘사하고 있다.

두건의 유형 - 왼쪽부터 폭건(幅巾), 방건(方巾), 유건(儒巾), 장자건(莊子巾), 동파건(東坡巾)

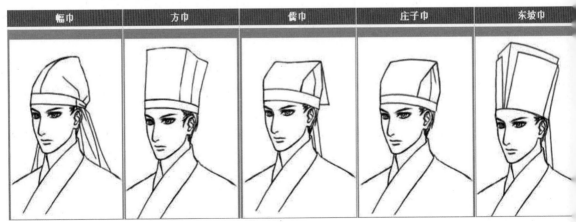

幅巾	方巾	儒巾	庄子巾	东坡巾

상편에서는 기주와 남정을 들어 한 곳에 안정하지 못하고 떠돌아다녔던 촉에서의 관직생활을 말하고, 자신을 세상에서는 아무런 할 일이 없는 신선에 비유하며 꽃놀이나 즐기는 것이 합당하다는 말로 자신의 이상과 포부가 실현되지 못하는 현실을 비판하고 있다. 하편에서는 기녀들이 가득한 방과 화려한 꽃으로 장식된 커다란 술잔, 촘촘히 늘어선 촛대와 불이 꺼지며 연기 피어오르는 횃불로 날이 밝도록 이어진 연왕궁燕王宮에서의 화려하고 성대한 야연夜宴을 묘사하고 있다. 마지막 두 구에서는 도성의 친구들에게 관직에 나가지 말 것을 권유하며 다시금 관직생활에 대한 회의를 나타내고 있다.

유초청 · 옛날 촉 연왕의 궁은 해당화가 무성하여 성도에서 으뜸인데, 지금은 장씨의
소유이다

해당화(海棠花)

성도는 번화롭고
궁궐 둘러싼 옛 저택에
겹겹 꽃받침의 기이한 꽃 피어있네.
준수한 객과 아름다운 여자들
황금 고삐 다투어 휘날리며
향나무 수레 가지런히 대었네.

휘장 칠 필요 있나?
아름다운 잔엔 붉은 구름 상서로운 노을이 잠겼네.
은촉의 빛 속
맑은 노래 속에서
세상 끝에 있는 회한을 잊어버리네.

柳梢靑 · 故蜀燕王宮海棠之盛,1 爲成都第一, 今屬張氏

錦里繁華,2 環宮故邸, 疊萼奇花.3 俊客妖姬, 爭飛金勒,4 齊駐香車.5
何須幙障幃遮,6 寶杯浸、紅雲瑞霞.7 銀燭光中, 淸歌聲裏, 休恨天涯.8

【주석】

1) 蜀燕王(촉연왕) : 오대五代 후촉後蜀의 맹이업孟貽鄴. 앞의 〈한궁춘漢宮春 · 인간세상 정

처 없이 떠돌며浪迹人間〉 주1) 참조.

2) 錦里(금리) : 성도成都. 금관성錦官城 또는 금성錦城이라고도 한다.

3) 疊萼(첩악) : 겹쳐진 꽃받침.

4) 金勒(금륵) : 황금 장식의 말고삐. 화려한 장식으로 치장한 말을 의미한다.

5) 香車(향거) : 향나무로 만든 수레. 화려하고 아름다운 수레를 의미한다.

6) 幬障幃遮(막장위차) : 햇빛을 가리기 위해 야외에 임시로 치는 장막이나 휘장.

7) 浸(침) : 잠기다, 스미다. 술잔에 해당화의 그림자가 비치는 것을 말한다.
   紅雲瑞霞(홍운서하) : 붉은 구름과 상서로운 노을. 술잔에 비치는 해당화의 그림자를 가리킨다.

8) 天涯(천애) : 세상 끝. 성도를 가리킨다.

【해설】

이 사는 성도成都에 있을 때 연왕궁燕王宮의 해당화를 감상하며 쓴 것으로, 사람들로 북적이는 연왕궁의 모습과 해당화 아래에서 술 마시며 타향객의 시름을 달래는 모습이 나타나 있다.

상편에서는 연왕궁에 해당화가 아름답게 피어있는 모습과 젊은 남녀들이 다투어 모여들어 이를 즐기고 있는 모습을 묘사하고 있는데, 오래된 고택을 배경으로 막 피어난 해당화와 연왕은 죽어 사라진 궁에서 노니는 청춘의 남녀들이 신구新舊와 사생死生의 선명한 대비를 이루고 있다. 하편에서는 연왕궁이 아름다운 꽃으로 가득하여 굳이 어느 한 곳에 장막을 치고 머무를 필요가 없음을 말하고, 술잔에 비친 해당화의 그림자를 마시며 멀리 타향에 떠나와 있는 시름을 달래고 있다.

월상해당 · 성도성 남쪽에 촉왕의 옛 정원이 있는데, 특히 매화가 많고 모두가 이백여 년 된 고목이다

석양 속 황폐한 궁원에 붉은 문은 닫혀 있고
나라의 흥망을 애달파하니
눈물 흔적 속에 회한이 어리네.
담박한 궁원의 매화는
옛날과 다름없이
천공이 연유를 찍은 듯, 제비가 물을 가른 듯하고.

시름이 맺혀 있는 곳은
선화궁의 옛 일을 생각하는 듯하네.

매화(梅花)

나그네에겐 다른 처량한 생각이 있나니
그윽한 향기 꺾어
천 리 밖 누구에게 보내리?
강 언덕에 우두커니 서 있건만
아득히 만나기 어려워
농산에서 말을 타고 돌아오네.
고향 소식은 멀기만 하니
초 땅 하늘 아래 높은 누각에 홀로 기대어
있네.

月上海棠·成都城南有蜀王舊苑,¹ 尤多梅, 皆二百餘年古木

斜陽廢苑朱門閉, 弔興亡, 遺恨淚痕裏.² 淡淡宮梅,³ 也依然、點酥剪水.⁴ 凝愁處, 似憶宣華舊事.⁵

行人別有凄凉意, 折幽香,⁶ 誰與寄千里. 佇立江皐,⁷ 杳難逢、隴頭歸騎.⁸ 音塵遠,⁹ 楚天危樓獨倚.

【주석】

1) 蜀王舊苑(촉왕구원) : 촉왕의 옛 정원. 오대五代 후촉後蜀의 별원別苑으로, 성도 서남쪽 15, 6리쯤에 있다. 당시 합강원合江園이라 불렸다.
2) 淚痕(누흔) : 눈물 흔적. 점점이 피어 있는 매화를 가리킨다.
3) 淡淡(담담) : 색이 엹고 담박한 모양.
4) 點酥(점수) : 천공天公이 연유로 점을 찍다. 매화가 나뭇가지에 점점이 피어 윤기 있는 모습을 비유한 것이다.
   剪水(전수) : 제비가 물을 가르다. 수면에 제비 꼬리가 스쳐 물이 튀어 오르는 것을 가리키며, 매화의 촉촉하고 생기 있는 모습을 비유한 것이다.
5) 宣華(선화) : 촉왕 정원의 옛 이름.
6) 幽香(유향) : 그윽한 향기. 매화를 가리킨다.
7) 江皐(강고) : 강가의 높은 곳. 강 언덕.
8) 隴頭(농두) : 농산隴山. 감숙성 남부와 섬서성 서부에 걸쳐 있는 산맥. 모양이 밭두둑과 같다하여 '농산壟山'이라고도 한다. 여기서는 변방 지역을 의미한다.
9) 音塵(음진) : 소식. 여기서는 고향의 소식을 가리킨다.

【해설】

이 사는 성도成都에 있을 때 촉왕 옛 정원의 매화를 감상하며 쓴 것으로, 옛 조대의 흥망에 대한 감회와 나그네의 향수가 나타나 있다.

　상편에서는 석양을 배경으로 황폐해진 궁원과 닫힌 궁문을 묘사하며 역사 속으로 사라져버린 촉을 애도하고, 변함없이 정원 가득 아름답게 피어난 매화에 인생무상의 회한을 기탁하고 있다. 하편에서는 상편의 매화와 자신을 대비시키며 자신은 타향 나그네의 처지라 '향수'라는 또 하나의 시름이 더 있음을 말하고, 강과 산의 높은 곳에서 고향 쪽을 바라보다 홀로 돌아와 높은 누각에 기대어 고향의 소식을 기다는 모습으로 변방에서의 외로움과 향수를 나타내고 있다.

도원억고인

....

성 남쪽 술 싣고 노래하며 지나는 길에
아름다운 버들잎과 가지들은 헤아릴 수 없건만,
한 송이 이슬 맺힌 모란꽃에
가장 마음 끌린다네.

꾀꼬리 소리 무심히 봄 떠나길 재촉하는데
게다가 스무날을 비바람까지 몰아치네.
아름다운 시절 어디로 갔는가 묻나니
향기로운 풀은 저녁 하늘에 이어져 있네.

....

桃園憶故人

城南載酒行歌路, 冶葉倡條無數.[1] 一朶鞓紅凝露,[2] 最是關心處.[3]
鶯聲無賴催春去, 那更兼旬風雨.[4] 試問歲華何許,[5] 芳草連天暮.

【주석】

1) 冶葉倡條(야엽창조) : 버들의 아름다운 잎과 간드러진 가지. 아름다운 기녀妓女들을
   의미한다.

2) 鞓紅(정홍) : 모란牧丹. '정鞓'은 붉은색의 가죽 띠로, 모란꽃의 색이 이것을 닮았다 하여
   이와 같이 불렀다.

모란(牧丹)

3) 關心(관심) : 마음이 끌리다, 생각이 집
   중되다.
4) 兼旬(겸순) : 20일. '순旬'은 열흘이다.
5) 歲華(세화) : 한 해의 아름다운 시절. 봄
   의 계절과 인생의 젊은 시절을 의미한다.
   何許(하허) : 어느 곳.

【해설】
　이 사는 성도成都에 있을 때 쓴 것으로,
봄날 유람하며 꽃을 감상하는 즐거움과 저
무는 봄을 아쉬워하는 안타까움이 대비되
어 나타나 있다.
　상편에서는 술 마시고 노래하며 성도의 곳곳을 누비면서 봄을 즐기고 있는 모습이
나타나 있는데, 길에 가득한 기녀들을 아름다운 버들잎과 간드러진 버들가지에 비유하
고 이들보다는 이슬 머금은 채 홀로 피어 있는 모란이 더욱 사랑스러움을 말하며 홀로
타향에 있는 자신의 외로운 처지를 말하고 있다. 하편에서는 꾀꼬리 울음 속에 봄날은
빨리 저물고 그나마도 연이은 비바람으로 인해 제대로 즐기지도 못했음을 말하며, 저무
는 하늘 아래 피어 있는 향초의 모습에서 재능을 펼치지 못한 채 아무런 공업도 이루지
못하고 속절없이 지나버린 자신의 젊은 시절을 떠올리며 안타까워하고 있다.

수룡음 · 봄날 마하지를 노닐며

....

마하지 연못가를 따라가며 노니는 길에
붉고 푸른빛이 들쭉날쭉 봄이 깊었네.
봄빛은 어여쁘고
해당화는 술에 취한 듯
복사꽃은 피어나려 하네.
도채절 막 지나
한식날 가까워지니
온 성에 풍악소리 가득하네.
황금 말안장이 길을 다투고
향나무 수레가 덮개를 날리며
먼저 차지하려 다투네,
신정관을.

아름다운 시절 슬며시 바뀌어 버림을 탄식하나니
암연한 깊은 슬픔에 비도 그치고 구름도 흩어져 버렸네.
화장 경대는 빛을 잃고
비녀의 봉황머리는 떨어졌으며
쟁의 현은 끊어져 기러기발만 비끼어있네.
몸은 하늘 끝에 있나니
어지러운 산과 외로운 성에
높은 누각은 하늘을 날듯 솟아있네.
봄은 왔건만
버들 꽃만 시름과 짝하여

동풍 속에 가득함을 탄식하네.

....

水龍吟·春日遊摩訶池

摩訶池上追遊路,[1] 紅綠參差春晚.[2] 韶光姸媚,[3] 海棠如醉, 桃花欲暖. 挑
菜初閑,[4] 禁煙將近,[5] 一城絲管.[6] 看金鞍爭道,[7] 香車飛蓋,[8] 爭先占、新
亭館.[9]

惆悵年華暗換,[10] 黯銷魂、雨收雲散.[11] 鏡奩掩月,[12] 釵梁析鳳,[13] 秦箏
斜雁.[14] 身在天涯, 亂山孤壘, 危樓飛觀.[15] 歎春來只有, 楊花和恨,[16] 向
東風滿.

【주석】

1) 摩訶池(마하지) : 성도成都의 남쪽 촉궁蜀宮 안에 있는 연못. '마하摩訶'는 범어梵語로
   '크다'라는 뜻이다. 육유는 ≪검남시고劍南詩稿≫ 권2 〈마하지摩訶池〉 시의 자주自注에서
   "촉궁 안에 옛날 배를 띄워 이곳까지 들어왔는데 둘레가 10여리이다. 지금 궁의 후문은
   비록 이미 육지가 되었으나 지금도 수문이라 부른다.(蜀宮中舊泛舟入此地, 曲折十餘
   里. 今府後門雖已爲平陸, 然猶號水門)"라 하였다.

2) 參差(참치) : 가지런하지 않고 들쭉날쭉한 모양.

3) 韶光(소광) : 아름다운 빛. 봄빛을 가리킨다.

4) 挑菜(도채) : 도채절挑菜節. 음력 2월 2일. 송대에 이날 교외에 나가 나물을 캐며 새봄을
   즐겼다.
   初閑(초한) : 막 한가로워지다. 도채절이 막 지났음을 말한다.

5) 禁煙(금연) : 한식절寒食節. 24절기 중의 하나로 동지冬至가 지난 뒤 105일째 되는 날.

앞의 〈접련화蝶戀花·밭두둑 위로 퉁소 소리 들리
니 한식날이 가까이 왔고陌上簫聲寒食近〉 주2) 참조.

6) 絲管(사관) : 현악기와 관악기. 풍악 소리를 가리
킨다.

7) 金鞍(금안) : 황금 안장. 화려한 장식으로 치장한
말을 의미한다.

8) 香車(향거) : 향나무 수레. 화려하고 아름다운 수
레를 의미한다.

飛蓋(비개) : 수레의 덮개.

9) 新亭館(신정관) : 촉궁 안의 관각館閣 이름.

10) 年華(연화) : 한 해의 아름다운 시절. 봄의 계절과
인생의 젊은 시절을 의미한다. '세화歲華'와 같다.

11) 雨收雲散(우수운산) : 비가 그치고 구름이 흩어지
다. 어느 특정한 상황이 변화되었음을 뜻하는 말
로, 젊은 시절이 지나가버렸음을 가리킨다.

양화(楊花)

12) 鏡奩(경렴) : 거울 달린 화장함. 경갑鏡匣.

掩月(엄월) : 달빛을 가려 어둡다. 경갑의 거울이 빛이 바래 사물을 밝게 비추지 못함을
뜻한다.

13) 釵梁(차량) : 비녀의 중심부분.

拆鳳(탁봉) : 봉황장식이 떨어져 있다. 비녀 머리 부분의 봉황장식이 떨어져 몸통 부분
만 남았음을 뜻한다.

14) 秦箏(진쟁) : 쟁箏의 다른 이름. 진秦 몽념蒙恬이 만들었다하여 이와 같이 불렀다. 거문고
와 비슷한 13현의 악기이다. 앞의 〈호사근好事近·묶인 기러기 돌아갈 수 없나니羈雁未
成歸〉 주3) 참조.

斜雁(사안) : 비스듬히 날아가는 기러기. 쟁의 안족雁足을 가리킨다. 현이 끊어져 쟁의
발만 남아 있음을 의미한다.

15) 危樓飛觀(위루비관) : 지붕이 날개처럼 펼쳐 있는 높다란 누각.

16) 楊花(양화) : 버들 꽃. '양楊'은 갯버들이며 '유柳'는 수양버들이다.

【해설】

이 사는 성도成都에 있을 때 촉궁蜀宮 안의 마하지摩訶池를 노닐며 쓴 것으로, 마하지의 봄 경관을 감상하며 덧없는 세월의 흐름을 탄식하고 나그네의 객수를 나타내고 있다.

상편에서는 봄이 되어 온갖 꽃들로 가득한 마하지에 성도 사람들이 몰려들어 봄을 즐기고 있는 모습이 나타나 있는데, 붉고 푸른빛의 화려한 꽃 색깔과 현과 피리가 어우러진 떠들썩한 풍악 소리로 번화한 성도의 모습을 묘사하며 하편에서의 외롭고 쓸쓸한 자신의 모습과 대비시키고 있다. 하편에서는 봄은 다시 찾아왔지만 자신의 젊은 시절은 돌아올 수 없음을 탄식하며 빛을 잃은 화장 경대와 봉황장식이 떨어진 비녀, 현이 끊어진 쟁에 자신을 비유하고, 겹겹의 산과 외로운 성, 동풍 가득히 날리는 버들 꽃으로 멀리 고향을 떠나와 있는 자신의 외로운 신세와 고향을 향한 그리움을 나타내고 있다.

자고천 · 설공숙 집에서의 연회 자리에서 쓰다

....

남포의 배에서 만났던 아름다운 두 여인
누가 알았으리, 초 땅 강가에서 다시 만나게 될 줄을.
후원에서 홍아판 들고 노래 부르던 이들을
서천까지 데려와 푸른 비단깔개에 오르게 하였네.

엷은 미소 짓다가
문득 가벼이 얼굴 찡그리나니
담황색 버드나무는 다시금 봄을 재촉하네.
말로는 한을 전하기 어려움을 진정 아나니
비파로 진심을 말하는 것만 못하네.

....

鷓鴣天 · 薛公肅家席上作1

南浦舟中兩玉人.2 誰知重見楚江濱? 憑敎後苑紅牙版,3 引上西川綠錦
茵.4

纔淺笑, 却輕嚬,5 淡黃楊柳又催春. 情知言語難傳恨,6 不似琵琶道得眞.

【주석】

1) 薛公肅(설공숙) : 이름은 알 수 없다. 건도乾道 4년(1168) 간주통판簡州通判을 지냈다.
2) 南浦(남포) : 남쪽의 포구. 일반적으로 이별의 장소를 의미한다.

玉人(옥인) : 아름다운 여인. 여기서는 기녀妓女를 가리킨다.

3) 紅牙版(홍아판) : 악기 이름. 박달나무로 만든 박판拍板. '홍아판紅牙板'
   이라고도 하며, 박자를 맞추기 위해 두드렸다. '홍아紅牙'는 박달나무
   를 가리키며 색이 붉고 재질이 단단하여 이와 같이 불렀다.

4) 綠錦茵(녹금인) : 푸른 비단으로 만든 깔개. 공연을 위해 깔아
   놓은 자리를 가리킨다.

5) 輕嚬(경빈) : 이마를 가볍게 찡그리다. '빈嚬'은 '빈顰'과 같다.
   여인의 아름다운 모습을 가리킨다.

6) 情知(정지) : 진정으로 알다, 분명하게 알다.

홍아판(紅牙版)

【해설】

이 사는 성도成都에 있으며 설공숙薛公肅의 집에서 연회를 벌일 때 쓴 것으로, 노래하는 두 기녀를 보고 이전에 만났던 기억을 회상하며 그녀들과의 동병상련의 심경을 노래한 것이다. 사에서는 내용상 시의 장법을 사용하여 기승전결의 구조를 나타내고 있다.

상편에서는 먼저 노래하는 두 기녀가 이전에 도성을 떠날 때부터 알고 있었던 사람이며 멀리 촉 땅에서 다시 만나게 되었음을 말하고, 그녀들이 본래 궁에서 음악을 익혔던 사람들로서 탁월한 노래와 연주 실력을 지니고 있음을 말하고 있다. 하편에서는 엷은 미소와 가볍게 찡그리는 이마로 노래하는 기녀들의 아름다운 모습을 묘사하고, 비파 소리에서 궁을 떠나 멀리 촉 땅까지 오게 된 기녀들의 회한을 느끼고 자신 또한 도성을 떠나와 있는 동병상련의 안타까움을 나타내고 있다.

조중조 • 담덕칭을 대신하여 쓰다

....

노래도 춤도 싫고 사람 맞는 것도 싫어
느지막이 단장하고 봄 술 덜 깨어서라 핑계 대네.
늘 마음 깊은 곳에서 그대를 사랑하건만
사람들 앞에서는 정이 없다 거짓으로 말하네.

최근에는 더욱 조심하니
꾀꼬리 우는 붉은 꽃 숲에서 은밀히 이야기하고
제비 나는 푸른 버들 아래에서 깊이 맹서하였네.
살구나무 객사의 꽃그늘 옅음을 한스러워하고
화려한 집의 은촛대 밝음을 싫어하였네.

....

朝中措 • 代譚德稱作1

怕歌愁舞懶逢迎, 妝晚託春醒.2 總是向人深處,3 當時枉道無情.4
關心近日,5 啼紅密訴,6 剪綠深盟.7 杏館花陰恨淺,8 畫堂銀燭嫌明.

【주석】

1) 譚德稱(담덕칭) : 당계임譚季壬. 자는 덕칭德稱이며 촉蜀의 명사名士이다. 숭경부(崇慶府, 지금의 사천성 숭경현崇慶縣)의 부학교수府學教授를 지냈으며, 육유가 성도에 있을 때 시문으로 창화하였다.

2) 醒(정) : 숙취宿醉. 술에서 덜 깨어 정신이 멍한 상태.

3) 向人(향인) : 사람을 사랑하다. 여인이 담덕칭을 사랑하는 것을 가리킨다.

4) 枉道(왕도) : 거짓으로 말하다.

5) 關心(관심) : 유의하다, 마음에 새기어 조심하다.

6) 啼紅(제홍) : 꾀꼬리가 우는 붉은 꽃 숲.

7) 剪綠(전록) : 제비가 나는 푸른 버들. 제비는 꼬리가 가위처럼 갈라져 있어 '연전燕剪'이
라 불린다. '전剪'은 제비가 푸른 버들 사이를 날아다니는 것을 비유한다.

8) 花陰(화음) : 꽃그늘.

【해설】

이 사는 성도成都에 있으며 담덕칭譚德稱과 교유할 때 쓴 것으로, 제목으로 보아 담덕칭
을 대신하여 기녀에게 기증한 것으로 여겨진다. 사에서는 기녀의 말을 통해 담덕칭에
대한 기녀의 사랑과 둘만의 은밀한 밀회를 노래하고 있다.

상편에서는 노래하고 춤추는 것도 싫고 손님을 맞는 것도 싫어 숙취를 핑계로 화장
또한 늦게 하고 있는 모습으로 그녀가 이미 한 사람과의 사랑에 깊이 빠져 있음을
말하고 있다. 그러나 그녀는 여러 사람을 접대해야 하는 기녀의 신분인 까닭에 내면의
진심을 드러내지 못하고 다른 이들 앞에서는 그저 무심한 척 거짓으로 말할 수밖에
없음을 안타까워하고 있다. 하편에서는 다른 이들의 눈을 피해 은밀히 사랑을 속삭이며
변함없는 사랑을 약속하고, 행여 자신의 사랑이 들킬까 짙은 꽃그늘과 흐릿한 촛불조차
도 걱정하며 안심하지 못하고 있는 모습이 나타나 있다.

억진아

....

옥화총 타고 가나니
저물녘 거리의 황금빛 고삐에 소리는 쟁강쟁강.
소리 쟁강대며
한가로이 검은 모자 비껴쓰고
성 동쪽을 지나가네.

봄 가득한 거리에 꽃은 가득하니
천금으로 술을 사 춘풍에 보답하네.
춘풍에 보답하니
피리 소리 둘러싸인 곳
수놓은 비단 무리 속이구나.

....

憶秦娥

玉花驄,[1] 晚街金轡聲瓏瓏.[2] 聲瓏瓏, 閑欹烏帽,[3] 又過城東.
富春巷陌花重重,[4] 千金沽酒酬春風[5]. 酬春風, 笙歌圍裏, 錦繡叢中.

【주석】

1) 玉花驄(옥화총) : 백색의 꽃무늬가 있는 좋은 말. 당唐 현종玄宗이 탔다고 하는 두 마리
   말 중의 하나. 당 현종은 서역에서 온 명마 '조야백照夜白'과 '옥화총玉花驄'을 탔다고

한다.

2) 瓏瓏(총롱) : 의성어. 옥이 부딪혀 나는 영롱한 소리.

　金轡(금비) : 황금 장식의 말고삐. '금륵金勒'과 같다.

3) 烏帽(오모) : 검은색 비단으로 만든 관원의 모자. '사모紗帽'라고도 한다.

4) 巷陌(항맥) : 길거리.

　花重重(화중중) : 꽃이 겹겹이 피어 있다. 여기서는 거리에 가득한 기녀들을 비유한다.

5) 酬春風(수춘풍) : 춘풍에 보답하다. 중의적인 뜻으로 봄의 경관 또는 기녀를 비유한다.

【해설】

　이 사는 봄날 기루妓樓에서 즐기는 즐거움을 노래한 것으로, 시기는 분명하지 않으나 육유가 당시 관직에 있었고 또한 성도에서 많은 사람들과 기루에서 교유했던 것으로 보아 대략 성도에 있을 때 쓴 것으로 여겨진다.

　상편에서는 날이 저물어 아름답게 치장한 좋은 말과 관모까지 갖춘 준수한 차림으로 기루를 찾아가는 시인의 여유롭고 느긋한 모습이 나타나 있다. 하편에서는 천금을 들여 술을 사고 기녀들에 둘러싸여 풍악을 즐기는 모습에서 시인의 호방함과 자유로움을 느낄 수 있다.

심원춘

....

한 번 진루에서 이별하고는
잠깐 사이 새봄이 되더니
다시 상원절이 가까워졌네.
생각하나니, 사랑 가득한 예쁜 미소와
가늘고 부드러운 두 손
옥에서 향이 나고 꽃이 말하는 듯
눈 같은 피부는 따스하고 윤기가 맺혀있었네.
옛 일을 생각하면 간장은 애달프고
봄을 슬퍼하며 그리움에 병이 드니
평생 이런 적이 없어 나 또한 이상하다네.
그대 아시는지?
몸은 촉의 비단옷 속에서 야위어가고
눈물은 오의 비단 손수건에 스미는 것을.

태양을 묶어 놓을 기다란 끈 구하기가 어렵거늘
게다가 게으른 나그네로 떠돌며 오래된 친구도 적다네.
다만 강가의 기러기는 날아오르고
어촌의 피리 소리는 애잔하며
차가운 등잔에 심지는 떨어지고
외로운 벼루에 얼음이 생겨난다네.
강이 두르고 산이 에워싸고
연기는 어둑하고 구름은 비참하니
높은 누대 있어도 늘 올라가기 겁이 난다네.

깊은 시름 잠기는 곳에
편지도 오지 않고
향기로운 꿈조차 기댈 수가 없다네.
....

沁園春

一別秦樓,1 轉眼新春, 又近放燈.2 憶盈盈倩笑,3 纖纖柔握,4 玉香花語,5
雪暖酥凝.6 念遠愁腸, 傷春病思,7 自怪平生殊未曾. 君知否, 漸香消蜀
錦,8 淚漬吳綾.9

難求繫日長繩.10 況倦客飄零少舊朋.11 但江郊雁起, 漁村笛怨, 寒缸委
爐,12 孤硯生冰. 水繞山圍, 煙昏雲慘, 縱有高臺常怯登. 消魂處, 是魚牋
不到,13 蘭夢無憑.14

【주석】

1) 秦樓(진루) : 진秦 목공穆公이 그의 딸 농옥弄玉을 위해 세웠다는 봉루鳳樓. 후에 '초관楚
館'과 함께 기루妓樓를 뜻하는 말로 사용되었다.

2) 放燈(방등) : 등을 켜는 날. 정월 대보름, 상원절上元).

3) 盈盈(영영) : 가득한 모양. 여기서는 사랑의 정이 가득한 것을 가리킨다.
倩笑(천소) : 예쁜 미소.

4) 纖纖(섬섬) : 가늘고 고운 모양.
柔握(유악) : 부드러운 손.

5) 玉香花語(옥향화어) : 옥에서 향이 나고 꽃이 말을 하다. 기녀의 아름다운 모습을 비유
한 말이다.

6) 雪暖酥凝(설난수응) : 눈처럼 하얀 피부가 따스하고 윤기가 맺혀있다. 기녀의 아름다운 피부를 비유한 말이다.

7) 傷春病思(상춘병사) : 봄을 슬퍼하며 그리움에 병이 들다.

8) 香消(향소) : 향기로운 몸이 야위다.

蜀錦(촉금) : 촉蜀의 비단. '금錦'은 채색의 무늬가 있는 두꺼운 비단으로, 여기서는 옷을 의미한다.

9) 淚漬(누지) : 눈물이 스미다, 적시다.

吳綾(오릉) : 오吳의 비단. '릉綾'은 얼음결의 무늬가 있는 얇은 비단으로, 여기서는 손수건을 의미한다.

10) 繫日長繩(계일장승) : 해를 묶어두는 긴 줄. 시간의 흐르지 않도록 해를 붙잡아 두려는 것을 말한다.

11) 倦客(권객) : 타향생활에 권태로움을 느끼는 나그네. 자신을 가리킨다.

12) 寒缸(한항) : 차가운 등잔.

委燼(위신) : 심지가 떨어지다.

13) 魚牋(어전) : 촉蜀에서 생산되는 종이. '어전魚牋' 또는 '어자전魚子牋'이라고도 하며, 여기서는 편지를 의미한다.

14) 蘭夢(난몽) : 향기로운 꿈. 사랑하는 이와 함께 만나는 꿈을 의미한다.

【해설】

이 사는 성도成都에 있을 때 기루에서 사랑했다 헤어진 기녀를 그리워하며 쓴 것으로, 기증의 형식을 통해 그녀에 대한 사랑과 이별의 아픔, 홀로 있는 외로움과 그리움을 나타내고 있다.

상편에서는 기루에서 그녀와 헤어지고 다시 만나지 못한 채 시간이 훌쩍 지나가 버렸음을 느끼며 아름다웠던 그녀와의 만남을 회상하고, 이별의 아픔에 날로 야위어가 며 슬픔의 눈물을 흘리고 있는 자신을 말하고 있다. 하편에서는 속절없이 흐르는 시간을 아쉬워하며 자신은 타향을 떠도는 나그네 신세라 함께 할 친구도 없음을 말하고, 쓸쓸하고 처연한 강변의 경관과 어둡고 차가운 방의 모습으로 홀로 지내는 자신의 외로운 심정을 나타내고 있다. 마지막 단락에서는 두려운 마음으로 그녀의 소식을 기다리며 꿈에서조차 뜻대로 만나지 못하는 것을 안타까워하고 있다.

안공자

비바람 속에 막 춘사절이 지났고,
두견새 울음 속에 봄빛은 시들어 가네.
가장 무정한 것은
시들어져 떨어져버린 장미 한 그루.
하물며 나는 올해
초췌한 모습으로 고요한 창 아래에 있다네.
사람 참 이상해져 시와 술에도 흥미 없어지고
약화로와 도경을 향하며
꾀꼬리 지저귀는 창과 버드나무 늘어진 정자도 잊어버렸다네.

세상사에서 마음 거두었지만
분가루의 흔적은 향기로운 비단 수건에 아직 남아 있네.
달을 한스러워하고 꽃에 시름겨워 하나니
어찌 알았으리, 지금처럼 모두 그만두어 버릴 줄을.
부질없이 나의 전생을 생각해 보면
부채로 말을 몰아 장대를 지나갔던 장창이었으리.
근래 마음의 두려움을 견딜 수 없나니
설령 노래하고 술 마시게 된다 하더라도
그저 도성에서의 옛 이야기만을 말하리.

安公子

風雨初經社,¹ 子規聲裏春光謝.² 最是無情, 零落盡、薔薇一架.³ 況我今年, 憔悴幽窗下. 人盡怪、詩酒消聲價,⁴ 向藥爐經卷,⁵ 忘却鶯窗柳榭.⁶

萬事收心也, 粉痕猶在香羅帕.⁷ 恨月愁花, 爭信道、如今都罷.⁸ 空憶前身, 便面章臺馬.⁹ 因自來、禁得心腸怕,¹⁰ 縱遇歌逢酒, 但說京都舊話.¹¹

【주석】

1) 社(사) : 춘사절. 입춘立春 후 다섯 번째 무일戊日로, 토지신에게 제사를 지내며 풍년을 기원한다.

2) 子規(자규) : 두견새. '불여귀不如歸'라고도 한다. 여기서는 고향을 그리워하는 자신을 비유한다. 앞의 〈작교선鵲橋仙·초가집 처마에 인적은 고요하고茅簷人靜〉 주4) 참조.

3) 架(가) : 나무를 세는 단위. 그루.

경권(經卷)

4) 消聲價(소성가) : 명성과 가치가 사라지다. 시와 술에 흥미를 잃은 것을 의미한다.

5) 藥爐經卷(약로경권) : 약 달이는 화로와 둥글게 만 경전. 단약을 만들고 도가의 경전을 읽는 것을 가리킨다.

6) 鶯窗柳榭(앵창류사) : 꾀꼬리가 지저귀는 창과 버드나무가 있는 누각. 기녀가 거처하는 곳을 가리킨다.

7) 羅帕(나파) : 비단 수건. 여인의 소지품이자 장식품으로, 이별할 때 사랑의 징표로 주었다.

8) 爭(쟁) : 어찌.
信道(신도) : 알다. '지도知道'와 같다.

9) 便面(편면) : 얼굴을 가리기에 편한 것이라는 뜻으로, 부채를 가리킨다.

章臺馬(장대마) : 장대 거리를 달리는 말. '장대章臺'는 한대漢代 장안의 거리 이름으로, 후한後漢 장창張敞이 경조윤京兆尹으로 있을 때 위엄 있는 옷이 없는 것을 부끄러워하여 조회가 끝나고 장대를 지나갈 때 마부로 하여금 말을 달리게 하고 자신은 부채로 말을 채찍질하였다고 한다. 여기서는 장창의 고사를 인용하여 사람들을 피하고 은둔하는 것을 나타내었다.

10) 自來(자래) : 근래.

禁得(금득) : 참을 수 없다, 견딜 수 없다.

11) 京都舊話(경도구화) : 도성에서 지내던 옛이야기. 적극적으로 자신의 말을 하지 않고 그저 응대만 하는 것을 의미한다.

【해설】

이 사는 저무는 봄날의 쓸쓸함과 만사에 흥이 사라져버린 무기력함을 노래한 것으로, 오락가락하는 감정의 변화에서 시인의 불안정한 심리상태를 엿볼 수 있다. 작사 시기는 분명하지 않으나 향수와 무료함 등이 나타나 있는 것으로 보아 성도成都에 머물고 있을 때 쓴 것으로 여겨진다.

상편에서는 춘사절이 지나 두견새가 울고 장미도 모두 시들어버린 모습으로 늦봄의 정경을 묘사하며 홀로 있는 외로움과 고향에 대한 그리움을 나타내고, 평소와는 달리 시를 쓰고 술을 마시는 것에도 흥미를 잃어 단약을 만들며 도가의 경전을 읽고 있음을 말하고 있다. 마지막에는 기녀에 대한 생각도 잊어버렸음을 말하며 하편을 이끌고 있다. 하편에서는 비록 세상 모든 일에 흥미를 잃었지만 기녀와의 추억은 여전히 남아 있음을 말하며 세상과 단절한 채 지내고 있는 자신을 두려워하고 있다. 따라서 마지막 두 구에서는 다시 세상 사람들과 어울리게 될 가능성을 열어두고 그때가 되더라도 자신의 속마음을 드러내지 않은 채 그저 응대나 하며 지낼 것임을 말하고 있다.

진주렴

....

산촌 물가 역관의 오르락내리락한 길에서
나그네 길 생각하니 늦봄 바람에 날리는 버들 솜 같네.
땅을 스치다간 주렴을 뚫고 들어오니
마침내 어디로 돌아갈지 알 수 있으리?
거울 속 새로이 내린 서리에 부질없이 스스로를 가련히 여기고
묻나니, 언제나 문하성과 학사원에 있을지?
저물녘 헛되이 높은 곳에 기대어 먼 곳을 생각하며
허공에 글을 쓰고 혼자 중얼거리네.

예로부터 선비들의 삶에는 잘못됨이 많았나니
옛날에 일찌감치 조각배 타고 돌아가지 못했음을 후회하네.
취하여 흰 네가래 떠있는 모래섬에 쓰러져
석양의 갈매기를 바라보네.
줄과 순채국, 농어회 모두 버려두고
푸른 관복으로 갈아입었구나.
돌아보지 말자,
빨리 강 위에 몸을 기탁하고
안개비 속에 도롱이 입고 있자.

....

眞珠簾

山村水館參差路,¹ 感羈遊、正似殘春風絮. 掠地穿簾, 知是竟歸何處.
鏡裏新霜空自憫, 問幾時鸞臺鰲署.² 遲暮,³ 謾憑高懷遠,⁴ 書空獨語.
自古, 儒冠多誤.⁵ 悔當年早不扁舟歸去. 醉下白蘋洲,⁶ 看夕陽鷗鷺. 菰
菜鱸魚都棄了,⁷ 只換得靑衫塵土.⁸ 休顧, 早收身江上, 一蓑煙雨.

【주석】

1) 參差路(참치로) : 오르락내리락하는 길.

2) 鸞臺鰲署(난대오서) : 문하성門下省과 학사원學士院. 조정의 고위관직을 가리킨다.

3) 遲暮(지모) : 저물녘. 날이 저물어 하늘이 점점 어두워지는 때.

4) 謾(만) : 헛되다.
   懷遠(회원) : 먼 곳을 생각하다. 고향을 그리워하는 것을 가리킨다.

5) 儒冠(유관) : 유생儒生이 쓰는 관. 여기서는 유생의 삶을 말한다.

6) 白蘋(백빈) : 흰 네가래. 양치식물 네가래
   과에 속하는 여러해살이 물풀. 잎이 클로
   버 모양의 4장으로 되어 있다.

네가래

7) 菰菜鱸魚(고채로어) : 고미菰米와 순채蓴
   菜국, 농어회鱸魚膾. 진晉 장한張翰의 고사
   를 인용하여 고향으로 돌아가고 싶은 마
   음을 나타낸 것이다. 앞의 〈쌍두련雙頭
   蓮・흰 귀밑머리 희끗희끗한 채華鬢星星〉
   주9) 참조.

8) 靑衫(청삼) : 푸른 적삼. 낮은 지위의 문관
   이 입는 관복으로, 여기서는 관직을 의미

한다.

【해설】

성도成都에 머무를 때 쓴 것으로 여겨지는 이 사에서는 나그네의 신세를 한탄하며 고향으로 돌아가 은거하고 싶은 마음을 나타내고 있다.

상편에서는 평탄하지 않은 역관의 길과 저무는 봄에 날리는 버들 솜을 통해 한 곳에 정착하지 못하고 떠도는 힘겨운 나그네의 삶을 말하고, 늙어버린 자신을 탄식하며 공업 성취에 대한 소망과 고향에 대한 그리움을 나타내고 있다. 하편에서는 선비들의 삶에 뜻대로 되지 않음이 많음을 말하며 취해 물가에 쓰러져 갈매기를 바라보는 모습으로 자신의 불우함과 외로움을 나타내고, 고향을 떠나 관직생활로 나온 자신의 선택을 후회하며 빨리 고향으로 돌아가 자연 속에 은거하고 싶은 마음을 나타내고 있다.

옥호접 · 왕충주 집에서의 연회 자리에서 쓰다

·····················

권태로운 나그네로 평생 다닌 곳은
기녀 집 앞에서 채찍 떨어뜨렸던 도성이요
선녀가 패옥 풀어주었던 소수와 상수라네.
이 밤 아름다운 여인을 만나
송옥의 고당부를 쓴다네.
수놓은 발 열리더니
향기로운 먼지 잠깐 피어나고
연꽃 피어나는 발걸음은 편안하며
은촛대는 나뉘어 열 지어 있네.
어둠 속에 자세히 바라보니
제비는 부끄러워하고 꾀꼬리는 시샘하며
벌 나비는 어지러이 바삐 날아다니네.

잊을 수 없도다.
빈번히 권하는 향기로운 술잔에
매서운 추위는 새로이 물러나고
밤은 아직 길기만 하네.
그윽한 정 얼마인가?
다만 노래 끝나고 달빛이 회랑에 스며들까 시름하네.
돌아가려는 때
여인을 내게 보내줄 수 있는지 웃으며 그대에게 물으니
가까이 가지 말라하며 그대는 노하시네.
사람의 애간장 끊어지니

만약 보내만 준다면
함께 말을 타고 떠나는 것을 어찌 꺼려하리?

....

玉蝴蝶·王忠州家席上作[1]

倦客平生行處,[2] 墜鞭京洛,[3] 解佩瀟湘.[4] 此夕何年,[5] 來賦宋玉高唐.[6] 繡簾開, 香塵乍起. 蓮步穩,[7] 銀燭分行. 暗端相,[8] 燕羞鶯妬, 蝶擾蜂忙. 難忘. 芳樽頻勸, 峭寒新退, 玉漏猶長.[9] 幾許幽情,[10] 只愁歌罷月侵廊.[11] 欲歸時, 司空笑問.[12] 微近處, 丞相嗔狂.[13] 斷人腸, 假饒相送,[14] 上馬何妨.

【주석】

1) 王忠州(왕충주) : 왕씨 성의 충주(忠州, 지금의 사천성 충현忠縣) 장관.

2) 倦客(권객) : 타향생활에 권태로움을 느끼는 나그네. 자신을 가리킨다.

3) 墜鞭(추편) : 채찍을 떨어뜨리다.
   당唐 백행간白行簡의 《이왜전李娃傳》에서 정생鄭生이 말을 타고 기녀 이왜李娃의 집 앞을 지나다 이왜의 아름다움에 반해 일부러 채찍을 떨어뜨리고는 이를 찾는 척하며 한참을 바라본 것에서 유래한 말로, 여기서는 기녀와 어울리며 지낸 것을 가리킨다.
   京洛(경락) : 동한東漢의 도성인 낙양洛陽. '경락京雒'이라고도 하며, 여기서는 남송의 도성인 임안臨安을 가리킨다.

4) 解佩(해패) : 허리에 찬 패옥을 풀어주다.
   한漢 유향劉向의 《열선전列仙傳》에서 정교보鄭交甫가 장강長江과 한수漢水 가를 노닐다 강비江妃 두 여인을 만났는데 정교보가 패옥을 줄 것을 청하여 두 여인이 허리에 찬 패옥을 풀어 정교보에게 준 것에서 유래한 말로, 여기서는 여인과 함께 어울려 즐긴 것을 가리킨다.

瀟湘(소상) : 소수瀟水와 상수湘水. 호남성湖南省을 지나 동정호洞庭湖로 들어가는 강. 여기서는 강남 지역을 가리킨다.

5) 此夕何年(차석하년) : 이 밤이 어느 해인가?

≪시경詩經・당풍唐風・주무綢繆≫의 "이 밤이 어떤 밤인가? 이처럼 좋은 사람을 만나게 되었네.(今夕何夕, 見此良人)"라 한 말을 변용한 것으로, 아름다운 여인을 만나게 되었음을 의미한다.

6) 宋玉高唐(송옥고당) : 송옥宋玉의 〈고당부高唐賦〉. 초양왕楚襄王이 송옥과 함께 운몽택雲夢澤 가를 노닐다 송옥으로 하여금 고당高唐에서의 일을 부賦로 쓰게 하였는데, 선왕인 초회왕楚懷王이 고당을 노닐다 꿈에서 무산巫山의 신녀神女를 만나 이른바 '운우지정雲雨之情'을 나눈 일을 가리킨다.

〈고당부高唐賦〉의 서序에 "옛날 선왕께서 고당을 노닐다 피곤하여 낮잠을 주무시는데 꿈에 한 여인이 나타나 말하기를 '저는 무산의 여인으로서 잠시 고당에 들렀는데, 임금께서 고당을 노닌다는 말을 듣고서 잠자리를 돌보기 원합니다.'라 하니, 왕께서 그녀에게 갔다. 여인이 떠나며 작별하여 말하기를, '저는 무산의 남쪽, 고구의 북쪽에서 아침에는 아침 구름이 되고 저녁에는 내리는 비가 되어 아침마다 저녁마다 양대에 있습니다.'라 하였다. 아침에 보니 말한 것과 같아, 사당을 세우고 조운묘라 불렀다.(昔者先王嘗遊高唐, 怠而晝寢, 夢見一婦人, 曰, 妾巫山之女也, 爲高唐之客. 聞君遊高唐, 願薦枕, 王因幸之. 去而辭曰, 妾在巫山之陽, 高丘之阻. 旦爲朝雲, 暮爲行雨, 朝朝暮暮, 陽臺之下. 旦朝視之如言, 故爲立廟, 號曰朝雲)"라 하였다.

7) 蓮步(연보) : 연꽃이 피어나는 걸음.

제齊 동혼후東昏侯가 황금을 새겨 연꽃을 만들어 땅에 붙이고 반비潘妃로 하여금 그 위를 지나가게 하고는 "걸음마다 연꽃이 생겨났구나."라 말한 것에서 유래하였다.

8) 端相(단상) : 똑바로 보다, 자세히 보다.

9) 玉漏(옥루) : 물시계. 여기서는 밤 시간을 가리킨다.

10) 幾許(기허) : 얼마나? 강조의 뜻.

11) 月侵廊(월침랑) : 달이 기울어 회랑 옆으로 빛이 비치다. 밤이 저무는 것을 의미한다.

12) 司空(사공) : 이신李紳을 가리키며 여기서는 왕충주를 비유한다.

　　당唐 맹계孟棨 ≪본사시本事詩・정감제일情感第一≫에 이신이 일찍이 유우석劉禹錫의 명성을 흠모하여 집으로 초대해 잔치를 열었는데 유우석이 당시 시중을 들었던 기녀를 연모하는 시를 짓자 이신이 그에게 기녀를 보내주었다 한다. 이 구는 이신과 유우석의 고사를 들어 왕충주에게 기녀를 자신에게 보내줄 것을 청한 것을 말한다.

13) 丞相(승상) : 양국충楊國忠을 가리키며 여기서는 왕충주를 비유한다.

　　두보의 〈여인행麗人行〉에서 천보天寶 12년(753) 삼월 삼짇날을 맞아 양귀비 일가가 곡강曲江 가로 나가 연회를 벌인 모습을 묘사하며 양귀비 형제자매의 사치와 음탕함을 풍자하였는데, "손을 데일만큼 뜨거운 권세 비할 데가 없으니, 그 앞에 가까이 가지 마라 승상께서 노하신다.(炙手可熱勢絶倫, 愼莫近前丞相嗔)"라 하며 그들의 높은 권세를 비판하였다. 이 구는 왕충주가 육유의 청을 거절한 것을 말한다.

　　嗔狂(진광) : 크게 성내다.

14) 假饒(가요) : 만약. '가사假使'와 같다.

【해설】

　　육유는 54세 때인 순희淳熙 5년(1178) 정월 도성으로 소환하는 황명을 받아 그해 2월 성도成都를 출발하여 가을에 임안臨安으로 돌아오게 된다. 이 사는 동귀하던 도중 충주忠州를 지나며 쓴 것으로, 왕씨 성의 주관州官이 베푼 연회자리에 참석한 기녀의 아름다움을 묘사하고 그녀에 대한 흠모의 정을 나타내고 있다.

　　상편에서는 스스로를 권태로운 나그네라 칭하며 평생 타향을 떠돌며 많은 여인들과 인연이 있었음을 말하고, 무산巫山의 신녀神女와 반비潘妃의 비유를 들어 연회 자리에서 새로 만난 여인의 아름답고 단아한 모습을 묘사하고 있다. 하편에서는 밤새도록 여인과 함께 하는 연회의 즐거움을 말하면서도 연회가 끝나 여인과 이별하게 될 상황을 안타까워하며 왕충주에게 기녀를 자신에게 보내줄 것을 청하고 있다. 그러나 왕충주의 거절에 마음 아파하며 임안으로의 먼 여정을 그녀와 함께 하고 싶은 바람을 나타내고 있다.

남향자

....

고향 돌아가는 꿈을 오 땅 향하는 배에 맡기나니
나루터 지나는 수로길, 떠나는 길은 멀기만 하네.
생각은 이미 앵무주에 이르러 막 닻줄을 매고
석양 속
안개 싸인 나무 들쭉날쭉 한 곳이 무창임을 안다네.

시름겨운 귀밑머리에 새로이 서리 물들었건만
일찍이 관복에 궁중의 향기 물들었다네.
다시금 고향에 도착하면 옛 친구들 적을 터이니
처량하도다!
타향 땅이 고향보다 나을까 두렵네.

....

.

南鄉子

歸夢寄吳牆,1 水驛江程去路長.2 想見芳洲初繫纜,3 斜陽, 煙樹參差認
武昌.5
愁鬢點新霜,6 曾是朝衣染御香.7 重到故鄉交舊少, 凄凉, 却恐它鄉勝故
鄉.8

【주석】

1) 吳檣(오장) : 오吳 지역으로 향하는 돛대. 고향으로 돌아가는 배를 가리킨다.

2) 水驛(수역) : 나루.

3) 想見(상견) : 상상으로 보다. 생각이 미리 앞서 가는 것을 말한다.

　芳洲(방주) : 앵무주鸚鵡洲. 무창武昌 황학루黃鶴樓 북동쪽 장강 가운데 있는 섬.

4) 系纜(계람) : 닻줄을 매다. 배를 정박하다.

5) 煙樹參差(연수참치) : 안개에 싸인 나무들이 들쑥날쑥 높이가 일정하지 않다.

　武昌(무창) : 지금의 호북성胡北省 악성현鄂城縣 지역.

6) 愁鬢(수빈) : 시름에 겨운 귀밑머리. 공업을 이루지 못하는 것에 안타까워하며 헛되이
늙은 것을 의미한다.

7) 曾是(증시) : 일찍이.

　朝衣(조의) : 조복朝服. 관리가 입궐할 때 입는 관복.

　染御香(염어향) : 궁중의 향기가 옷에 스미다. 육유는 촉으로 들어오기 전에 조정에서
추밀원편수樞密院編修의 직책을 맡았는데, 이때의 일을 말한 것이다.

8) 却(각) : 오히려

【해설】

　이 사는 순희淳熙 5년(1178) 촉을 떠나 장강을 따라 임안臨安으로 돌아올 때 쓴 것으로,
10년 만에 귀향하는 시인의 설렘과 귀향 후의 생활에 대한 염려가 대비되어 나타나고
있다.

　육유는 건도乾道 6년(1170)부터 순희淳熙 5년(1178)까지 근10년에 걸친 기간 동안 촉
지방을 전전하며 많은 작품 속에서 고향에 대한 그리움을 토로하였다. 그러나 이 사에서
는 막상 고향으로 돌아가는 일이 현실로 다가오자 오히려 이를 걱정하고 망설이는
모습을 보여주고 있다.

　상편에서는 꿈에서나 그리던 귀향이 현실로 다가와 고향으로 향하는 배를 타고 생각
이 몸보다 앞서 달려 나가고 있는 시인의 설렘과 조바심이 나타나 있다. 그러나 하편에

서는 헛되이 흘러버린 시간에 대한 탄식과 새로이 시작될 고향에서의 삶에 대한 두려움
이 나타나 있다. 그의 두려움은 옛날 황제의 총애를 받던 조정에서의 생활을 회상하는
것에서 시작되고 있으니, 공업을 달성하지 못한 아쉬움과 다가올 미래의 불확실성이
고향으로 향하는 기쁨에 온전히 빠져들지 못하는 원인이 되고 있다.

호사근

분구에 배 띄워 돌아가다
저물녘에 산화주에서 유숙하네.
양 언덕의 흰 네가래와 붉은 여뀌
도롱이에 비치어 새로이 푸르네.

술파는 곳 있는 데가 곧 집이요
마름과 가시연은 사시사철 가득하네.
내일 다시금 바람 타고 떠나가
강남 강북 어디든지 내맡기리.

好事近

湓口放船歸,¹ 薄暮散花洲宿.² 兩岸白蘋紅蓼, 映一蓑新綠.
有沽酒處便爲家, 菱芡四時足.³ 明日又乘風去, 任江南江北.

【주석】

1) 湓口(분구) : 지명. '분수湓水의 입구'라는 뜻으로, 분수湓水가 장강長江으로 들어가는 곳이다. '분포구湓浦口'라고도 한다. 지금의 강서성 구강시九江市 서쪽이다.
2) 散花洲(산화주) : 장강 가의 모래섬. 분구 근처에 있다.
3) 菱芡(능검) : 마름과 가시연. 저수지나 연못의 진흙에 뿌리를 박고 자란다.

【해설】

이 사는 순희淳熙 5년(1178) 장강을 따라 임안臨安으로 돌아오다 분구湓口를 지나며 쓴 것으로, 분구의 아름다운 경관을 묘사하며 자연 속에서 살고 싶은 지향을 나타내고 있다.

상편에서는 저물녘에 정박한 산화주 일대의 아름다운 강가 풍경을 각종 물풀의 선명한 색채대비를 통해 묘사하고 있다. 하편에서는 술이 있는 곳이 곧 자신이 머무를 곳임을 말하며 세상 어느 것에도 매임 없이 자유롭고 유유자적하게 살고 싶은 바람을 나타내고 있다.

가시연

접련화

....

오동나무 잎은 새벽에 흩날리고 귀뚜라미는 밤새 울어대는데
나그네의 수심은 가을 빛,
장안으로 향하는 길은 어둡기만 하네.
홀연 창 비껴들고 말 몰던 곳을 떠올리나니
대산관과 맑은 위수는 옛날과 같으리.

강과 바다로 떠날 작은 배는 이미 갖추어져 있건만,
한 권의 병법서를
줄 사람이 없어 탄식하네.
이내 생애 끝내 불우할 것을 일찍이 알았다면
양웅처럼 〈장양부〉를 썼던 것을 옛날에 후회했을 터인데.

....

蝶戀花

桐葉晨飄蛩夜語, 旅思秋光, 黯黯長安路[1]. 忽記橫戈盤馬處,[2] 散關淸渭
應如故.[3]
江海輕舟今已具, 一卷兵書,[4] 歎息無人付. 早信此生終不遇, 當年悔草
長楊賦.[5]

【주석】

1) 黯黯(암암) : 어둡고 침울한 모양.
   長安路(장안로) : 장안으로 향하는 길. 여기서는 도성인 임안臨安을 가리킨다.

2) 盤馬(반마) : 말을 선회시키다. 말을 타고 이리저리 방향을 바꾸어가며 치달리는 것을 말한다.

3) 散關淸渭(산관청위) : 대산관大散關과 맑은 위수渭水. 당시 금과 대치하던 변경지역이었다.

4) 一卷兵書(일권병서) : 한 권의 병법서. 황석공黃石公이 하비下邳의 다리 위에서 장량張良에게 ≪태공병법太公兵法≫을 전해준 일을 가리킨다. 장량은 이 병서를 익히고 유방劉邦을 도와 한漢의 건국에 크게 기여하였다.

5) 草(초) : 글을 쓰다.

長楊賦(장양부) : 한漢 양웅揚雄이 지은 부賦로, 한 성제成帝가 장양궁長楊宮에 행차하여 호인胡人들을 풀고 짐승들을 가두어 놓고 사냥한 일을 풍간하였다. 여기서는 육유가 조정에 있을 때 효종에게 각종의 북벌계책들을 건의했던 일을 가리킨다.

【해설】

이 사는 순희淳熙 5년(1178) 가을 촉을 떠나 임안臨安으로 돌아오며 쓴 것으로, 중원수복을 이루지 못한 아쉬움과 자신의 불우한 운명에 대한 절망감이 나타나 있다.

상편에서는 오동잎이 날리고 귀뚜라미가 우는 처연한 가을 정경과 임안으로 향하는 어둡고 침울한 길을 통해 실의에 빠진 자신의 심경을 나타내고, 남정에서 종군하며 말을 타고 전장을 누비던 때를 회상하며 이루지 못한 공업수립의 꿈에 아쉬움을 나타내고 있다. 하편에서는 자신은 이미 떠나와 버렸고 이제는 더 이상 자신의 뜻을 이을 사람이 없음을 안타까워하며, 중원수복의 열정으로 가득했던 옛날의 기억들을 떠올리며 불우한 자신의 운명에 회한과 절망의 심경을 토로하고 있다.

만기 산음 유거시기

호사근

....

나이 들어 동으로 돌아온 것이 기쁘니
세상의 낡은 흔적 모두 쓸어버리네.
널려진 산, 빙 둘러진 곳을 골라
맑고 푸른 못에서 낚시를 하네.

고기 팔아 술을 사 취했다간 다시 깨고
비껴 부는 피리에 심사를 기탁하네.
집은 만 겹 구름 밖에 있고
모래섬 갈매기와 친구하네.

....

好事近

歲晚喜東歸, 掃盡市朝陳迹1. 揀得亂山環處,2 釣一潭澄碧.3
賣魚沽酒醉還醒, 心事付橫笛. 家在萬重雲外, 有沙鷗相識.4

【주석】

1) 市朝(시조) : 시장과 조정. 세속의 세상을 가리킨다.
2) 亂山環處(난산환처) : 겹겹의 산들이 빙 둘러 싼 곳. 여기서는 '운문산雲門山'을 가리킨
   다. 운문산은 소흥紹興 남쪽 30리 정도에 있으며, 동진東晉 의희義熙 2년(406) 왕헌지王獻
   之가 안제安帝의 명을 받아 세운 운문사雲門寺가 있다.

3) 潭(담) : 연못. 여기서는 '고담孤潭'을 가리킨다. 운문사 앞 약야계若耶溪 옆에 있다.

4) 沙鷗相識(사구상식) : 모래섬의 갈매기와 친하게 지내다. 세속에 대한 욕심이 없는 상태를 의미한다.

≪열자列子・황제黃帝≫에 "바닷가에 사는 사람 중에 갈매기를 좋아하는 사람이 있어 매일 아침 바닷가로 가서 갈매기와 어울려 놀았는데, 갈매기가 이르는 것이 백 마리에 그치지 않았다. 그 아버지가 말하기를 '내가 듣기에

소흥 운문사

갈매기들이 모두 너와 어울려 논다고 하던데 내가 데리고 놀게 네가 잡아와 보렴.'이라 하였다. 다음날 바닷가로 가니 갈매기들이 춤만 출 뿐 내려오지 않았다.(海上之人有好漚鳥者, 每旦之海上從漚鳥遊, 漚鳥之至者, 百住而不止. 其父曰, 吾聞漚鳥皆從汝遊, 汝取來吾玩之. 明日之海上, 漚鳥舞而不下也)"라 하였다.

【해설】

　육유는 54세 때인 순희淳熙 5년(1178) 가을, 촉蜀 지역에서 임안臨安으로 돌아와 효종孝宗을 면대하고 제거복건로상평다염공사提擧福建路常平茶鹽公事에 임명된다. 이후 잠시 산음山陰으로 돌아가 머물다 이 해 겨울 치소가 있는 건안建安으로 부임하였다. 이 사는 순희淳熙 5년(1178) 가을 잠시 산음에 머물 때 쓴 것으로, 곡조 아래 따로 '동으로 돌아와 일을 쓰다東歸書事'라는 제목이 붙어있는 판본도 있다. 육유는 같은 해 9월에 쓴 〈운문산

으로 돌아와(歸雲門) 시에서 "만 리에서 돌아오니 마침 풍년이고, 시골 움막에서 여장을 푸니 즐거움은 끝이 없네.(萬里歸來値歲豊, 解裝鄕墅樂無窮)"라 하며 운문산으로 돌아온 기쁜 감회를 말하고 있는데, 여기에서도 이와 같은 기쁨과 여유가 나타나 있다.

상편에서는 세상에서의 흔적을 다 지워버리고 산으로 둘러싸여 세상과 단절된 곳을 택해 낚시하며 즐기는 생활을 말하고 있으며, 하편에서는 물고기 팔아 술을 사고 갈매기와 벗하며 살아가는 모습을 묘사하며 세속의 욕심에서 벗어나 자연과 더불어 살아가는 소박하고 여유로운 생활을 말하고 있다.

남향자

....

일찍이 도성에 들어가
한 동이 술로 만난 이들 모두가 뛰어난 사람들이었네.
삼십 년 세월 진정 한바탕 꿈과 같나니
시름겹도다,
나그네 길 쓸쓸한데 두 귀밑머리는 가을일세.

학사원에서 우연히 다시 노닐게 되었나니
다른 이들이 비웃지 않아도 내 스스로 부끄럽네.
거울을 보고 누각에 의지하는 것 이미 갖추어졌나니
일엽편주에 몸 싣고
달 아래 피리 불며 안개 속에 도롱이 쓴 채 만사를 제쳐두네.

....

南鄕子

早歲入皇州,¹ 罇酒相逢盡勝流.² 三十年來眞一夢,³ 堪愁,⁴ 客路蕭蕭雨
鬢秋.⁵
蓬嶠偶重遊,⁶ 不待人嘲我自羞. 看鏡倚樓俱已矣,⁷ 扁舟, 月笛煙蓑萬事
休.⁸

【주석】

1) 皇州(황주) : 천자天子가 머무르는 곳. 도성首都. 여기서는 조정을 가리킨다.

2) 罇酒(준주) : 동이에 담겨져 있는 술.

　　勝流(승류) : 뛰어난 명사名士. 여기서는 함께 조정에 있었던 문인자聞人滋, 주필대周必大, 증계리曾季狸, 정초鄭樵, 임률林栗, 유의봉劉儀鳳, 추단鄒檀, 범성대范成大, 한원길韓元吉 등을 가리킨다.

3) 三十年(삼십년) : 육유는 소흥紹興 30년(1160) 칙령소산정관勅令所刪定官으로 임명되어 조정에서의 관직생활을 시작하였는데, 이 사를 지은 때가 순희淳熙 16년(1189) 예부낭중겸실록원검토관禮部郎中兼實錄院檢討官을 지낼 때이니 대략 30년의 차이가 있다.

4) 堪愁(감수) : 매우 시름겹다. '감堪'은 강조의 뜻.

5) 蕭蕭(소소) : 쓸쓸한 모양.

6) 蓬嶠(봉교) : 전설상의 봉래산蓬萊山. 여기서는 학사원學士院을 의미한다. 한림원翰林院이라고도 하며 황제의 명을 받아 조칙의 입안과 작성을 담당하였다.

7) 看鏡倚樓(간경의루) : 거울을 보고 누각에 기대다. 두보杜甫 〈강 위에서江上〉 시의 "공업을 이루지 못해 자주 거울만 바라보고, 나아가고 물러남에 때를 얻지 못해 홀로 누각에 의지한다.(勳業頻看鏡, 行藏獨倚樓)"를 차용한 것으로, 공업을 이루지 못하고 늙어가니 거울만 바라보고 자신의 기개와 재능을 펼치지 못하여 홀로 누각에 오르는 것을 말한다.

8) 休(휴) : 그만두다.

【해설】

　순희淳熙 16년(1189) 예부낭중겸실록원검토관禮部郎中兼實錄院檢討官으로 있을 때 쓴 것으로, 아무런 성취도 이루지 못한 지난 관직생활에 실의와 부끄러움을 느끼고 자연을 즐기는 것으로 자신을 위안하고 있는 모습이 나타나 있다.

　상편에서는 30년 전 칙령소산정관勅令所刪定官이 되어 조정에서 당시의 명사들과 교유하며 관직생활 하던 때를 회상하고 이제는 이미 늙고 쇠해버린 자신의 모습과 대비시키

며 현실의 실의와 절망을 나타내고 있다. 하편에서는 자신이 '우연히' 다시 조정으로
돌아오게 되었음을 말하며 지금의 입조가 자신의 이상이 받아들여져 이루어진 것이
아님을 나타내고 있다. 이에 현실에 대한 실망과 스스로에 대한 부끄러움으로 세상사에
관여하지 않은 채 그저 자연을 즐기고 노니는 것으로 자신의 위안을 삼고 있다.

소충정

．．．．．．．．．．．．．．．．．．．．．．．

옛날에 만 리길 공업을 찾아
필마로 양주에서 수자리했네.
변경에서의 꿈은 깨어져 어디로 가버렸나?
옛날 입었던 담비 갖옷엔 먼지만 가득하네.

오랑캐 아직 소멸되지 않았는데
귀밑머리엔 가을 서리 먼저 내리니
부질없이 눈물만 흐르네.
이내 삶 누가 짐작이나 했을까?
마음은 여전히 천산에 있건만
몸은 늙어 물가에 있네.

．．．．．．．．．．．．．．．．．．．．．．．．

訴衷情

當年萬里覓封侯,¹ 匹馬戌梁州.² 關河夢斷何處,³ 塵暗舊貂裘.⁴
胡未滅, 鬢先秋, 淚空流. 此生誰料. 心在天山,⁵ 身老滄洲.⁶

【주석】

1) 覓封侯(멱봉후) : 제후로 봉해질 정도의 커다란 공업을 찾다.
2) 梁州(양주) : 고대 구주九州의 하나로, 남정南鄭 일대를 가리킨다.

3) 關河(관하) : 변경 지역. 앞의 〈야유궁夜遊宮・눈 내리는 새벽, 맑은 갈잎 피리 소리는 어지러이 일어나고雪曉淸笳亂起〉 주4) 참조.

4) 貂裘(초구) : 담비 가죽으로 만든 갓옷. 방풍 및 방한용으로 무릎까지 내려온다.

5) 天山(천산) : 천산산맥天山山脈. 지금의 신강新疆 위그루자치구에 있다. 여기서는 변방 국경 지역을 의미한다.

6) 滄洲(창주) : 물가 모래톱. 당시 시인이 머무르고 있던 고향 산음山陰의 경호鏡湖 물가를 가리킨다.

【해설】

　육유는 55세 때인 순희淳熙 6년(1179) 가을, 건안建安에서 제거복건로상평다염공사提擧福建路常平茶鹽公事를 지내다 제거강남서로상평다염공사提擧江南西路常平茶鹽公事에 임명되어 이 해 겨울 치소가 있는 무주撫州로 부임하였다. 이어 이듬해인 순희淳熙 7년(1180) 겨울 면직을 청하여 산음山陰으로 돌아와 주관성도부옥국관主管成都府玉局觀이라는 허직을 맡아 봉록을 받으며 생활하였다. 이후 5년 후인 순희淳熙 13년(1186) 엄주지사嚴州知事로 나갔다가 2년 임기를 마친 후 다시 고향으로 돌아왔으며, 순희淳熙 15년(1188) 겨울 임안으로 가 군기소감軍器少監에 임명되고 이듬해 예부낭중겸실록원검토관禮部郎中兼實錄院檢討官을 맡게 된다. 그러나 앞의 〈남향자南鄕子・일찍이 도성에 들어가早歲入皇州〉에서 나타난 것처럼 현실에 대한 실의와 절망은 육유로 하여금 만사를 잊고 자연을 노니는 방탕한 생활을 하게 하였고, 마침내 '풍월로써 조롱한다嘲咏風月'는 죄명으로 탄핵을 받아 65세 때인 순희淳熙 16년(1189) 11월에 면직되어 고향인 산음으로 돌아오게 된다. 이에 육유는 자신의 서실 이름을 '풍월헌風月軒'이라 명하며 이를 기롱하고 만년의 한거 생활을 시작한다. 이후 가태嘉泰 2년(1202) 효종孝宗과 광종光宗의 실록편찬을 맡아 이듬해까지 임안에서 수사관修史官을 지낸 것 외에는 더 이상 관직에 나아가지 않고 여생을 산음에서 지내게 된다. 이 사는 순희淳熙 16년(1189) 이후 산음에 기거할 때 쓴 것으로, 옛날 남정에서의 종군생활을 회상하고 꿈을 실현하지 못한 채 헛되이 늙어 버린 자신의 처지를 안타까워하고 있다.

　상편에서 공업의 성취를 위해 만 리 먼 길 남정에서 종군했던 젊은 날의 삶을 회상하며 먼지가 내려앉은 담비 갖옷을 통해 북벌의 꿈은 요원해지고 오랜 동안 그 기회조차 오지 않은 현실을 말하고 있다. 하편에서는 오랑캐 섬멸의 소망을 실현하지 못한 채 헛되이 늙어 시골 한 구석에서 은거하며 여생을 보내고 있는 자신의 초라한 모습을 비통한 심정으로 나타내고 있다.

호사근

....

화려한 기둥에 또 천 년이 흘렀으니
누가 기억하리, 구름 몰던 외로운 학을.
고개 돌려 일찍이 노닐던 곳 바라보니
다만 산천과 성곽뿐.

시끄러운 수레는 인간 세상에 가득하고
진흙은 짚신을 더럽히네.
다시금 갈현이 단약 만들던 우물을 찾아가
바위를 보니 꽃은 피었다가 시드네.

....

好事近

華表又千年,[1] 誰記駕雲孤鶴? 回首舊曾遊處, 但山川城郭.
紛紛車馬滿人間, 塵土汙芒屩[2]. 且訪葛仙丹井,[3] 看巖花開落.

【주석】

1) 華表(화표) : 장식용으로 성문 앞에 세워둔 커다란 돌기둥. 여기서는 정령위丁令威가
   학이 되어 날아와 앉아 있던 기둥을 가리킨다.
   진晉 도잠陶潛의 ≪수신후기搜神後記≫에 "정령위는 본래 요동 사람으로 영허산에서
   도를 익혔다. 후에 학으로 변하여 요동으로 돌아와 성문 앞의 장식 기둥에 모여 있었다.

어느 날 한 소년이 활을 들어 그를 쏘려고 하자 학은 날아올라 공중에서 배회하며 말하기를 '새가 된 정령위, 집 떠나가 천 년 만에 지금 비로소 돌아왔다네. 성곽은 옛날과 같으나 사람은 그렇지 않으니, 어찌하여 신선을 배우지 않아 무덤만 겹겹한가?' 라고 하며 마침내 하늘 높이 날아 올라갔다.(丁令威, 本遼東人, 學道於靈虛. 後化鶴歸 遼, 集城門華表柱. 時有少年, 擧弓欲射之. 鶴乃飛, 徘徊空中而言曰, 有鳥有鳥丁令威, 去家千年今始歸. 城郭如故人民非, 何不學仙塚壘壘. 遂高上衝天)"라는 기록이 있다.

2) 芒屩(망교) : 짚신.

3) 葛仙(갈선) : 갈현葛玄. 삼국시대 오吳 낭야琅耶 사람으로 장생불사의 도를 흠모하여 동봉산東峰山에서 수련하여 신선이 되었다고 한다. 갈선공葛仙公 또는 태극선옹太極仙翁 이라고도 한다.

【해설】

이 사는 만년에 산음에 기거할 때 쓴 것으로, 인생무상의 감회와 신선사상의 추구가 나타나 있다.

상편에서는 천 년 만에 학이 되어 날아온 정령위丁令威의 고사를 차용하여 인생의 유한함과 무상함을 말하고, 하편에서는 시끄럽고 어지러운 인간 세상을 떠나 갈현이 단약을 빚었던 곳을 찾아가는 모습을 통해 신선이 되어 장생불사하고 싶은 소망을 나타내고 있다.

도가적 경계를 지향하고 추구하는 '유선遊仙'은 육유의 시에서는 매우 드물게 나타나는데 사에서는 시에 비해 절대적으로 적은 작품 수에도 불구하고 완전한 유선사가 12수가 있다. 또한 시에서는 이상세계 자체에 대한 몰입과 추구보다는 현실의 좌절과 이로 인한 불만과 반감이 바탕을 이루며 현실 세상에서 벗어나지 않는 것에 비해, 사에서는 이 작품에서와 같이 '단약의 제조'나 '장생불사의 추구'와 같은 본격적인 도가사상의 추구와 극단적인 비현실성이 나타나고 있는 차이가 있다.

심원춘

....

외로운 학 날아 돌아왔다가
다시금 요동의 하늘을 지나가니
옛 사람은 다 바뀌어 버렸네.
쌓여있는 옛 무덤을 생각하면
아득한 꿈과 같나니
개미나라의 왕후도 결국은 먼지가 되고 말았네.
정원 수풀에 술 실어놓고
거리에서 꽃을 찾아다니며
옛날에는 어찌 가벼이 봄을 보냈으랴만,
세월은 흘러 변해버렸나니
허리띠는 느슨해지고
귀밑머리 새로이 서리에 물듦을 탄식하네.

사귀던 친구들은 구름처럼 흩어졌나니
지금처럼 이 한 몸 홀로 남을 줄 어찌 생각이나 했으리.
다행히 눈은 아직 밝고 몸은 건강하며
차는 달고 음식도 부드럽지만
늙기만 한 게 아니라 가난하기까지 한다네.
위기에서 피해버리니
굳센 뜻은 쇠잔해버렸고
호수에서 작은 돛배 타며 한가로이 순채를 캔다네.
내 무엇이 한스러우리?
고기 잡는 늙은이와 함께 취하고

시냇가 친구들과 이웃하고 있는데.

························

沁園春

孤鶴歸飛,1 再過遼天, 換盡舊人. 念纍纍枯塚,2 茫茫夢境, 王侯螻蟻,3
畢竟成塵. 載酒園林, 尋花巷陌, 當日何曾輕負春. 流年改, 歎圍腰帶
剩,4 點鬢霜新.

交親散落如雲. 又豈料如今餘此身.5 幸眼明身健, 茶甘飯軟, 非惟我老,
更有人貧. 躲盡危機,6 消殘壯志, 短艇湖中閑采蓴.7 吾何恨, 有漁翁共
醉, 谿友爲鄰.

【주석】

1) 孤鶴(고학) : 외로운 학. 이하 3구는 도를 익혀 학으로 변해 요동遼東으로 날아 돌아온
정령위丁令威의 고사를 차용하였다. 앞의 〈호사근好事近・화려하게 장식한 기둥, 또
천 년이 흘렀으니華表又千年〉 주1) 참조.

2) 枯塚(고총) : 오래되어 황폐한 무덤.

3) 王侯螻蟻(왕후루의) : 개미나라의 왕후. 꿈에 홰나무 밑의 개미나라에 들어가 부마가
되고 남가태수에 임명된 순우분淳于棼을 가리킨다. 당唐 이공좌李公佐의 전기소설 ≪남
가태수전南柯太守傳≫에 나오는 이야기로, 협사 순우분이 술에 취해 나무 아래에서 잠이
들었다가 꿈속에서 개미가 되어 개미굴로 들어간다. 개미나라의 전쟁에서 공을 세워
대괴안국大槐安國의 부마가 되고 남가태수가 되어 20여년을 산다. 후에 공주가 죽고
왕의 냉대와 의심을 사게 되어 고향에 대한 그리움에 굴 밖을 나와 다시 사람의 몸을
되찾게 되며 처음 잠들었던 때로 돌아왔음을 알게 된다.

4) 圍腰帶剩(위요대잉) : 허리를 두르는 띠가 헐겁다. 쇠하여 수척해진 것을 의미한다.

5) 料(료) : 헤아리다, 짐작하다.

6) 危機(위기) : 위태로운 기미나 상황. 여기서는 뜻을 이루지 못한 관직생활을 의미한다.

7) 短艇(단정) : 작은 거룻배.

蓴(순) : 순채蓴菜. 다년생 수초水草. 잎이 수면에 떠 있으며 줄기와 잎의 뒷면에 점액질이 있다. 삶아 국으로 만들어 먹는다.

채

순채국

【해설】

이 사는 만년에 산음에 기거할 때 쓴 것으로, 인생의 무상함과 공명의 덧없음을 탄식하고 세상사에 초연한 채 자연에 묻혀 시골 사람들과 어울려 살아가는 한가롭고 여유로운 모습이 나타나 있다.

상편에서는 천 년 만에 학이 되어 날아 돌아온 정령위丁令威와 개미나라에서 태수를 지내다 꿈에서 깬 순우분淳于棼의 고사를 함께 차용하여 인생의 유한함과 공명의 덧없음을 말하고, 해마다 봄이 되면 정원과 거리에서 술을 마시고 꽃을 찾아다니며 봄을 즐겼지만 이제는 늙고 쇠한 몸만 남았음을 탄식하고 있다. 하편에서는 옛 친구들과 이별하고 홀로 남아 있는 자신을 신세를 말하며, 비록 늙고 쇠한 몸이지만 아직까지 건강에는 이상이 없는 것을 다행으로 여기면서도 가난에서 벗어나지 못하는 처지를 안타까워하고 있다. 이어 마지막 단락에서는 관직에서 물러나 고향에 은거하며 자신의 웅대한 뜻조차 시들해져 버렸음을 자조하면서도 시골 사람들과 함께 어울려 지내는 즐거움으로 마음의 안식과 평안을 얻고 있음을 말하고 있다.

수정침

....

육 년 세월을 탄식하나니
만 리 진 땅과 오 땅 떠돌다
문득 늙고 쇠하여버렸음을 깨닫네.
조정에 있을 때를 돌이켜보면
뛰어난 영재들과 교유하고
화려한 전각과 황금 장식 말이 지척에 있었지.
기세는 숭산과 화산을 뛰어넘고
장대한 책략을 지니고선
왕도의 패업을 이루려 사방을 뛰어다녔네.
꿈에서 낙수 가와 양원을 지나다
깨어나 쏟아지듯 눈물을 흘리네.

산림으로 돌아가게 되니
문득 젊었을 적 했던 말들이 두려워지네.
고요한 집에서 향을 태우고
한가로이 흰 병풍에 기대나니
옛날의 일들이 헛되기만 하네.
때에 맞춰 아이들 시집 장가보내고 나면
다행히도
호숫가 초가집이 있다네.
제비 돌아와 분명 비웃으리니
객지에서 다시금 춘사절을 보내네.

....

繡停針

歎半紀,[1] 跨萬里秦吳, 頓覺衰謝. 回首鴛行[2], 英俊並遊, 咫尺玉堂金馬.[3]
氣凌崇華.[4] 負壯略、縱橫王霸. 夢經洛浦梁園,[5] 覺來淚流如瀉.
山林定去也, 却自恐說著, 少年時話. 靜院焚香, 閑依素屛,[6] 今古總成虛
假. 趁時婚嫁,[7] 幸自有、湖邊茅舍. 燕歸應笑,[8] 客中又還過社.[9]

【주석】

1) 半紀(반기) : 6년. 1기紀는 12년으로, 여기서는 촉 지역에 있었던 기간을 가리킨다.
   실제로 육유는 건도乾道 6년(1170)부터 순희淳熙 5년(1178)까지 9년 동안 촉 지역에
   있었다.

2) 鴛行(원항) : 원추鵷雛의 행렬. 조정 백관의 대열을 가리킨다. 원추는 전설상 봉황의
   한 종류이다.

3) 玉堂(옥당) : 아름답고 화려한 전각. 궁궐을 가리킨다.
   金馬(금마) : 황금색으로 장식한 말. 조정의 고관을 가리킨다.

4) 崇華(숭화) : 숭산崇山과 화산華山. 동악 태산泰山, 남악 형산衡山, 북악 항산恒山과 더불어
   중국 오악五嶽 중 하나이며, 각각 중악과 서악에 해당한다.

5) 洛浦梁園(낙포량원) : 낙수 물가와 양원. 낙수는 하남성을 지나 황하와 합류하며, 양원
   은 한漢 효무제孝武帝가 세운 정원으로 하남성 상구시商丘市에 있다. 여기서는 당시
   금의 치하에 있던 중원지역을 가리킨다.

6) 素屛(소병) : 흰 비단으로 만든 무늬 없는 병풍.

7) 婚嫁(혼가) : 자식들을 시집 장가보내다. 동한東漢 상장尙長의 고사를 차용한 것으로,
   세상사에서 벗어나 자연 속에 은거하고 싶은 생각을 가리킨다.
   상장尙長은 동한 조가(朝歌, 지금의 하남성 기현淇縣) 사람으로, 자는 자평子平이다. 왕망
   王莽에게 추천되었으나 관직에 나아가지 않고 집에 은거하였으며, 자녀들을 모두 여의
   고 난 다음에는 일체의 집안일에 관여하지 않고 자신을 죽은 사람으로 여기라 말하고

명산대천을 유람하며 생을 마쳤다.

8) 笑(소) : 비웃다, 조롱하다. 제비가 돌아와 집에 사람이 없으면 고향에서 사는 즐거움을 알지 못한다 비웃을 것임을 말한 것이다.

9) 社(사) : 춘사절春社節. 입춘立春 후 다섯 번째 되는 무일戊日로, 농촌에서는 이날 사직신社稷神에게 제사를 드리고 풍년을 기원하였다.

【해설】

육유는 촉蜀 지역에서 돌아온 순희淳熙 5년(1178) 겨울부터 군기소감軍器少監이 되어 임안으로 돌아온 순희淳熙 15년(1188) 겨울까지 제거복건로상평다염공사提擧福建路常平茶鹽公事, 제거강남서로상평다염공사提擧江南西路常平茶鹽公事, 엄주지사嚴州知事 등을 맡아 각각 건안建安, 무주撫州, 엄주嚴州로 나갔다가 중간에 잠깐씩 산음으로 돌아왔다. 이 사는 마지막 구에서 '객지에서 다시금 춘사절을 보낸다.(客中又還過社)'라 말하고 있는 것으로 보아 복건과 강서 등지의 지방관을 지내고 있을 때 쓴 것으로 여겨진다.

사에서는 웅대한 포부와 불굴의 기상으로 공업수립을 향해 매진했던 젊은 시절의 삶을 회상하고 이제는 안정되고 평온한 심적 상태에서 고향으로 돌아가 살고 싶은 바람을 나타내고 있다.

상편에서는 우국의 열정으로 가득했던 과거 촉 지역에서의 생활과 그 이전 뛰어난 영재들과 교유하며 중원수복을 위해 헌신했던 조정에서의 생활을 회상하며, 끝내 실현되지 못한 이상으로 인해 꿈에서조차 눈물을 쏟아내고 있는 모습이 나타나 있다. 하편에서는 늙어 고향으로 돌아오며 젊은 시절의 말들이 허언虛言이 되어버렸음을 부끄러워하면서도 평정한 마음으로 한가로이 지내며 세상사의 헛됨을 말하고 있다. 아울러 자식들을 여의고 난 후 세상과 인연을 끊고 명산대천을 유랑하며 일생을 마쳤던 상장尚長의 예를 들어 자신 또한 그처럼 살고 싶음을 말하고, 제비의 조롱을 핑계 삼아 고향으로 돌아가고 싶은 마음을 나타내고 있다.

동정춘색

....

젊어서는 문장을 잘 쓰고
늙어서는 공업을 이룬다는 말은
옛날부터 사람들을 속여 왔네.
헤아려 보면 영웅의 성패와
부귀영달의 득실은
사람의 뜻대로 되기 어렵고
공연히 참된 본성만 잃게 된다네.
한단의 그 옛날 꿈을 보게나,
누런 기장밥 다 될 때에 느긋이 하품하고 기지개 폈었네.
이제 알았나니,
아무리 많은 부귀라도
무엇이 나를 속박하리.

인간세상 진정 뜻대로 되지 않나니
어찌 맛있는 농어회, 가는 순채국과 바꿀 수 있으리.
낚싯대 들고 고깃배에 오르고
붓 걸어둔 시렁과 차 달이는 화로 곁에서
연꽃에 내리는 빗소리를 한가로이 들으며
옷의 먼지를 모두 씻어내네.
낙수와 관중 지역도 천년 후에는
가시덤불에 가려진 낙타 동상에 부질없이 마음을 슬퍼하리.
어찌 반드시
정원후에 봉해지고

기린각에 초상이 그려지기를 바라리.
....

洞庭春色

壯歲文章, 暮年勳業, 自昔誤人. 算英雄成敗, 軒裳得失,¹ 難如人意, 空喪天眞.² 請看邯鄲當日夢,³ 待炊罷黃粱徐欠伸. 方知道, 許多時富貴, 何處關身.⁴

人間定無可意, 怎換得玉膾絲蓴.⁵ 且釣竿漁艇, 筆牀茶竈,⁶ 閑聽荷雨, 一洗衣塵. 洛水秦關千古後,⁷ 尙棘暗銅駝空愴神.⁸ 何須更, 慕封侯定遠,⁹ 圖像麒麟.¹⁰

【주석】

1) 軒裳(헌상) : 커다란 수레와 화려한 옷. 관직과 부귀를 가리킨다.

2) 天眞(천진) : 타고 태어난 참된 본성.

3) 邯鄲當日夢(한단당일몽) : 옛날 한단邯鄲의 꿈. 당唐 심기제沈旣濟의 ≪침중기枕中記≫에 나오는 내용으로, 인생의 무상함을 의미한다. 앞의 〈목란화만木蘭花慢·한단의 꿈같은 세상 두루 다니고閱邯鄲夢境〉 주2) 참조.

4) 關身(관신) : 몸을 구속하다, 구애받다.

5) 玉膾絲蓴(옥회사순) : 맛있는 농어회와 가는 순채국. 진晉 장한張翰의 고사를 인용한 것으로, 고향에서 사는 소박한 기쁨을 말한다. 앞의 〈쌍두련雙頭蓮·흰 귀밑머리 희끗희끗한 채華鬢星星〉 주9) 참조.

6) 筆牀(필상) : 붓을 걸어 놓거나 눕혀 놓는 시렁이나 받침. '필상筆床' 또는 '필가筆架'라고도 한다.

茶竈(다조) : 차를 달이는 화로. '다로茶爐'라고도 한다.

7) 秦關(진관) : 진나라 지역의 관문. 본래 함곡관函谷關을 가리키나 여기서는 중원지역을 의미한다.

8) 棘暗銅駝(극암동타) : 가시덤불에 가려진 청동 낙타상駱駝像. 인간세상의 흥망성쇠를 의미한다.

　《진서晉書·삭정전索靖傳》에 "삭정은 선견지명이 있어 천하가 장차 어지러워질 것임을 알고 낙양 궁문의 청동 낙타를 가리키며 탄식하여 말하기를, '분명 네가 가시덤불 속에 있는 것을 보겠구나.'라고 하였다.(靖有先識遠量, 知天下將亂, 指洛陽宮門銅駝歎曰, 會見汝在荊棘中耳)"라 하였다.

　愴神(창신) : 상심하여 아파하다.

9) 封侯定遠(봉후정원) : 정원후定遠侯에 봉해지다. 동한東漢의 반초班超가 서역으로 출정하여 30여 년 동안 50여 개의 서역국을 정벌하고 돌아와 정원후에 봉해졌다.

10) 麒麟(기린) : 기린각麒麟閣. 한대 미앙궁未央宮 안에 있던 전각. 서한西漢 선제宣帝 때 흉노정벌에 공이 있는 소무蘇武 등 11인의 초상을 그리고 관직과 이름을 적어 기린각에 걸었다.

필상(筆牀) 1

필상(筆牀) 2

【해설】

　만년에 산음에 기거할 때 쓴 것으로 여겨지는 이 사는 인생의 불여의함과 부귀영화의 덧없음을 말하며 공명수립에 대한 욕망과 집착을 버리고 자연에 귀의하여 한가롭게 살고 싶은 바람을 나타내고 있다.

　상편에서는 젊어 노력하면 만년에 큰 공업을 이룰 수 있다는 옛말을 부정하며 공업의 성패와 부귀영달의 득실은 사람의 뜻에 달린 것이 아님을 말하고, 한단지몽邯鄲之夢의 고사를 인용하여 인간의 일생과 부귀영화는 한바탕의 꿈과 같이 짧고 부질없음을 말하며 부귀에 초연한 자신의 뜻을 나타내고 있다. 하편에서는 자신이 뜻대로 이룰 수 없는 일을 좇느라 전원에서의 여유롭고 평온한 삶을 포기할 수 없음을 말하고, 웅장한 황궁 앞에 서 있다가 가시덤불에 싸일 청동 낙타상을 들어 인생사의 흥망성쇠와 덧없음을 말하며 이제는 더 이상 공업수립에 대한 욕심이나 미련이 없음을 나타내고 있다.

반초출사서역도

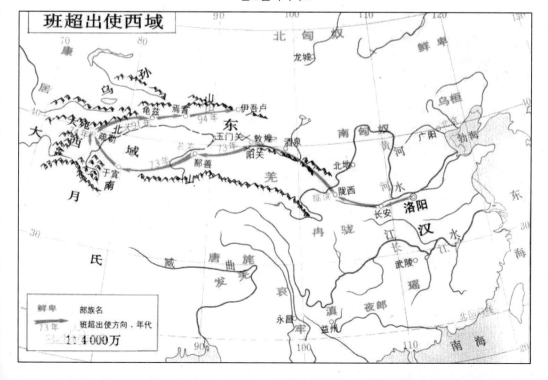

풍입송

....

십 년을 금강 가에서 가죽옷에 말 타며
술로 인간 세상에 숨어 살았네.
만금으로 꾀꼬리와 꽃의 바다를 골라 노닐고
호방함으로 청춘을 치달렸네.
피리 불면 물고기와 용이 모두 뛰쳐나오고
시를 쓰면 바람과 달도 모두 새로웠네.

비단 두건에 흰머리 가득하건만
아직도 관원의 몸인 것이 스스로도 안쓰럽네.
아름다운 누각은 옛날의 말을 늘 기억하고 있으련만
묻나니, 헛된 공명이 어찌 일신의 평온함과 같을 수 있으리.
편지 써 보내어 말하고자 하니
이 몸 진정 한가로운 사람이라네.

....

風入松

十年裘馬錦江濱,[1] 酒隱紅塵. 萬金選勝鶯花海,[2] 倚疎狂、驅使青春. 吹
笛魚龍盡出, 題詩風月俱新.
自憐華髮滿紗巾,[3] 猶是官身. 鳳樓常記當年語,[4] 問浮名、何似身親.[5]
欲寄吳牋說與,[6] 這回眞箇閑人.

【주석】

1) 十年(십년) : 촉 지역에 있었던 기간을 가리킨다. 육유는 건도乾道 6년(1170)부터 순희淳
    熙 5년(1178)까지 9년 동안 촉 지역에 있었다.

   錦江(금강) : 성도成都 부근을 흐르는 강. 여기서는 촉蜀 지역을 가리킨다.

2) 選勝(선승) : 아름답고 **빼어난** 곳을 고르다.

   鶯花海(앵화해) : 꾀꼬리와 꽃이 가득한 바다. 아름다운 기녀들로 가득한 기루를 가리
   킨다.

3) 紗巾(사건) : 비단 두건. '사모紗帽'와 같은 뜻으로 쓰여 비단 모자를 의미하기도 한다.

4) 鳳樓(봉루) : 진秦 목공穆公이 그의 딸 농옥弄玉을 위해 세운 누각. '진루秦樓'라고도 하며
   기루를 가리킨다. 여기서는 성도成都에서 노닐었던 기루를 가리킨다.

   當年語(당년어) : 옛날의 말. 공명수립의 열정으로 가득했던 말을 가리킨다.

5) 身親(신친) : 몸이 친근하게 여기는 것. 전원에서의 평온하고 한가로운 삶을 의미한다.

6) 吳牋(오전) : 오吳 땅에서 생산된 고급의 편지지. 여기서는 편지를 의미한다.

【해설】

  육유는 순희淳熙 5년(1178) 촉蜀 지역에서 돌아와 건안建安, 무주撫州, 엄주嚴州 등지의
지방관과 군기소감軍器少監 등의 중앙관직을 지내다 순희淳熙 16년(1189) 11월 파면되어
산음으로 돌아왔는데, 하편에서 '아직도 관원의 몸이다猶是官身'라 한 것으로 보아 순희淳
熙 16년(1189) 산음으로 돌아가기 이전에 쓴 것으로 여겨진다. 사에서는 상하편으로
나누어 과거 촉 지역에서의 호방한 생활과 공명수립의 욕망에서 벗어난 현재의 한가롭
고 평온한 심정을 대비시켜 나타내고 있다.

  상편에서는 가죽옷 입고 말 달리며 마음껏 술 마시고 만금을 뿌리며 기녀들과 노닐었
던 촉 지역에서 10년 세월을 말하고 있는데, 피리 소리에 뛰쳐나오는 어룡과 시로 읊어
지는 아름다운 자연풍광을 통해 당시의 드높고 호탕했던 기개와 낭만적이고 즐거웠던
생활을 느낄 수 있다. 하편에서는 흰머리가 두건에 가득하도록 관직에서 벗어나지 못하
고 있는 현실을 안타까워하며 헛된 공명의 추구보다는 일신의 평온함을 얻는 것이

보다 나은 삶임을 말하고, 자기 자신이 이미 진정으로 이러한 삶을 살고 있음을 말하고
있다.

피진자

....

속세의 헛된 환상 꿰뚫어 보고
간밤 꿈같은 헛된 명성 가벼이 놓아버리네.
밀랍 칠한 나막신 신고 산에 올라 편안히 술 마시고
공죽 지팡이 짚고 숲을 헤치며 자유로이 걷는다네.
몸은 한가롭고 마음은 태평하네.

쌀쌀한 남은 한기 아직은 매섭고
가느다란 가랑비는 막 개었네.
물이끼 종이 위에 한가로이 시내의 노래를 쓰나니
멀리 안개 밖에서 마름풀 따는 노랫소리 들려오네.
그대와 함께 취하고 깬다네.

....

破陣子

看破空花塵世,[1] 放輕昨夢浮名. 蠟屐登山眞率飮,[2] 筇杖穿林自在行.[3]
身閑心太平.
料峭餘寒猶力,[4] 廉纖細雨初晴.[5] 苔紙閑題溪上句,[6] 菱唱遙聞煙外聲.
與君同醉醒.

【주석】

1) 空花(공화) : 눈에 병이 있는 사람에게 보이는 환상이나 망상을 뜻하는 불교 용어.

2) 蠟屐(납극) : 물에 젖어 축축해지는 것을 막기 위해 밀랍을 칠한 나막신.

　眞率飮(진솔음) : 송宋 사마광司馬光이 주도했던 진솔회眞率會에서 유래한 것으로, 소략하고 간단한 안주로 편안하게 즐기는 술자리를 가리킨다. ≪시강잡기侍講雜記≫와 ≪능개재만록能改齋漫錄≫에 따르면 사마광은 낙양에 있을 때 초정숙楚正叔, 왕안지王安之 등 낙양의 노인 6, 7명과 함께 진솔회를 조직하여 성 안의 이름난 정원이나 옛 절들을 돌아가며 주연을 열었는데, 안주는 5개를 넘지 않고 과일은 3개를 넘지 않되 술은 그 수를 계산하지 않고 자유롭게 마시게 함으로써 주연의 부담을 없애고 편안하게 술을 즐길 수 있도록 하였다.

3) 筇杖(공장) : 공죽筇竹으로 만든 지팡이. 앞의 〈심원춘沁園春·흰 꽃가루는 매화가지 끝에서 부서지고粉破梅梢〉 주3) 참조.

4) 料峭(요초) : 쌀쌀하다. 주로 이른 봄의 추위를 가리킨다.

5) 廉纖(염섬) : 가늘다. 가랑비가 내리는 모양.

6) 苔紙(태지) : 물이끼를 섞어 만든 종이. 진대晉代에 남월南越에서 만들어 진상하였다. 종이 위에 격자무늬가 비스듬하게 있어 '측리지側理紙'라고 하며, 물이끼를 뜻하는 말로 '척리지陟釐紙'라고도 한다.

【해설】

태지(苔紙)

만년에 산음에서 기거하며 쓴 이 사에는 헛된 공명의 추구를 버리고 자연과 더불어 자유롭고 평온하게 살아가는 모습이 나타나 있다.

상편에서는 세속의 부귀와 명성이 헛된 것임을 간파하고 나막신과 공죽의 편안한 차림으로 산에 올라 소박한 술을 즐기는 한가롭고 태평한 심정을 말하고 있다. 하편에서는 아직은 쌀쌀하지만 맑게 갠 초봄의 화창함을 말하며, 시로써 자연에서의 즐거움을 노래하고 친구와 함께 취하고 깨는 모습을 통해 자연과 동화되어 살아가는 소탈하고 진솔한 삶을 나타내고 있다.

보살만

....

강과 하늘은 맑고 푸르며 구름은 쓸어내는 듯한데
네가래꽃은 시들고 가는 순초는 쇠하였네.
조금씩 저녁 물살은 잦아들고
달은 수면 위로 오르네.

어부라는 일, 정말 좋으니
일찍 돌아오지 못한 것을 후회하네.
낙양성에서 한 해를 보냈더라면
흰머리 얼마나 더했으리.

....

菩薩蠻

江天淡碧雲如掃,¹ 蘋花零落蓴絲老.² 細細晚波平, 月從波面生.
漁家眞箇好, 悔不歸來早. 經歲洛陽城,³ 鬢絲添幾莖.⁴

【주석】

1) 如掃(여소) : 빗자루로 쓸어내는 듯하다. 하늘과 수면에 비친 구름이 빠르게 흘러가며
   일렁이는 모습을 비유한다.

2) 蘋花(빈화) : 네가래꽃. '빈蘋'은 양치식물 네가래과에 속하는 여러해살이 물풀. 잎이
   클로버 모양의 4장으로 되어 있으며 흰색 꽃이 핀다.

　　蓴絲(순사) : 가는 순채. '순蓴'은 수련과에 속하는 여러해살이 물풀. 잎이 수면에 떠
　　있으며 줄기와 잎의 뒷면에 점액질이 있다.
　3) 經歲(경세) : 한 해를 보내다.
　4) 幾莖(기경) : 몇 줄기.

【해설】
　이 사는 만년에 산음에 기거할 때 쓴 것으로, 경호鏡湖의 고요하고 아름다운 가을
경관을 묘사하며 고향으로 돌아온 기쁨을 나타내고 있다.
　상편에서는 시간의 흐름에 따라 경호의 가을 경관을 묘사하고 있는데, 맑고 고요한
물결을 배경으로 시들고 쇠한 네가래꽃과 순채의 모습을 빠르게 지나는 구름, 떠오르는
달과 대비시켜 묘사함으로
써 정靜과 동動, 생성과 소멸
이 공존하는 경호의 모습을
사실적으로 나타내고 있다.
하편에서는 아름다운 경호
에서 낚시하며 지내는 소박
한 기쁨을 말하며 더 늦기전
에 한 해라도 빨리 관직에서
떠나온 것을 다행으로 여기
고 있다.

네가래꽃

오야제

....

벼슬길 나가며 떠돌 줄 원래 알았나니
집으로 돌아오니 더욱 청진함을 느끼네.
난정의 길 위에 곧게 자란 대나무는 많고
어디서든 편한 대로 비단 두건 머리에 걸친다네.

샘물은 차가워 가는 찻잎 우려내기에 좋고
쌀밥은 향기로워 가는 순채국에 어울리네.
편안하게 서쪽 창 아래서 배불리 먹나니,
세상 천지에 한가로운 사람이 있다네.

....

烏夜啼

從宦元知漫浪,¹ 還家更覺淸眞.² 蘭亭道上多修竹,³ 隨處岸綸巾.⁴
泉洌偏宜雪茗,⁵ 秔香雅稱絲蓴.⁶ 脩然一飽西窗下,⁷ 天地有閑人.

【주석】

1) 從宦(종환) : 벼슬길에 나아가다.

　　漫浪(만랑) : 사방을 떠돌아다니다.

2) 淸眞(청진) : 번뇌와 상념이 사라진 청정무구淸淨無垢의 고요하고 맑은 상태.

3) 蘭亭(난정) : 소흥紹興의 정원. 월왕越王 구천勾踐이 만들었다고 전해지며, 동진東晉 때

왕희지王羲之가 손작孫綽, 사안謝安 등 당시의 명
사 41인과 더불어 이른바 '유상곡수流觴曲水'의
연회를 즐기며 〈난정집서蘭亭集序〉를 쓴 곳으로
유명하다.

修竹(수죽) : 길게 자란 대나무.

4) 岸(안) : 높다.

綸巾(윤건) : 푸른 비단 띠를 엮어 만든 두건.
삼국시대 촉蜀 제갈량諸葛亮이 처음으로 만들었
다 하여 '제갈건諸葛巾'이라고도 한다.

岸綸巾(안륜건) : 윤건을 이마가 보이도록 올려
쓰다. 예법에 두건은 이마를 가리도록 써야하는
데, 여기서는 예법에 구애되지 않고 자유롭고
편한 차림으로 유람하는 것을 가리킨다.

5) 偏宜(편의) : 꼭 맞다, 합당하다.

雪茗(설명) : 물을 부으면 눈처럼 하얀 거품이
생기는 차. 가늘고 여린 잎으로 만든다.

윤건을 쓴 제갈량(諸葛亮)

6) 秔(갱) : 메벼. 찰벼인 '나糯'와 달리 끈기가 없다. 여기서는 메벼로 지은 밥을 의미한다.

雅稱(아칭) : 딱 들어맞다, 잘 어울리다. 위의 '편의偏宜'와 같다.

7) 倘然(소연) : 자유롭고 구속됨이 없는 모습.

【해설】

이 사는 관직을 그만두고 고향으로 돌아온 감회를 노래한 것으로, 고향의 아름다운
경관을 유람하며 맛있는 차와 음식을 즐기는 자유롭고 한가로운 모습이 나타나 있다.

상편에서는 만 리길 타향을 떠돌았던 관직생활을 회상하며 고향으로 돌아와 비로소
평온함을 얻게 되었음을 말하고, 편한 차림으로 난정을 유람하는 모습을 통해 어떠한
구속도 받지 않는 자유롭고 편안한 삶을 나타내고 있다. 하편에서는 차가운 샘물로

차를 달여 마시고 쌀밥에 순채국을 배불리 먹는 모습을 통해 정신의 안정과 육신의
만족을 모두 충족하는 기쁨을 말하며 스스로를 천하에서 가장 한가로운 사람이라 자부
하고 있다.

호사근 • 매선산 꼭대기에 올라 바다를 바라보다

옷소매 휘날리며 서쪽 봉우리에 오르니
홀로 우뚝 솟아 하늘과 맞닿아 있는 듯하네.
지팡이 짚고 아래로 넓은 바다를 내려다보며
안개 속 또렷한 돛배를 헤아려보네.

구름 속에 춤추는 푸른 난새 실컷 보다
돌아오는 길 이미 저물녘일세.
산 중턱 소나무의 바람 소리에 감사하니
도타운 정으로 나그네를 붙잡네.

好事近 • 登梅仙山絶頂望海[1]

揮袖上西峯,[2] 孤絶去天無尺.[3] 拄杖下臨鯨海,[4] 數煙颻歷歷.[5]
貪看雲氣舞青鸞,[6] 歸路已將夕. 多謝半山松吹, 解懃懃留客.[7]

【주석】
1) 梅仙山(매선산) : 매산梅山이라도 하며, 절강성 소흥시紹興市 북쪽에 있다. 전설에 매복 梅福이 이곳에서 은거하였다고 한다.
2) 揮袖(휘수) : 옷소매를 휘날리다. 손을 휘저으며 앞으로 힘차게 나아가는 모양. 여기서 는 손을 흔들어 인간세상과 작별하는 모습으로 볼 수도 있다.

3) 孤絶(고절) : 홀로 우뚝 솟은 모양.

　去天無尺(거천무척) : 하늘과 떨어진 것이 한 척도 되지 않다. 높이 솟아 거의 하늘과 맞닿아 있는 것을 가리킨다.

4) 拄杖(주장) : 지팡이를 짚다.

　鯨海(경해) : 고래가 사는 넓고 큰 바다. 항주만杭州灣을 가리킨다.

5) 颿(범) : 돛. '범帆'과 같다.

　歷歷(역력) : 분명하고 또렷한 모양.

6) 貪看(탐간) : 탐하며 보다. 실컷 즐기면서 보는 것을 의미한다.

7) 解(해) : 풀어내다, 펼치다.

　慇懃(은근) : 정이 깊고 두터운 모양.

【해설】

　이 사는 매선산梅仙山에 올라 항주만杭州灣을 내려다보고 쓴 것으로, 산에 올랐다 돌아오는 여정이 시간적인 순서에 따라 서술되고 있다.

　상편에서는 하늘에 맞닿을 듯 높이 솟아 있는 매선산의 장대한 모습과 정상에서 내려다보이는 광활한 바다의 모습이 묘사되고 있는데, 장대한 자연경관과 지팡이 짚고 서 있는 시인의 노쇠한 모습이 대비되며 공업수립의 원대한 이상을 실현하지 못한 채 헛되이 늙어버린 시인의 회한을 느끼게 한다. 하편에서는 구름 속을 나는 난새를 한참동안 구경하다 저물녘 산길을 지나 돌아오는 모습이 나타나 있는데, 상편에서처럼 환상의 난새와 어둑한 저녁을 통해 실현하지 못한 시인의 이상과 노쇠한 현실이 대비되고 있다. 그러나 마지막 두 구에서는 마치 자신을 붙잡아두려는 듯한 솔바람 소리에 위안을 느끼며 감사와 기쁨을 나타내고 있다.

취락백

....

강호의 취한 나그네
술잔 던지고 일어나 춤추며 검은 모자 벗어버리네.
삼경의 푸른 이슬은 옷에 스미어 축축하고
마름 따는 간드러진 노랫소리
개울 위 달 지기를 재촉하네.

헛된 환상과 간밤 꿈과 같은 것 찾기를 그만두니
운대와 기린각의 초상도 모두가 진부한 흔적일 뿐이라네.
본래부터 오직 한가로움만 얻기 어렵나니
청사에 남을 공명이라도
하늘은 마음에 두지 않는다네.

....

醉落魄

江湖醉客, 投杯起舞遺烏幘.[1] 三更冷翠霑衣濕,[2] 嬝嬝菱歌,[3] 催落半川
月.
空花昨夢休尋覓,[4] 雲臺麟閣俱陳迹.[5] 元來只有閑難得, 青史功名, 天却
無心惜.

【주석】

1) 烏幘(오적) : 검은색 두건.
2) 冷翠(냉취) : 푸른 냉기. 풀잎에 맺힌 이슬을 가리킨다.
3) 嬝嬝(요뇨) : 부드럽고 간드러진 모양.
4) 空花(공화) : 환상이나 망상을 뜻하는 불교 용어.
5) 雲臺(운대) : 한대 남궁南宮 안에 있던 누대. 동한東漢 명제明帝 때 전대의 공신들을
추도하여 28인의 초상을 그려 운대에 두었다.
麟閣(인각) : 기린각麒麟閣. 한대 미앙궁未央宮 안에 있던 전각. 서한西漢 선제宣帝 때
흉노정벌에 공이 있는 소무蘇武 등 11인의 초상을 그리고 관직과 이름을 적어 기린각에
걸었다.

【해설】

이 사는 취한 후의 감회를 쓴 것으로, 전원 속에서의 자유롭고 편안한 삶과 공명에
대한 초연한 심정을 노래하고 있다.

상편에서는 스스로를 '강호의 취한 나그네'라 칭하며 술에 취해 일어나 춤추고 모자
또한 벗어던지며 즐기는 모습을 통해 관직에서 물러난 자유로움과 다시 찾은 전원생활
의 기쁨을 나타내고 있다. 이어 한밤중 옷자락을 적시는 이슬과 새벽녘 아련히 들려오는
마름 따는 노랫소리로 술자리가 밤새도록 이어졌음을 말하고 있다. 하편에서는 공명수
립을 향한 젊은 시절의 이상과 꿈을 헛된 환상과 하룻밤의 꿈으로 치부하고, 마음의
여유와 한가로움이 가장 얻기 힘든 것이며 공명은 다만 세속에 속하는 일일뿐 하늘의
뜻에 맞는 일은 아니라는 말로 공명의 허망함을 말하고 있다.

오야제

....

본디 뜻은 세상 밖에서 은거하는 것이었건만
세속과의 인연으로 하늘 끝까지 떠돌아다녔네.
돌아옴에 다행히 몸은 건강하여
내 분수에 맞춰 산간모옥을 지었네.

남은 추위를 빌어 술에 흠뻑 취하고
적은 비를 틈타 꽃을 옮겨 심네.
사립문에는 종일토록 오는 사람 없고
한 줄 길 가로 시냇물은 비껴 흐르네.

....

烏夜啼

素意幽棲物外,¹ 塵緣浪走天涯.² 歸來猶幸身強健, 隨分作山家.³
已趁餘寒泥酒,⁴ 還乘小雨移花.⁵ 柴門盡日無人到, 一徑傍谿斜.

【주석】

1) 素意(소의) : 평소의 생각.
2) 浪走(낭주) : 물결 따라 떠돌아다니다.
3) 隨分(수분) : 처지나 분수에 따르다.
4) 泥酒(니주) : 술에 흠뻑 취하다. 술로써 추위를 이기는 것을 말한다.

5) 移花(이화) : 꽃을 옮겨 심다. 잠깐 내리는 비에 정원을 가꾸는 것을 말한다.

【해설】

　이 사는 관직생활을 마치고 전원으로 돌아온 감회를 노래한 것으로, 자유롭게 술 마시고 한가로이 정원을 가꾸며 사는 즐거움이 나타나 있다.

　상편에서는 자연 속에서 은거하며 살고자 했던 자신의 평소 꿈을 저버리고 그동안 관직생활로 인해 타향을 떠돌다 이제야 고향으로 돌아오게 되었음을 말하고 있다. 하편 에서는 추위를 핑계로 술 마시고 잠깐 비 오는 틈을 타 정원을 가꾸는 모습으로 관직에 서 벗어난 자유로움과 전원생활의 즐거움을 말하고, 종일토록 찾아오는 이 없는 사립문 과 길 가 유유히 흐르는 시냇물로 고요하고 한가로운 자신의 심정을 나타내고 있다.

연수금

....

담비 갖옷을 낚싯배와 바꿔도 아깝지 않나니
세상 사람들 누가 나를 알아줄까 탄식하네.
평온한 초풍경의 바람 의지하여 노 저어 돌아오니
이따금 수풀 너머 저녁 종소리 들려오네.

은거하는 곳이 달팽이집처럼 작다 비웃지는 말지니
구름 덮인 산과 안개 낀 강이 만 겹이나 된다네.
반평생 줄곧 아름다운 경관만을 보아왔으니
지금 이 몸 그림 속에 있는 것 같아 기쁘기만 하다네.

....

戀繡衾

不惜貂裘換釣篷,¹ 嗟時人、誰識放翁.² 歸櫂借、樵風穩,³ 數聲聞、林外暮鐘.
幽棲莫笑蝸廬小,⁴ 有雲山、煙水萬重. 半世向、丹青看,⁵ 喜如今、身在畫中.

【주석】
1) 貂裘(초구) : 담비 가죽으로 만든 갖옷. 여기서는 공명功名을 비유한다.
　　釣篷(조봉) : 낚시하는 작은 봉선篷船. 지붕을 띠풀로 엮고 문이 세 개인 작고 낮은 배. 여기서는 은거생활을 비유한다.

2) 放翁(방옹) : 육유의 자호自號. '방탕한 늙은이'라는 뜻으로, 51세 때인 순희淳熙 2년 (1175) 범성대范成大가 성도지부成都知府로 있을 때 육유는 사천제치사참의관四川制置使 參議官으로 있으면서 시문으로 교유하며 예법에 구속되지 않았는데, 사람들이 그의 무례함을 비판하자 스스로를 이와 같이 부르며 오히려 이를 조롱하였다.

3) 借(자) : 빌리다. 도움을 받다.

樵風(초풍) : 초풍경樵風涇에 부는 바람. 초풍경은 약야계若耶溪와 감호鑑湖 사이에 있는 계곡으로, 회계산會稽山 동남쪽에 있다. 여기서는 계곡의 이름에서 뜻을 차용하였다.

4) 蝸廬(와려) : 달팽이 집. 작고 허름한 집을 의미한다.

5) 丹靑(단청) : 울긋불긋 형형색색의 아름다운 경관.

봉선(篷船) – 송(宋) 고종(高宗) 봉창수기도(蓬窓睡起圖)

【해설】

　이 사는 배를 타고 산수를 유람하는 즐거움을 노래한 것으로, 공명의 추구에서 벗어나 자연과 더불어 소박하게 살아가는 시인의 일상이 잘 나타나 있다.

　상편에서는 자신은 이미 공명을 추구하는 삶 대신 자연에 귀의하는 삶을 택했음을 말하고 이러한 선택을 한 자신을 '방옹放翁'이라 부르며 세상에 자신을 이해해 주는 사람이 없음을 탄식하고 있다. 이어 초풍경의 평온한 바람과 저물녘 들려오는 고요한 종소리로 세상에 대한 욕망과 번민이 없어진 청정한 자신의 마음을 나타내고 있다. 하편에서는 은거하는 곳이 비록 작고 허름하나 광대한 만 겹의 산과 강으로 싸여있음을 말하며, 마치 한 폭의 그림과 같이 아름다운 자연 속에서 자신 또한 이미 그 일부가 되어 함께 어울리며 살아가고 있음을 기뻐하고 있다.

일락색

....

덧없는 인생 허망함을 꿰뚫어 알고
사람들의 헐뜯음이야 내버려 둔다네.
이 몸 마치 물 희롱하며 노는 사람과 같나니
일찍이 천 겹 물살을 넘나들었네.

근심 없는 곳으로 돌아와
봄 술 한 병 마시게 됨이 기쁘다네.
도롱이와 삿갓을 물 가 바위 곁에 벗어두니
분명 봉후의 모습은 아니라네.

....

一落索

識破浮生虛妄,¹ 從人譏謗. 此身恰似弄潮兒,² 曾過了千重浪.
且喜歸來無恙,³ 一壺春釀. 雨蓑煙笠傍漁磯,⁴ 應不是封侯相.

【주석】

1) 識破(식파) : 꿰뚫어 알다. '간파看破'와 같다.

   浮生(부생) : 정처 없이 떠도는 인생.

2) 弄潮兒(농조아) : 자유자재로 조수를 타며 즐기는 사람.

   송宋 오자목吳自牧의 ≪몽량록夢粱錄≫ 권4 〈관조觀潮〉에 항주杭州 사람들이 매년 8월

바닷물이 역류하여 전당강錢唐江의 조수가 해일
처럼 밀려드는 장관을 즐기는 모습이 나타
나 있는데, 이 때 대담한 사람들은 크
고 작은 깃발이나 우산을 매단 장대
를 들고 파도를 타고 오르며 즐겼
다고 한다.

3) 恙(양) : 근심.

4) 漁磯(어기) : 물가에 솟아있는 커다
란 바위.

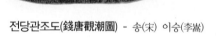

【해설】

　이 사에서는 인생에 대한 달관의 심정과 근
심걱정 없는 전원생활의 기쁨을 노래하고 있다.

전당관조도(錢唐觀潮圖) - 송(宋) 이숭(李嵩)

　상편에서는 인생의 덧없음과 허망함을 깨닫고 세
상 사람들의 비판에 개의치 않는 달관의 태도를 나타내며, 자신은 이미 수많은 인생의
역경을 거치고 극복해 왔음을 말하고 있다. 하편에서는 전원으로 돌아온 기쁨을 말하며,
도롱이와 삿갓차림을 한 자신의 모습으로 공업을 세워 제후로 봉해지고자 하는 욕망을
버린 자신을 나타내고 있다.

태평시

> 대숲 속에 자리한 방, 길은 깊어
> 고요하도다.
> 어지러이 붉은 꽃잎 다 날리고 푸르름이 짙어지니
> 새 지저귀도다.
>
> 마주하여 ≪난정집≫을 다 읽으니 일도 없어
> 홀로 거문고를 뜯네.
> 청동화로에 가느다랗게 피어오르는 해남향에
> 세속의 옷을 씻네.

太平時

竹裏房櫳一徑深,¹ 靜愔愔.² 亂紅飛盡綠成陰,³ 有鳴禽.
臨罷蘭亭無一事,⁴ 自修琴. 銅爐裊裊海南沉.⁵ 洗塵襟.

【주석】

1) 房櫳(방롱) : 창살이 있는 방. 일반적으로 방을 의미하며, 여기서는 서실書室을 가리킨다.

2) 愔愔(음음) : 깊고 고요한 모양.

3) 綠成陰(녹성음) : 푸르름이 짙어져 그늘이 지다.

4) 蘭亭(난정) : ≪난정집蘭亭集≫. 동진東晉 때 손작
   孫綽, 사안謝安 등 당시의 명사 42인이 난정蘭亭에
   모여 유상곡수流觴曲水의 연회를 즐기며 쓴 시를
   모은 것으로, 왕희지王羲之가 서문을 썼다.

5) 海南沉(해남침) : 해남海南 여동黎峒에서 생산된
   수침향水沉香. 침수향沉水香이라고도 한다. 수침
   목水沉木의 진액을 이용해 향을 만들며 결정체를
   물에 넣어 향을 피울 수도 있다.

수침향

【해설】

이 사에서는 대숲 속에 위치한 서재의 고요한 정
경과 서재에서의 일상이 나타나 있다.

상편에서는 대숲 속의 작고 깊은 길로 통해져 있
는 고요한 서재의 정경을 붉은색과 푸른색의 선명한
색채 대비를 통해 나타내고 있는데, 새 울음소리로
써 무성無聲과 유성有聲의 대비 또한 이루고 있다. 하편에서는 책을 읽고 거문고를 타는
한가로운 서재에서의 일상과 옷에 향을 쬐며 세속의 잡념을 씻어내고 있는 모습이
나타나 있다.

생사자

....

임금의 은혜를 입어 고향에 돌아와
잠시 쟁기 잡은 손을 놀려본다네.
새로이 작은 초가집을 엮으니
맑은 강의 입구를 독차지하고 있는 듯.

세속의 먼지가 옷을 더럽히지 않고
이웃 사람들은 늘 술을 들고 찾아오네.
어찌 같으리, 벼슬길에 있을 때
장정의 버들가지를 다 꺾던 것과.

....

生查子

還山荷主恩,1 聊試扶犁手.2 新結小茅茨,3 恰占淸江口.
風塵不化衣,4 鄰曲常持酒. 那似宦遊時,5 折盡長亭柳.6

【주석】

1) 荷(하) : 어깨에 메다. 여기서는 임금의 은혜를 입은 것을 의미한다.
2) 聊試(요시) : 잠시 시험 삼아 해보다.
  扶犁手(부리수) : 쟁기 든 손. 직접 농사짓는 것을 의미한다.
3) 茅茨(모자) : 띠풀로 지붕을 올린 집. 초가집.

4) 化衣(화의) : 옷을 검게 변하게 하다. 서진西晉 육기陸機 〈고언선을 위해 부인에게 드리
   다爲顧彦先贈婦〉시의 "도성에는 먼지가 많아, 흰 옷이 검은 옷이 되네.(京洛多風塵, 素衣
   化爲緇)"에서 차용한 것으로, 세속에 오염되는 것을 의미한다.

5) 那似(나사) : 어찌 같으리?

6) 長亭柳(장정류) : 장정의 버들. 장정長亭은 길 가에 10리마다 세워진 정자나 역참으로,
   객을 전송할 때 전별연을 베풀거나 여행 중 휴식을 취하는 곳이다. 옛 풍습에 장정에서
   이별할 때 버들가지를 꺾어 주었는데, '류柳'와 '류留'의 음이 같아 이를 통해 떠남을
   만류하고자 하는 뜻을 나타내었다.

【해설】

 이 사는 전원으로 돌아와 농사를 지으며 사는 감회를 노래한 것으로, 강가에 집을
짓고 마을 사람들과 어울리며 살아가는 소박하고 편안한 전원생활이 나타나 있다.
 상편에서는 임금의 은혜를 입어 관직에서 물러나 고향으로 돌아와 살 수 있게 되었음
을 말하며, 강가에 초가집을 짓고 잠시 직접 농사를 지어보는 모습을 통해 도잠陶潛과
같은 삶을 살고 싶은 지향을 나타내고 있다. 하편에서는 항상 술을 들고 찾아오는 마을
사람들의 모습으로 세속에 물들지 않은 순수함과 순박함을 말하고, 과거 많은 사람들과
이별해야만 했던 떠돌이 관직생활을 회상하며 이제는 더 이상의 이별 없이 고향에서
이들과 오래도록 함께 어울려 살 것임을 말하고 있다.

조중조

....

등등 역귀 쫓는 북소리에 한 해를 보내며
촛대 불 밝히고 금 술잔을 움직이네.
화려한 제비 문양으로도 옛 꿈을 찾기 어렵나니
연유꽃 장식은 아름다운 봄날을 헛되이 장식하고 있네.

사마상여는 병으로 사직하고
유신은 오래도록 떠돌아다녔나니
돌아봄에 쓸쓸하기만 하네.
밝은 달 비치는 매산에서 피리 부는 밤
따스한 바람 부는 우임금 사당에 꾀꼬리는 하늘을 나네.

....

朝中措

蓬蓬儺鼓餞流年,[1] 燭焰動金船.[2] 綵燕難尋前夢,[3] 酥花空點春妍.[4]
文園謝病,[5] 蘭成久旅,[6] 回首凄然. 明月梅山笛夜,[7] 和風禹廟鶯天.[8]

【주석】

1) 蓬蓬(동동) : 의성어. 북이 울리는 소리.
   儺鼓(나고) : 매년 섣달그믐에 역귀疫鬼를 몰아내기 위해 치는 북.
2) 金船(금선) : 금으로 만든 배 모양의 화려하고 커다란 술잔.

3) 綵燕(채연) : 채색 비단을 오려 만든 제비. 춘번春幡 또는 춘승春勝을 가리키는 것으로, 옛 풍속에 입춘이 되면 새로운 봄을 맞이한다는 의미로 작은 깃발이나 제비 문양을 만들어 머리에 꽂았다.

   前夢(전몽) : 이전의 꿈. 친구들과 어울려 지내던 추억을 말한다.

4) 酥花(수화) : 연유를 응고시켜 꽃 모양으로 만든 장식품. 입춘일의 연회자리에 장식으로 사용했다.

5) 文園(문원) : 사마상여司馬相如. 서한西漢의 저명한 부賦 작가로, 자는 장경長卿이다. 효문원령孝文園令에 봉해져 문원文園이라 불린다. 일찍이 소갈증消渴症을 앓았는데, 병을 핑계로 사직하고 무릉茂陵에서 살았다.

6) 蘭成(난성) : 유신庾信. 남조南朝 양梁의 시인으로, 자는 자산子山이며 어릴 적의 자가 난성蘭成이다. 서위西魏에 사신으로 갔다가 포로가 되어 그곳에서 관직생활을 하며 고향을 그리워하는 시를 썼다.

7) 梅山(매산) : 梅仙山(매선산). 앞의 〈호사근好事近 · 옷소매 휘날리며 서쪽 봉우리에 오르니揮袖上西峯〉 주1) 참조.

8) 禹廟(우묘) : 하夏 우禹임금의 사당. 지금의 절강성 소흥시紹興市 동남쪽 외곽의 회계산會稽山 기슭에 있다. 우임금은 성이 사姒이고 이름은 문명文命이며, 대우大禹라고 통칭한다. 황하의 범람을 다스린 후 당시 영토를 구주九州로 나누고 예교를 반포하였다.

【해설】

이 사는 한 해를 보내고 입춘을 맞이하는 감회를 쓴 것으로, 지난 일을 회상하며 멀리 떨어져 있는 친구들을 그리워하는 마음이 나타나 있다.

절기상 일반적으로 입춘을 전후로 하여 새해가 시작되는데 이 사에서는 제석除夕에 울리는 나고儺鼓 소리와 입춘일의 연회의 모습이 동시에 묘사되고 있어 이 날이 같은 날이었음을 짐작할 수 있다. 상편에서는 나고 소리를 배경으로 머리에 춘번을 쓴 채 연유꽃으로 화려하게 장식한 연회석상에서 밤새워 술을 즐기는 입춘일의 떠들썩한 분위기를 느낄 수 있다. 그러나 시인은 오히려 옛날을 회상하며 허전하고 쓸쓸한 감정에 빠지고 있다. 하편에서는 시인의 허전함과 쓸쓸함의 원인을 알 수 있으니, 헤어져 만나지 못하는 친구들을 병을 핑계로 관직을 버리고 떠난 사마상여司馬相如와 타국에 유배되어 돌아오지 못한 유신庾信에 비유하며 홀로 입춘을 맞이하는 외로움을 말하고 있다. 마지막 두 구에서 묘사되고 있는 고요하고 아름다운 밤과 따스하고 화창한 낮의 정경이 시인의 처지와 대비되며 그 외로움과 그리움을 더욱 심화시키고 있다.

오야제

．．．．．．．．．．．．．．．．．．．．．

비단 부채는 흰 달처럼 아름답고
비단 두건은 가벼운 연기처럼 하늘거리네.
높다란 회나무의 잎이 자라 그늘은 막 적당하고
비 지나간 맑고 촉촉한 날이라네.

붓 놀려 비스듬히 초서를 쓰고
주렴 말아 걸고 약간 취한 채 한가로이 잠에 드네.
한 점 먼지도 이르지 않고
머리맡엔 새로이 매미 소리 들리네.
．．．．．．．．．．．．．．．．．．．．．

烏夜啼

紈扇嬋娟素月,¹ 紗巾縹緲輕煙.² 高槐葉長陰初合, 清潤雨餘天.³
弄筆斜行小草,⁴ 鉤簾淺醉閑眠.⁵ 更無一點塵埃到,⁶ 枕上聽新蟬.

【주석】

1) 紈扇(환선) : 얇은 비단으로 만든 둥근 부채.
   嬋娟(선연) : 곱고 예쁜 모양.
2) 縹緲(표묘) : 바람에 가볍게 나부끼는 모양.
3) 雨餘(우여) : 비가 지나간 이후.

환선(紈扇) - 당(唐) 주방(周昉) 〈잠화사녀도(簪花仕女图)〉 (부분)

4) 斜行(사행) : 줄이 비스듬하다. 행렬을 고려
    하지 않고 자유롭게 쓰는 것을 가리킨다.
5) 鉤簾(구렴) : 주렴을 말아 걸어 올리다.
6) 塵埃(진애) : 먼지, 티끌. 여기서는 세상사에
    대한 번민이나 잡념을 의미한다.

【해설】

　이 사에서는 여름날의 경관과 한가로운
일상을 노래하고 있다.

　상편에서는 둥근 비단 부채와 하늘거리
는 비단 두건, 잎이 무성해져 이제 막 더위
를 피하기에 적당해진 회나무 그늘과 비 그친 맑고 촉촉한 날씨를 통해 청량한 바람이
불어오는 시원한 여름을 섬세하고 특징적으로 나타내고 있다. 하편에서는 휘갈겨 초서
를 쓰고 주렴 걷어 올려 시원한 바람 맞으며 몇 잔 술에 낮잠을 청하는 자유롭고 평온한
일상이 나타나 있다. 이어 마지막 두 구에서는 세상의 먼지 하나 이르지 않는 청정한
거처와 머리맡에 들어오는 새로운 매미 소리를 통해 세속에 대한 미련이나 번민에서
벗어나 고요하고 평화로운 새로운 삶을 찾게 되었음을 말하고 있다.

점강진

약초 캐고 돌아와
홀로 주점 찾아가 새로 빚은 술을 산다네.
저녁 안개 천 겹 산에 자욱하고
곳곳에서 고기 잡는 노랫소리 들리네.

취하여 조각배를 젓나니
하늘까지 이어진 물살도 두렵지 않다네.
강호에서 이번에 마음껏 자유롭게 즐기니
마치 한가로운 사람이 된 듯하네.

點絳脣

采藥歸來, 獨尋茅店沽新釀.¹ 暮煙千嶂,² 處處聞漁唱.
醉弄扁舟, 不怕黏天浪.³ 江湖上, 遮回疎放.⁴ 作個閑人樣.

【주석】
1) 新釀(신양) : 새로 빚은 술.
2) 嶂(장) : 높은 산봉우리.
3) 黏天浪(점천랑) : 하늘에 잇닿아 있는 물결.
4) 遮回(차회) : 이번.

【해설】

　이 사에서는 약초 캐고 술 마시며 노 저어 유람하고 즐기는 전원에서의 자유로운 일상이 나타나 있다.

　상편에서는 약초 캐는 하루일과를 마치고 돌아와 홀로 주점을 찾아 새 술을 마시고 있는 시인의 여유로운 모습과 날이 저물어 노래 부르며 고기잡이를 떠나는 마을 사람들의 바쁜 일상이 대비되고 있다. 하편에서는 취한 채 조각배에 올라 사방을 자유롭게 유람하면서 한가로운 자신의 삶에 만족감을 나타내고 있다.

보살만

....

작은 뜰에 누에는 잠들고 봄은 지려 하는데
새로 지은 둥지에 제비는 어리고 꽃은 다 져버렸네.
금성 서쪽의 꿈을 꾸었나니
해당화는 예전과 같았네.

옛날에는 진정 시름으로 마음 편치 않았으니
한 번 노를 저어 일찌감치 오 땅으로 와버렸네.
글을 써서 봄날을 애석해하나니
거울 속에 흰머리 더해졌네.

....

菩薩蠻

小院蠶眠春欲老,¹ 新巢燕乳花如掃. 幽夢錦城西,² 海棠如舊時.³
當年眞草草,⁴ 一櫂還吳早.⁵ 題罷惜春時, 鏡中添鬢絲.

【주석】

1) 蠶眠(잠면) : 누에가 허물을 벗기 전에 먹지도 않고 움직이지도 않는 상태.
2) 錦城(금성) : 성도成都. '금관성錦官城'이라고도 하며 성도 부근의 금강錦江에서 명칭이
   유래하였다.
3) 海棠(해당) : 해당화. 성도는 해당화로 유명한데, 육유는 성도에 있을 때 해당화를

감상하며 앞의 〈한궁춘漢宮春・인간세상 정처 없이 떠돌며浪迹人間〉, 〈유초청柳梢青・성
도는 번화롭고錦里繁華〉 등과 같은 많은 사를 남겼다.

4) 當年(당년) : 그 옛날. 건도乾道 말 순희淳熙 초에 성도에 있던 때를 가리킨다.
   草草(초초) : 혼란하고 안정되지 못한 모양.

5) 吳(오) : 오 땅. 여기서는 육유의 고향인 산음山陰을 가리킨다.

【해설】

이 사는 늦봄의 경관을 묘사하며 옛날 촉蜀 땅에 있을 때의 일을 회상한 것으로,
당시의 즐거웠던 추억과 힘들었던 기억들이 교차되어 나타나고 있다.

상편에서는 누에의 움직임이 멈추고 꽃은 이미 다 저버렸으며 새로운 둥지에는 이제
막 알에서 깨어난 새끼 제비들이 있는 모습을 통해 늦봄의 고요하고 한적한 경관을
나타내고 있다. 이어 간밤 꿈에서 본 성도의 아름다운 해당화를 떠올리며 옛날 성도에
있을 때 해당화를 감상하며 노닐었던 즐거운 추억들을 떠올리고 있다. 하편에서는 성도
에 있을 때의 초초하고 불안했던 또 다른 감회를 말하며 이로 인해 빨리 고향으로
돌아오게 되었음을 말하고 있다. 앞서 성도에서 쓴 많은 사에서도 알 수 있듯이 당시
육유는 공업성취에 대한 좌절감과 고향에 대한 향수로 매우 힘들고 고통스러운 날을
보내었다. 이러한 감회를 노래하며 마지막 두 구에서는 거울 속 늘어나는 흰머리로
또 다시 봄을 보내는 안타까움을 나타내고 있다.

도원억고인

....

덧없는 인생 순식간에 지나가 버렸나니
떨어진 시루는 깨져 버림을 원래부터 알았네.
돌아가 취하여 읊조리고 한가로이 누우니
홀로 부르는 노래에 화답하는 사람 무슨 필요 있으리.

남은 인생 본래의 나로 돌아와
만 리 강호의 안개 속에 커다란 배를 띄우네.
명리의 속박에서 모두 벗어나나니
세상은 원래 커다란 것이었네.

....

桃園憶故人

一彈指頃浮生過,¹ 墮甑元知當破.² 去去醉吟高臥, 獨唱何須和.
殘年還我從來我,³ 萬里江湖煙舸.⁴ 脫盡利名韁鏁,⁵ 世界元來大.

【주석】

1) 一彈指頃(일탄지경) : 거문고를 손가락으로 한 번 튕겨서 소리가 나는 시간. 불교 용어
로, 매우 짧은 시간을 가리킨다.
   ≪승지율僧祇律≫에 "이십 념念은 일 순瞬이며, 이십 순을 일 탄지彈指, 이십 탄지를
   일 나정羅頂, 이십 나정을 일 수유須臾라 하니, 하루 밤 하루 낮에는 삼십 수유須臾가

있다.(二十念爲一瞬, 二十瞬名一彈指, 二十彈指名一羅頂, 二十羅頂名一須臾, 一日一 夜有三十須臾)"라 하였다. 이를 현재의 시간으로 계산하면, 1수유須臾는 48분이며 1나 정羅頂은 2.4분, 1탄지彈指는 7.2초, 1순瞬은 0.36초, 1념念은 0.018초가 된다.

불교에서 시간과 관련한 또 다른 말도 있으니, 당唐 현장玄奘의 ≪대당서역기大唐西域 記・인도총술印度總述≫에서는 "시간이 매우 짧은 것을 찰나刹那라 하는데, 백 이십 찰나 는 일 저찰나呾刹那, 육십 저찰나는 일 납박臘縛, 삼십 납박은 일 모호률다牟呼栗多, 오 모호률다는 일 시時이니, 육 시가 합해져 하루 밤 하루 낮이 된다.(時極短者, 謂刹那也, 百二十刹那爲一呾刹那, 六十呾刹那爲一臘縛, 三十臘縛爲一牟呼栗多, 五牟呼栗多爲 一時, 六時合成一日一夜)"라 하였다. 즉 찰나刹那는 인도에서의 가장 짧은 시간 단위로 서, 1찰나는 현재의 시간으로 계산하면 0.013초 해당한다.

2) 甑(증) : 시루.

3) 從來我(종래아) : 이전의 나 자신, 본래의 나. 육유는 앞서 〈오야제烏夜啼〉에서 "본디 뜻은 세상 밖에서 은거하는 것이었건만, 세속과의 인연으로 하늘 끝까지 떠돌아 다녔 네.(素意幽棲物外, 塵緣浪走天涯)"라 하며 자연 속에서 은거하며 사는 것이 자신의 평소 꿈이었음을 말하고 있다.

4) 舸(가) : 커다란 배.

5) 韁鏁(강쇄) : 고삐와 쇠사슬.

【해설】

이 사에서는 인생의 덧없음과 되돌릴 수 없음을 탄식하며 명리의 추구에서 벗어나 자연과 함께 한가로이 살아가는 모습이 나타나 있다.

상편에서는 떨어져 깨어져버린 시루의 비유를 통해 한 번 지나가버린 인생은 돌이킬 수 없음을 말하며, 고향으로 돌아와 한가로이 누워 술 마시고 노래하는 모습을 통해 이전의 삶에 대한 후회나 미련에서 벗어나 안정되고 평온한 상태에 이르게 되었음을 말하고 있다. 하편에서는 이제 남은 생은 세속을 떠나 자연을 벗 삼아 살고자 했던 자신의 꿈에 맞게 살고자 함을 말하며, 만 리까지 펼쳐진 강과 호수에 커다란 배를

띄우는 모습을 통해 세속의 명리에서 벗어나니 눈앞에 펼쳐진 커다란 자연의 세상을
깨닫게 되었음을 말하고 있다.

유초청 · 을사년 이월 서흥에서 증별하며

십 년을 강호에서
노래 부르고 술 사먹으며
도성에는 가지 않았네.
어이하여 그대 가벼이 떠나가
장정의 아득한 풀 바라보며
쇠한 귀밑머리가 모래 바람 맞게 하는지?

높은 곳에 기대어 한껏 하늘 끝까지 바라보니
가랑비 속에
수많은 누대들.
다만 내일 아침에
홀연
매화를 즐기는 사람 보이지 않을까 걱정이네.

柳梢青 · 乙巳二月西興贈別[1]

十載江湖,[2] 行歌沽酒, 不到京華.[3] 底事翩然,[4] 長亭煙草,[5] 衰鬢風沙. 憑高目斷天涯,[6] 細雨外, 樓臺萬家. 只恐明朝, 一時不見, 人共梅花.[7]

【주석】

1) 乙巳(을사) : 효종孝宗 순희淳熙 12년(1185).

西興(서흥) : 서흥진西興鎭. 지금의 절강성 소산현蕭山縣 서북쪽에 있다.

2) 十載江湖(십재강호) : 십 년을 강호에서 지내다. 순희淳熙 5년(1178) 촉蜀에서 돌아와 상평다염공사常平茶鹽公事를 맡아 건안建安, 무주撫州 등지를 떠돈 것을 말한다.

3) 不到京華(부도경화) : 도성에 가지 않다. 육유는 순희淳熙 5년(1178) 이후 당시까지 도성에 가지 않았으며, 이듬해인 순희淳熙 13년(1186) 도성으로 불려가 엄주지사嚴州知事로 임명되었다.

4) 底事(저사) : 어찌하여, 무슨 일로.

翩然(편연) : 가볍게 날리는 모양. 여기서는 지인이 떠나가는 모습을 가리킨다.

5) 煙草(연초) : 광활하게 펼쳐져 있는 초원.

6) 目斷(목단) : 시선이 끊어지다. 시선이 닿는 곳까지 멀리 바라보는 것을 의미한다.

7) 人共梅花(인공매화) : 사람이 매화와 함께 있다. 매화를 보며 즐기는 것을 말한다.

【해설】

육유는 순희淳熙 7년(1180) 제거강남서로상평다염공사提擧江南西路常平茶鹽公事로 무주撫州에 있다가 11월에 면직을 청하여 산음山陰으로 돌아왔으며, 주관성도부옥국관主管成都府玉局觀이라는 허직을 맡아 봉록을 받으며 생활하다 순희淳熙 13년(1186) 엄주지사嚴州知事가 되어 다시 엄주嚴州로 나갔다. 이 사는 순희淳熙 12년(1185) 산음에서 기거할 때 서흥西興에서 지인과 이별하며 쓴 것으로, 지인이 누구인지는 알 수 없다.

상편에서는 촉蜀에서 돌아와 지방관을 떠돌던 지난 시절을 회상하며 지인과 이별하는 아쉬움을 나타내고 있는데, 장정에 아득히 펼쳐진 풀과 모래 바람 속에 서 있는 노쇠한 자신의 모습으로 지인에 대한 그리움과 이별을 맞이한 자신의 서글픈 심정을 드러내고 있다. 하편에서는 이별 후의 상황을 상상하여 말하고 있다. 떠나는 지인이 보이지 않을 때까지 바라보고 함께 올라 즐겼던 수많은 누대들이 가랑비 속에 처연히 서 있는 모습으로 이별의 아쉬움과 서글픔을 나타내고, 혼자서는 매화구경 또한 흥이 없기에 이제

내일 아침이면 매화를 즐기는 사람이 없을 것이라는 말로 홀로 남을 자신의 외롭고 쓸쓸한 심정을 나타내고 있다.

작교선

....

풍월 속에 낚싯대 하나 드리우고
안개비 속에 도롱이 하나 걸치며
집은 조대 서쪽에 짓고 산다네.
물고기 팔며 성문에 가까워지는 것도 두려워하거늘
하물며 세상 깊숙한 곳에야 어찌 가려 하리.

조수 일어나면 노를 부리고
조수 잔잔해지면 닻줄을 매어두며
조수 빠지면 큰 소리로 노래하며 돌아간다네.
세상 사람들은 잘못 알고 나를 엄광에 비유하지만
나는 그저 이름 없는 어부일 뿐이라네.

....

鵲橋仙

一竿風月,1 一蓑煙雨,2 家在釣臺西住.3 賣魚生怕近城門,4 況肯到紅塵深處.5
潮生理櫂,6 潮平繫纜,7 潮落浩歌歸去. 時人錯把比嚴光,8 我自是無名漁父.

【주석】

1) 竿(간) : 낚싯대.

2) 蓑(사) : 도롱이.

3) 釣臺(조대) : 낚시터 이름. 동한 초 엄광嚴光이 낚시하던 곳으로, 엄자릉조대嚴子陵釣臺라 부른다. 지금의 절강성 동려현桐廬縣 남쪽 부춘강富春江에 있으며 당시 엄주嚴州에 속해 있었다. 본래는 강 양쪽으로 마주하며 동쪽과 서쪽 두 곳이 있었으나 지금은 서쪽 대만 남아 있다.

4) 生怕(생파) : 두려움이 생겨나다. 또는 극히 두려워하다.

5) 紅塵(홍진) : 먼지. 세속의 인간 세상을 뜻한다.

6) 理櫂(이도) : 노를 부리다. 배를 띄우는 것을 의미한다.

7) 繫纜(계람) : 닻줄을 매어두다. 배를 정박시키고 물고기를 잡는 것을 의미한다.

8) 錯把(착파) : 잘못 파악하다.

　　嚴光(엄광) : 동한 초의 은자. 자는 자릉子陵이며 회계會稽 사람으로, 어릴 적에 동한 광무제光武帝 유수劉秀와 동문수학하였다. 광무제가 즉위한 후 출사할 것을 청했으나 거절하고 부춘강富春江에서 낚시하며 살았다.

【해설】

　　이 사에서는 세속의 미련이나 욕심에서 벗어나 물고기를 잡으며 소박하게 살아가는 어부의 삶을 노래하고 있다. 사에서 조대釣臺에 집을 짓고 산다는 말로 보아 순희淳熙 13년(1186) 엄주지사嚴州知事가 되어 엄주嚴州에 있을 때 쓴 것으로 여겨진다.

　　상편에서는 낚싯대 하나와 도롱이 하나만을 지닌 채 강가에 집을 짓고 사는 자신의 소박한 생활과 속된 세상에 가까이 하려 하지 않는 달관의 심경을 말하고 있다. 하편에서는 조수의 상황에 따라 배를 띄우고 물고기를 잡아 돌아오는 모습을 통해 자연에 순응하여 살아가는 유유자적한 삶을 말하고 있다. 이어 은자로서 널리 알려진 엄광嚴光조차 부정하며 공명에 대한 욕심 없이 다만 무명의 어부로 살고 싶은 바람을 나타내고 있다.

엄자릉 조대

어부 5수 ∙ 등불 아래에서 현진자의 〈고기잡이 노래〉를 읽다 산음의 옛집이 그리워
회상하며 쓰다

....

(1)
석범산 아래 비는 하늘에 자욱하고
대 잎으로 새로 엮은 푸른 봉선의 세 창문은 향기롭네.
네가래잎은 푸르고
여뀌꽃은 붉나니
돌아보면 공명은 한 바탕 꿈속이라네.

....

漁父 其一 ∙ 燈下讀玄眞子漁歌,¹ 因懷山陰故隱, 追擬

    石帆山下雨空濛,² 三扇香新翠箬篷.³ 蘋葉綠, 蓼花紅, 回首功名一夢中.

【주석】

1) 玄眞子(현진자) : 중당中唐 시인 장지화張志和. 자는 자동子同이며 무주婺州 금화(金華, 지금의 절강성 금화시金華市) 사람이다. 강호에 은거하며 ≪현진자玄眞子≫를 쓰고 이것으로 자신의 호를 삼았다.
   漁歌(어가) : 장지화張志和가 쓴 사詞 이름. 원명은 〈고기잡이 노래漁歌子〉이다.
2) 石帆山(석범산) : 육유의 고향 산음山陰의 동남쪽 15리에 있는 산. 석벽의 높이가 수십 장이나 되어 마치 돛을 펴고 물에 떠 있는 것 같다 하여 명칭이 유래하였다.
3) 三扇(삼선) : 봉선篷船의 세 문. '선扇'은 갈대나 대나무로 엮어 만든 문을 가리킨다.

箬篷(약봉) : 대 잎을 엮어 만든 봉선篷船

....

(2)

맑은 산의 푸르름 방울져 떨어져 물에는 쪽빛 일렁이고
고깃배는 두세 차례 모였다가 흩어지네.
가로지른 둑 북쪽
끊어진 다리 남쪽
기울여 봉선 띄우고 이내 돛을 펼치네.

....

漁父 其二

晴山滴翠水挼藍,[1] 聚散漁舟兩復三. 橫埭北,[2] 斷橋南, 側起船篷便作帆.[3]

【주석】

1) 挼(뇌) : 문지르다. 수면에 푸른 산이 비쳐 쪽빛이 일렁이는 것을 비유한다.
2) 埭(태) : 물을 가두어 두기 위해 만든 보堡, 제방堤防.
3) 側起(측기) : 배를 기울여 출발하다.

....

(3)

경호의 두 푸른 하늘을 올려보고 굽어보며
유리처럼 드넓은 바다에 조각배 하나 띄우네.

노 잡고 춤추며
도롱이 안고 잠에 드니
하늘의 신선이 아니면 물의 신선이라네.

....

漁父 其三

鏡湖俯仰兩靑天,¹ 萬頃玻璃一葉船. 拈棹舞,² 擁蓑眠, 不作天仙作水仙.

【주석】

1) 兩靑天(양청천) : 두 개의 푸른 하늘. 호수 위의 하늘과 수면에 비친 하늘을 가리킨다.
2) 拈(념) : 손으로 쥐다.

....

(4)
상호의 안개비에 순채는 자라고
새로 지은 고미밥에 수저 위엔 윤기가 흐르네.
구름 흩어진 후
달 기울었을 때
조수 빠져 배 가로 놓여도 취하여 알지를 못한다네.

....

漁父 其四

湘湖煙雨長蓴絲,¹ 菰米新炊滑上匙.² 雲散後, 月斜時, 潮落舟橫醉不知.

【주석】

1) 湘湖(상호) : 산음의 서쪽인 절강성 소
산현蕭山縣에 있는 호수 이름. 육유의
시 〈빗속에 시름을 떨치며雨中排悶〉 자
주自注에 "상호는 소산현에 있는데, 순
채가 매우 뛰어나다.(湘湖在蕭山縣,
蓴菜絶奇)"라 하였다.

2) 菰米(고미) : 벼과 식물인 고엽菰葉의
열매. 모양이 쌀과 같아 이와 같이 부
르며, 밥으로 지어 먹는다.

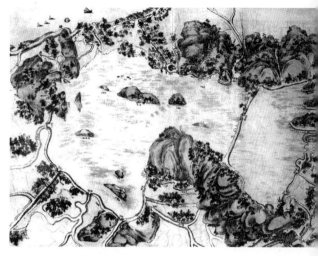

소산상호전도(蕭山湘湖全圖) - 민국(民國) 초 주이조(周易藻)

....

(5)

도성에서는 몇 명의 대신들이 임명되고 면직되었을지?

어부는 드러누워 잠든 채 취하여 깨어나지 않네.

안개 속 거룻배는 작고

낚싯대는 비릿한데

멀리 한 점 푸른 매산을 가리키네.

....

漁父 其五

長安拜免幾公卿,1 漁父橫眠醉未醒. 煙艇小,2 釣車腥,3 遙指梅山一點
靑.4

【주석】

1) 長安(장안) : 당唐의 도성. 여기서는 남송南宋의 도성인 임안臨安을 가리킨다.
   拜免(배면) : 임명하고 면직하다.
2) 煙艇(연정) : 안개 자욱한 수면을 달리는 작은 배.
3) 釣車(조거) : 낚싯대에 매달아 줄을 감는 도구. 낚싯대 릴을 가리킨다.
4) 梅山(매산) : 매선산梅仙山. 절강성 소흥시紹興市 북쪽에 있다. 전설에 매복梅福이 이곳에
   서 은거하였다고 한다.

【해설】

　이 사는 순희淳熙 13년(1186) 엄주嚴州에서 엄주지사嚴州知事로 있을 때 장지화張志和의
사 〈고기잡이 노래漁歌子〉를 읽다 경호鏡湖와 상호湘湖 등을 유람하며 낚시하고 지내던
고향 산음山陰에서의 생활을 떠올리고 이를 추억하며 쓴 것이다. 장지화의 사는 총5수인
데 이 사에서도 이를 따라 5수의 사가 시간의 흐름에 따라 서술되고 있다.
　제1수에서는 출발 전 비오는 석범산 아래에 새로 엮은 봉선蓬船을 준비하며 네가래와
여뀌가 자라 있는 경호가를 묘사하고 있다. 이어 공명의 덧없음을 말하며 배를 띄워
강호로 나아갈 상황을 예비하고 있는데, 푸른색과 붉은색의 색채대비가 자욱이 내리는
비를 배경으로 더욱 산뜻하고 선명하게 나타나고 있다. 제2수에서는 비가 그치어 푸른
석범산이 비치는 쪽빛 수면 위로 한가로이 떠 있는 고깃배를 묘사하고 돛을 펼쳐 봉선을
띄우는 상황이 나타나 있다. 제3수에서는 유리처럼 맑고 잔잔한 경호의 한 가운데에서
호수 위의 하늘과 수면에 비친 하늘을 번갈아 바라보며 노래도 부르고 잠도 청하는
자유롭고 편안한 유람의 모습이 나타나 있다. 제4수에서는 전당강錢唐江을 따라 상호湘
湖까지 거슬러 올라가 밥을 지어 먹고 조수에 배를 맡긴 채 밤이 깊도록 술에 취해
있는 상황을 말하고 있다. 마지막 제5수에서는 자연 속에 묻혀 살아도 나라와 조정에
대한 염려를 여전히 떨쳐버리지 못함을 말하며, 매선산梅仙山을 가리키는 모습으로 온전
한 탈속과 은거의 삶을 살고 싶은 바람을 나타내고 있다.

장상사 5수

....
(1)
구름 천 겹
물 천 겹
몸은 천 겹 구름과 물속에 있네.
밝은 달을 통발에 담네.

머리는 빠지지 않고
귀는 멀지 않았으며
술 먹으면 두 볼도 붉게 할 수 있다네.
한 동이 술을 누구와 함께 하리.
....

長相思 其一

雲千重, 水千重, 身在千重雲水中. 月明收釣筒.
頭未童,¹ 耳未聾,² 得酒猶能雙臉紅. 一尊誰與同.

【주석】

1) 童(동) : 어린 아이의 머리. 머리카락이 빠져 없는 것을 가리킨다.
2) 聾(농) : 귀가 먹다.

....

(2)
무지개 같은 다리
하늘 같은 물
나뭇잎 하나 안개비 속에 날아오르네.
하늘이 나를 방옹이라 칭하게 했다네.

봉선 띄워
강바람 맞나니
어부들의 집은 어시장 동쪽에 옹기종기 모여 있네.
돌아오는 때 저녁 종소리 들리네.

....

長相思 其二

橋如虹,¹ 水如空, 一葉飄然煙雨中. 天敎稱放翁.²
側船篷,³ 使江風,⁴ 蟹舍參差漁市東.⁵ 到時聞暮鐘.

【주석】

1) 虹(홍) : 무지개. 무지개 모양의 홍교虹橋를 가리킨다.
2) 放翁(방옹) : 방탕한 늙은이. 육유의 자호自號이다. 앞의 〈연수금戀繡衾·담비 갖옷을
   낚싯배와 바꿔도 아깝지 않나니不惜貂裘換釣篷〉주2) 참조.
3) 側(측) : 배를 기울이다. 배를 움직여 띄우는 것을 말한다.
4) 使(사) : 부리다, 사용하다. 바람을 타고 운행하는 것을 말한다.
5) 蟹舍(해사) : 게 잡는 어부들의 집. 여기서는 어촌 마을의 집들을 가리킨다.

....
(3)
얼굴은 파리하고
머리는 하얀 채
뱃속 가득한 시와 글은 값어치도 없네.
공무는 한가하여 항상 낮잠만 잔다네.

능연각에 초상이 그려지고
임금의 부름을 받는 것
예부터 공명이란 젊은이의 것이라네.
마음을 알아주는 것은 두견새뿐이라네.
....

長相思 其三

面蒼然,¹ 鬢皤然,² 滿腹詩書不直錢.³ 官閑常晝眠.
畫凌煙,⁴ 上甘泉,⁵ 自古功名屬少年. 知心惟杜鵑.⁶

【주석】

1) 蒼然(창연) : 낯빛이 검고 파리한 모양.

2) 皤然(파연) : 머리가 하얗게 센 모양.

3) 不直錢(불치전) : 값어치가 없다.

4) 凌煙(능연) : 능연각凌煙閣. 앞의 〈청옥안靑玉案·서풍이 비를 안고 파도 뒤집히는 소리
   내더니西風挾雨聲翻浪〉 주7) 참조.

5) 甘泉(감천) : 감천궁甘泉宮. 한漢의 궁전 이름. 한 성제成帝가 감천궁에서 제사를 지낼

때 양웅揚雄을 불러 대조待詔를 삼았고, 후에 양웅은 〈감천부甘泉賦〉를 지어 올렸다. 여기서는 황제의 부름을 받아 관직에 임명되는 것을 의미한다.

6) 杜鵑(두견) : 두견새. '자규子規' 또는 '불여귀不如歸'라고도 한다. 앞의 〈작교선鵲橋仙・초 가집 처마에 인적은 고요하고茅簷人靜〉 주4) 참조. 여기서는 두견새의 슬픈 울음소리가 자신의 심정과 같음을 말한다.

....

(4)
저녁산은 푸르고
저녁놀은 밝나니
몽필교 앞 조각배는 가로 놓여 있네.
네가래에 부는 바람에 술에서 깨어나네.

조수 일어났다
잔잔해지는 것을 보나니
서릉에 잠시 머물렀다가 갈 길을 헤아리지 못하네.
순초는 이제 막 삶을 수 있겠네.

....

長相思 其四

暮山靑, 暮霞明, 夢筆橋頭艇子橫.[1] 蘋風吹酒醒.
看潮生, 看潮平, 小住西陵莫較程.[2] 蓴絲初可烹.

【주석】

1) 夢筆橋(몽필교) : 다리 이름. 남조南朝 제齊나라 때 세워졌으며, 지금의 절강성 소산현蕭
山縣 강사江寺 앞에 있다. 양梁 강엄江淹이 이곳에 머무르다 꿈에 자칭 곽박郭璞이라는
사람에게 다섯 색의 붓을 돌려주고 이후 시 쓰는 재주를 잃었다는 전설이 전한다.

2) 西陵(서릉) : 소산현蕭山縣 서흥진西興鎭.

....

(5)
덧없는 인생을 깨닫고
헛된 명성을 싫어하니
돌아보면 천 종의 녹봉도 한 터럭처럼 가볍다네.
이제 마음은 너무나도 평안하네.

솔바람 소리 좋고
샘물 소리 좋나니
새로 쓴 거문고 곡조를 누가 들어 알아주리.
텅 빈 강에 가을 달은 밝네.

....

長相思 其五

悟浮生, 厭浮名, 回視千鍾一髮輕.[1] 從今心太平.
愛松聲, 愛泉聲, 寫向孤桐誰解聽.[2] 空江秋月明.

【주석】

1) 鍾(종) : 양의 단위. 1종鍾은 10곡斛이며, 1곡斛은 10말[斗]이다. '천종千鍾'은 매우 많은 녹봉을 받는 고위 관직을 가리킨다.

2) 寫向(사향) : 거문고 곡을 쓰다.

   孤桐(고동) : 특별한 오동나무. ≪서경書經·우공禹貢≫의 "역산 남쪽의 특별한 오동나무[嶧陽孤桐]"에서 유래한 것으로, 거문고를 가리킨다. ≪풍속통風俗通≫에 "오동나무가 역산 남쪽의 암석 위에 자라있는데, 동남쪽으로 뻗은 가지를 잘라 거문고를 만들면 소리가 매우 청량하다.(梧桐生於嶧山之陽, 巖石之上, 采東南孫枝爲琴, 聲極淸亮)"라 하였다.

【해설】

이 사는 본집에는 수록되어 있지 않으며 청淸 예도倪濤가 편찬한 ≪육예지일록六藝之一錄≫에 육유가 친필로 쓴 묵적으로 전하고 있다. 글의 말미에 "순희 무신년 8월 하완일下浣日에 입택 육유가 쓰다.(淳熙戊申八月下浣笠澤陸游書)"라 되어 있는데, 하완일은 열흘에 하루씩 주어지는 관원의 휴일이다. 이로 보아 이 사는 순희淳熙 15년(1188) 8월 하순 엄주지사嚴州知事로 재직하고 있을 때 휴일을 맞아 배를 타고 유람하며 쓴 것으로 여겨진다.

사에서는 강변에서 바라본 경관을 묘사하며 지난 일을 회상하고 인생과 공명에 대한 감회를 나타내고 있는데, 강변의 경관이 시간의 변화에 따라 섬세하게 묘사되면서 시시각각 급변하는 시인의 감정과도 절묘하게 결합되어 나타나고 있다.

제1수에서는 달이 떠 있는 드넓은 강 가운데서 한가로이 낚시하고 있는 모습을 묘사하고, 스스로 자신이 아직은 늙고 쇠하지 않았음을 위안하면서도 홀로 나와 있는 자신의 처지에 아쉬움을 나타내고 있다. 제2수에서는 강에서 바라본 아름답고 한가로운 풍경을 묘사하며 세상 사람들과 어울리지 못하는 '방탕한 늙은이[放翁]'일 수밖에 없는 자신의 신세를 운명으로 받아들이고 있다. 그러나 이는 운명에 대한 '순응'이 아닌 '자조'일

따름이니, 돌아오며 듣는 '저물녘 종소리[暮鐘]'는 시인의 암울한 심경을 대변하고 있다. 따라서 제3수에서는 다시 자학적인 모습을 나타내면서, 이미 늙고 초라해진 모습으로 아무런 쓸모가 없는 글만 쓰며 한직으로 물러나 공업의 수립도 기약할 수 없는 자신을 탄식하고 있다. 제4수에서는 저물녘 잠시 소산蕭山에 정박하며 일렁였다 잔잔해지는 조수를 바라보며 다시 마음의 안정을 찾고 있다. 마지막 제5수에서는 인생과 공명의 덧없음을 깨닫고 공명수립의 욕망에서 벗어나 아름다운 산수 풍광을 즐기는 여유롭고 편안한 심정을 말하고 있다.

자고천

지팡이에 짚신 신고 봄을 즐기기에 실로 늦은 것은 아니니
낙양에 앵두와 죽순은 한창이라네.
삼천대천의 광대한 세상 밖에서 막 돌아와
오백 년 전의 일도 모두 안다네.

옥피리 불고 맑은 이수를 건너며
사람 만나도 누구인지 이름 묻지 않나니.
소옹과 사마광이
일찍이 천진교에서 나와 함께 시를 지은 사이라네.

鷓鴣天

杖屨尋春苦未遲,[1] 洛城櫻筍正當時.[2] 三千界外歸初到,[3] 五百年前事總
知.[4]
吹玉笛, 渡淸伊,[5] 相逢休問姓名誰. 小車處士深衣叟,[6] 曾是天津共賦
詩.[7]

【주석】

1) 杖屨(장구) : 지팡이 짚고 짚신 신다. 가볍고 편한 차림을 의미한다.
   苦(고) : 진실로.

2) 洛城(낙성) : 낙양洛陽. 여기서는 남송의 도성인 임안臨安을 가리킨다.

　櫻筍(앵순) : 앵두와 죽순. 과일이 없는 계절을 대신한다는 의미로 음력 3월의 늦봄을 가리킨다.

3) 三千界(삼천계) : 삼천대천세계三千大千世界. 불가에서 말하는 광대하고 무한한 세상. 하나의 해와 달이 동서남북의 네 하늘에 비치는 세상을 '소세계小世界'라 하는데, 천 개의 소세계가 모여 하나의 '소천세계小千世界'를 이루며 다시 천 개의 소천세계가 모여 하나의 '중천세계中千世界'를, 천 개의 중천세계가 모여 하나의 '대천세계大千世界'를 이룬다고 한다.

4) 五百年(오백년) : 아주 오랜 옛날.

　≪장자莊子·소요유逍遙遊≫에 "초나라의 남쪽에 명령이라는 나무가 있는데, 오백 년을 봄으로 삼고 오백 년을 가을로 삼는다.(楚之南有冥靈者, 以五百歲爲春, 五百歲爲秋)"라 한 것에서 차용한 것으로, 인간 세상에 대한 달관과 초연함을 나타낸 것이다.

5) 伊(이) : 이수伊水. 낙양 동쪽을 흐르는 강.

6) 小車處士(소거처사) : 북송北宋의 이학가 소옹邵雍을 가리킨다. 관직에 나아가지 않고 항상 작은 수레를 타고 다녔다 하여 이와 같이 불렀다.

　深衣曳(심의수) : 심의深衣를 입은 노인. 북송北宋의 재상 사마광司馬光을 가리킨다. 낙양

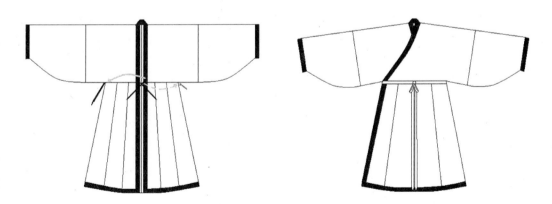

심의(深衣)

에 살 때 예법에 따라 심의를 제작하여 집에서 항상 입고 있었다 하여 이와 같이 불렀다. '심의深衣'는 상의와 하의가 하나로 연결된 옷으로 시대에 따라 격식과 모양이 조금씩 달랐으며, 우리의 도포나 두루마기와 같다.

7) 天津(천진) : 천진교天津橋. 낙양 서남쪽 낙수洛水 위에 있다. 소옹邵雍의 거처가 천진교 남쪽에 있었으며, 사마광司馬光의 거처인 독락원獨樂園이 가까이 있었다.

【해설】

육유는 순희淳熙 15년(1188) 7월 2년 동안의 엄주지사嚴州知事 직을 마치고 고향으로 돌아가 머무르다, 이해 겨울 임안으로 가 군기소감軍器少監에 임명되고 65세 때인 이듬해 순희淳熙 16년(1189) 정월 예부낭중禮部郎中에 임명되었다가 7월에 실록원검토관實錄院檢 討官을 겸하게 된다. 육유에게 있어 중앙관직은 융흥隆興 2년(1164)의 추밀원편수樞密院編 修 이후 25년만이었으나 그의 직책은 6품에 불과한 예부낭중에 불과하였으며 나이도 이미 65세에 이른 시기였다.

이 사는 늦은 나이에 다시 임안으로 돌아와 중앙관직을 맡게 된 감회를 나타낸 것으로, 순희淳熙 16년(1189) 3월경에 쓴 것으로 여겨진다.

상편에서는 임안을 낙양에 비유하며 자신이 임안으로 돌아온 것이 늦은 것은 아님을 말하며 스스로를 위안하고 있는데, 지팡이에 짚신 신은 편안한 차림이 공업수립에 연연 했던 옛날과는 이미 다른 심정임을 짐작하게 한다. 또한 '삼천대천'과 '오백 년'의 표현을 통해 인간 세상에 대한 달관의 태도를 느낄 수 있다. 하편에서는 유유자적하게 자연을 노닐며 만나는 사람이 누구인지 알려하지도 않는 모습이 나타나 있는데, 낙양에서 살았 던 소옹邵雍과 사마광司馬光을 들어 자신이 비록 늙어 낮은 직위에 있으나 이들과 교유했 던 사람으로서 지금 사람들과는 격이 맞지 않음을 말하며 공명에 대한 초탈함과 자신에 대한 자부심을 드러내고 있다.

사지춘

경호 가에
나의 돌아가는 배를 매어 두고
작은 동산에서 때때로 취해 쓰러지네.
봄잠에서 놀라 깨어나
아침 재촉하는 꾀꼬리 울음소리를 듣네.
공명을 탄식하나니, 이루지 못한 이는 웃기만 할 수밖에.

붉은 다리의 푸른 길엔
도성의 먼지조차 날아들지 않나니
관직 그만두고 고향으로 돌아가 아침 하품을 하네.
밤낮으로 부는 비바람은
남은 꽃들마저 비로 쓴 듯이 날려버리네.
술동이 앞에서 한스러워 하나니, 봄을 보내며 사람은 늙어가네.

謝池春

賀監湖邊,1 初繫放翁歸棹.2 小園林、時時醉倒. 春眠驚起, 聽啼鶯催曉.
歎功名、誤人堪笑.3
朱橋翠徑,4 不許京塵飛到.5 挂朝衣、東歸欠早.6 連宵風雨, 捲殘紅如
掃. 恨樽前、送春人老.

【주석】

1) 賀監湖(하감호) : 하지장賀知章의 호수. 경호鏡湖를 가리킨다. 당唐 현종玄宗 때 일찍이 비서감秘書監을 지냈던 하지장이 경호의 한 구비를 하사받아 은거했던 까닭에 이와 같이 불렀다.

2) 放翁(방옹) : '방탕한 늙은이'라는 뜻의 육유의 자호自號. 앞의 〈연수금戀繡衾 · 담비 갖옷을 낚싯배와 바꿔도 아깝지 않나니不惜貂裘換釣蓬〉 주2) 참조.

3) 誤人(오인) : 공업달성에 실패한 사람. 자신을 가리킨다.

4) 朱橋(주교) : 붉은 다리. '홍교紅橋'와 같으며, 앞의 〈장상사長相思 · 무지개 같은 다리橋如虹〉에서 말한 무지개 모양의 '홍교虹橋'를 가리킨다.

5) 不許(불허) : 허락하지 않다.
京塵飛到(경진비도) : 도성의 먼지가 날아들다. 도성에서의 소식이 들려오지 않는 것을 의미한다.

6) 挂朝衣(괘조의) : 조복을 걸어두다. 관직을 그만두는 것을 의미한다.
東歸(동귀) : 동쪽으로 돌아오다. 임안臨安의 동쪽인 고향 산음山陰으로 돌아온 것을 말한다.

【해설】

육유는 65세 때인 순희淳熙 16년(1189) 11월 '풍월로써 조롱한다[嘲咏風月]'는 죄명으로 간의대부諫議大夫 하담何澹의 탄핵을 받아 25년 만에 다시 시작한 조정에서의 관직생활을 채 1년도 채우지 못하고 면직되어 고향인 산음으로 돌아오게 된다. 이때 육유는 자신의 서실 이름을 '풍월헌風月軒'이라 명하며 이에 대한 기롱의 뜻을 나타내고 만년의 한거생활을 시작하는데, 이 사는 이듬해인 순희淳熙 17년(1190) 봄 산음에 기거하며 쓴 것으로 자신의 불우한 관직생활에 대한 미련과 아쉬움을 나타내고 있다.

상편에서는 경호 가에 배를 매어두고 술에 취해 잠들었다 깨는 모습으로 관직에서 떠나와 다시 고향에서의 한거생활을 시작하였음을 말하고 끝내 이루지 못한 공명에 안타까워하고 있다. 하편에서는 도성에서의 소식을 기다리는 모습으로 관직생활에 대한 미련을 나타내며 무료하기만 한 자신의 일상을 말하고, 늦은 봄 비바람에 날려 떨어지는 꽃잎으로 일말의 기대감이나 희망조차 사라져버린 현실을 비유하며 헛되이 흘러가는 세월을 술로써 탄식하고 있다.

작교선

....

화려한 등불 아래 마음껏 노름하고
아로새긴 말안장에 앉아 달리며 활 쏘았나니
당시의 호방한 행동을 누가 기억하리.
술친구들은 하나 둘 높은 벼슬자리로 나아가고
홀로 떠나와 강가의 어부가 되었네.

팔 척의 가벼운 배
문 세 개인 작은 봉선을 타고
네가래 떠 있는 모래섬의 안개비를 나 혼자만 누린다네.
경호는 본시 한가로운 사람의 것이니
어찌 반드시 임금의 은사가 필요하리.

....

鵲橋仙

華燈縱博,[1] 雕鞍馳射,[2] 誰記當年豪擧.[3] 酒徒一一取封侯,[4] 獨去作江邊
漁父.
輕舟八尺, 低篷三扇,[5] 占斷蘋洲煙雨.[6] 鏡湖元自屬閑人,[7] 又何必君恩
賜與.[8]

【주석】

1) 華燈縱博(화등종박) : 화려한 등불 아래에서 마음껏 노름하며 놀다. '박博'은 '박博'의 의미로 쌍륙雙六을 뜻하며, 주사위를 던지는 도박의 일종이다.

2) 雕鞍(조안) : 아름다운 장식을 새긴 말안장.

3) 豪擧(호거) : 거침없이 호쾌한 행동.

4) 封侯(봉후) : 제후에 봉해지다. 높은 관직에 임명된 것을 말한다.

5) 低篷三扇(저봉삼선) : 지붕을 띠풀로 엮고 문이 세 개인 작고 낮은 봉선篷船. '선扇'은 갈대나 대나무로 엮어 만든 문.

6) 占斷(점단) : 홀로 독점하다.
   蘋洲(빈주) : 네가래가 떠 있는 모래섬.

7) 鏡湖(경호) : 호수 이름. 지금의 절강성 소흥시紹興市 남쪽에 있다.

8) 何必(하필) : 어찌 필요하겠는가?
   당대 시인 하지장賀知章의 고사를 인용한 것이다. 하지장은 자는 계진季眞이며 이곳 회계會稽 사람으로, 관직이 태자빈객太子賓客, 비서감秘書監에 이르렀다. 천보天寶 연간에 자청하여 고향으로 돌아가 도사가 되었는데, 현종玄宗이 경호의 섬천剡川 유역의 땅을 하사하였다.

【해설】

이 사는 순희淳熙 17년(1190) 이후 산음에 은거할 때 쓴 것으로, 젊은 시절 남정에 종군하던 때의 호탕했던 삶을 회상하고 만년에 자연 속에서 지내는 소박하고 유유자적한 생활을 말하고 있다. 육유는 소희紹熙 3년(1192), 68세 때에 쓴 〈9월 1일 밤 시고를 읽고 느낀 바가 있어 붓을 달려 노래를 짓다(九月一日夜讀詩稿有感, 走筆作歌)〉 시에서 "40대에 오랑캐를 쫓아 남정에 주둔하며, 낮밤을 이어 군중에서 화려한 연회 베풀었네. 일천 보의 운동장을 지어 타구를 하고, 마구간에 열 지어진 삼만 필의 군마를 사열했네. 화려한 등불 아래 마음껏 즐기는 주사위 소리는 누각에 가득하고, 화려한 비녀 꽂은 농염한 무희는 자리를 빛나게 했네.(四十從戎駐南鄭, 酣宴軍中夜連日. 打毬築場一千步,

閱馬列廐三萬疋, 華燈縱博聲滿樓, 寶釵艶舞光照席)"라 하며 남정에 종군할 당시의 호쾌하고 자유분방했던 생활을 술회하고 있는데, 비록 몸은 늙어 물러나 자연 속에서 지낼망정 꿈과 열정에 가득했던 젊은 날의 종군의 경험은 시인의 기억 속에서 끊임없이 되살아나고 있다.

상편에서는 병사들과 어울려 도박을 즐기고 말을 달리며 활을 쏘던 남정에서의 호탕했던 생활을 말하며 이제는 이 모든 것들이 기억해 줄 사람조차 없는 옛 일이 되었음을 아쉬워하고 있다. 이어 친구들은 높은 관직에 나아가지만 자신은 뜻을 펼칠 기회를 얻지 못한 채 자연에 은거하고 있음을 말하며 이루지 못한 공명에 아쉬움을 나타내고 있다. 하편에서는 비록 가볍고 작은 봉선이지만 이것에 올라 경호의 아름다운 경관을 오롯이 혼자 즐기는 기쁨을 말하고, 이는 누가 주지 않아도 한가로운 사람이면 누구나 누릴 수 있는 즐거움이라는 말로 스스로를 위안하고 있다.

생사자

....

제비가 둥지를 떠나간 들보는 텅 비고
비둘기가 비를 재촉하는 정원은 한가롭네.
향은 진하여 관복에 스미고
찾아오는 객은 드물어 담소하는 부채도 한가하네.

귓가의 천 가닥 가는 머리는
오 땅의 누에가 토해 낸 것이 아니라네.
외로운 꿈에 소수와 상수에 배 띄우니
달은 지고 부드러운 노 소리만 들리네.

....

生查子

梁空燕委巢, 院靜鳩催雨.¹ 香潤上朝衣,² 客少閑談麈.³
鬢邊千縷絲, 不是吳蠶吐.⁴ 孤夢泛瀟湘,⁵ 月落聞柔櫓.⁶

【주석】

1) 鳩催雨(구최우) : 비둘기가 비를 재촉하다. '구우鳩雨'를 가리키는 것으로, 속설에 비둘기가 울면 비가 오는 경우가 많아 이와 같이 말했다.

2) 香潤(향윤) : 향이 짙다. 고대에 향로에 대나무 등으로 덮개를 씌워 옷을 훈증하여 향을 입혔다.

3) 談塵(담주) : 고대에 청담淸談할 때 손에 쥐던 먼지떨이. 긴 막대기 위에 사슴의 꼬리를 묶어 달았다.

4) 吳蠶(오잠) : 오吳 땅의 누에. 예로부터 오 지역은 양잠으로 유명하였다.

5) 瀟湘(소상) : 소수瀟水와 상수湘水. 호남성湖南省을 지나 동정호洞庭湖로 들어가는 강. 여기서는 강남 지역을 가리킨다.

6) 柔櫓(유로) : 부드럽게 노 젓는 소리.

담주(談塵)를 든 은자 - 당(唐) 손위(孫位) 〈고일도(高逸圖)〉 부분

【해설】

이 사는 은거생활의 한가로움과 외로움을 나타낸 것으로, 순희淳熙 17년(1190) 이후 산음에 은거할 때 쓴 것으로 여겨진다.

상편에서는 제비가 떠나간 텅 빈 들보와 비 내리는 고요한 정원, 더 이상 입지 않는 관복과 찾아오지 않는 손님을 묘사하며 고요하고 한가로운 은거생활을 나타내고 있다. 그러나 시인에게 있어 이러한 한가로움은 그저 편안하게 느껴지는 것만은 아니었으니, 하편에서는 갈수록 늘어만 가는 흰 머리와 꿈에서조차 홀로 산수를 유람하는 모습으로 외롭고 쓸쓸한 심정을 나타내고 있다.

소충정

....

푸른 적삼 입고 처음 조정에 들어와
교유했던 이 모두가 영웅호걸이었네.
납으로 밀봉한 문서로 한밤중에 격문을 보내고
말 달려 유주와 병주를 회유하였네.

때는 잃기 쉽고
뜻은 이루기 어렵나니
흰머리만 생겨나네.
풍월을 감상하고 강산을 노니나니
이게 바로 공명일세.

....

訴衷情

靑衫初入九重城,¹ 結友盡豪英.² 蠟封夜半傳檄,³ 馳騎諭幽幷.⁴
時易失, 志難成, 鬢絲生. 平章風月,⁵ 彈壓江山,⁶ 別是功名.

【주석】

1) 靑衫(청삼) : 푸른 적삼. 낮은 지위의 문관이 입는 관복.
　　九重城(구중성) : 구중궁궐. 여기서는 조정을 가리킨다.
2) 豪英(영호) : 영웅호걸. 당시 함께 조정에 있었던 문인자聞人滋, 주필대周必大, 증계리曾

季狸, 정초鄭樵, 임률林栗, 유의봉劉儀鳳, 추단鄒檀, 범성대范成大, 한원길韓元吉 등을 가리
킨다.

3) 蠟封(납봉) : 밀랍으로 봉한 문서. 기밀문서를 가리킨다.

　　檄(격) : 격문檄文. 군중에서 군사의 소집이나 작전의 고시 등의 용도로 사용되던 문서.
사안에 따라 깃털을 위에 꽂아 긴급함을 표시하였는데, 이를 '우격羽檄'이라 하였다.

4) 幽幷(유병) : 유주幽州와 병주幷州. 고대 주州 이름. 지금의 하북성河北省과 산서성山西省
일대이다. 당시 금金에 함락되어 있었으며, 여기서는 금에 점령된 지역을 총칭한다.

5) 平章(평장) : 감상하고 품평하다.

6) 彈壓(탄압) : 관리하고 다스리다.

우격(羽檄)

【해설】

　　순희淳熙 17년(1190) 이후 산음에 은거할 때 쓴 것으로
여겨지는 이 사에서는 호방했던 젊은 시절과 노쇠한 현
실이 대비되며 시인의 자조적인 탄식이 느껴지고 있다.

　　상편에서는 소흥紹興 30년(1160) 칙령소산정관勅令所刪
定官이 되어 조정으로 처음 들어와 당시의 명사들과 교유
하며 북벌의 책략을 논의하던 때와 건도乾道 8년(1172)
사천선무사四川宣撫使 왕염王炎의 선무사사간판공사宣撫
使司幹辦公事가 되어 중원수복의 일념으로 남정南鄭에서
종군하던 때를 회상하고 있다. 하편에서는 공업수립을
향한 당시의 모든 노력과 실천들이 무위로 끝나버렸음
을 탄식하며 풍월을 감상하고 산수를 유람하는 현재의
삶이 결국 자신어 그처럼이나 추구했던 공업수립의 이
상의 끝이었음을 말하며 자조 섞인 탄식을 하고 있다.

호사근

....

약간 나른한 채 숙취 남아 있는데
은은한 저녁 햇살이 여러 창살에 비쳐드네.
졸음 마귀 십만을 쫓아내는 데는
쌍룡창벽차가 좋다네.

젊은이여, 노인 쇠약하다 비웃지 말지니
정서는 옛날과 같다네.
겨울 눈구름 깊은 곳에 지팡이 짚고
산골짜기 매화 소식을 찾는다네.

....

好事近

小倦帶餘酲,¹ 澹澹數櫺斜日.² 驅退睡魔十萬,³ 有雙龍蒼璧.⁴
少年莫笑老人衰, 風味似平昔.⁵ 扶杖凍雲深處,⁶ 探溪梅消息.

【주석】

1) 酲(정) : 숙취.

2) 澹澹(담담) : 농도가 옅은 모양. 겨울 햇살이 은은하게 비치는 것을 가리킨다.

　　櫺(령) : 격자 문양의 창.

3) 睡魔(수마) : 졸음을 오게 하는 마귀.

4) 雙龍蒼璧(쌍룡창벽) : 차茶 이름. '벽璧'은 가운데 둥근 구멍이 있는 옥으로서, 이름으로 보아 겉에 용 문양이 있으며 푸른색 옥고리 모양으로 압축한 차를 가리키는 듯하다.

5) 風味(풍미) : 사람의 정서나 정취情趣.

6) 凍雲(동운) : 눈이 내리기 전에 뭉쳐 있는 먹구름. 한겨울의 먹구름을 가리킨다.

쌍룡옥벽(雙龍玉璧) - 전국시대

【해설】

이 사는 만년에 산음에서의 일상을 노래한 것으로, 숙취와 졸음을 쫓기 위해 차를 마시고 깊은 골짜기로 매화를 찾아다니는 모습이 나타나 있다.

상편에서는 나른한 상태로 하루해가 저물어가도록 숙취에서 깨어나지 못하고 창살로 스며드는 겨울 햇살을 하나하나 헤아려보고 있는 시인의 모습에서 은거생활의 무료함과 적막함이 느껴진다. 그러나 졸음을 깨기 위해 차를 마시는 상황을 '졸음 마귀[睡魔]'와 '쌍룡차雙龍茶'로 표현함으로써 마귀와 쌍룡이 싸우는 역동적인 상황으로 변화시키고 있다. 하편에서는 비록 늙고 쇠하였을지언정 정서나 정취는 젊었을 때와 변함없음을 말하며, 눈구름이 자욱한 엄동설한에 매화를 찾아 깊은 계곡을 헤매는 모습을 통해 다만 매화를 사랑하는 마음뿐 아니라 미래에 대한 희망과 추구 또한 함께 나타내고 있다.

사지춘

···························

젊은 시절 전쟁터로 나아가
기세는 잔악한 오랑캐를 삼킬 듯했었지.
진지 위로 구름은 높고
봉화는 한밤중에 솟아올랐네.
홍안의 검은머리로
장식한 창을 껴안고 서쪽에서 수자리하며
유생이란 본래 잘못됨이 많다 비웃었지.

공명수립의 꿈은 깨어지고
그저 고향에서 조각배나 띄운다네.
부질없이 슬픈 노래 부르며
상심한 마음으로 옛 일을 서글퍼하네.
안개 낀 파도는 끝이 없고
함곡관을 바라보나니, 어디쯤인가?
흐르는 세월 탄식하나니
다시금 헛되이 지나가 버리네.

···························

謝池春

壯歲從戎,[1] 曾是氣吞殘虜. 陣雲高, 狼烟夜擧.[2] 朱顔靑鬂, 擁雕戈西戍.[3]

笑儒冠自來多誤.⁴

功名夢斷, 却泛扁舟吳楚.⁵ 漫悲歌,⁶ 傷懷弔古. 烟波無際, 望秦關何處.⁷

歎流年, 又成虛度!

【주석】

1) 從戎(종융) : 군대를 따라가다. 전쟁터로 나아간 것을 말한다.

2) 狼烟(낭연) : 이리의 똥을 연료로 한 봉화. 연기가 곧장 위로 피어올라 바람이 불어도 흩어지지 않아 멀리서도 볼 수 있다.

3) 雕戈(조과) : 꽃문양을 아로 새긴 창.

4) 儒冠(유관) : 유생儒生.

多誤(다오) : 그릇됨이 많다. 유생들은 경서와 문장에만 능할 뿐, 나라를 경영하고 백성들을 구제하는 것에는 무능함을 말한다.

5) 吳楚(오초) : 오 땅과 초 땅. 지금의 강소성 부근의 강남 지역으로, 여기서는 육유의 고향인 산음山陰을 가리킨다.

6) 漫(만) : 헛되다, 부질없다.

7) 秦關(진관) : 진나라 지역의 관문. 본래 함곡관函谷關을 가리키나 여기서는 육유가 종군 했던 남정南鄭을 의미한다.

【해설】

이 사는 만년에 산음에 기거하며 쓴 것으로, 남정南鄭에서 종군했던 젊은 시절과 공명을 이루지 못한 채 늙어 고향에서 은거하고 있는 현실이 대비되고 있다.

상편에서는 오랑캐를 삼켜버릴 기세로 전장을 누비며 불굴의 기개로 유생의 나약함을 비웃었던 젊은 시절의 호방함을 회상하고 있다. 하편에서는 고향으로 물러나 그저 배나 띄우며 헛되이 시간만 보내고 있는 자신의 현실을 안타까워하며 서글픈 노래로 비통한 심경을 토로하고 있다.

오야제

....

세상사야 예전부터 익히 보아왔거늘
내 생은 또한 어디로 갈지?
경호의 서쪽 밭에 가을은 천 이랑인데
갈매기 백로와 함께 하며 세상일을 잊어버렸네.

한 줄기 네가래에 부는 바람에 대낮부터 취하고
두 되 고미로 새벽밥을 짓네.
친구들이여, 소식 끊어졌다 의아해 말지니
낚시 친구 새로이 사귀었다네.
....

烏夜啼

世事從來慣見, 吾生更欲何之. 鏡湖西畔秋千頃,1 鷗鷺共忘機.2
一枕蘋風午醉, 二升菰米晨炊.3 故人莫訝音書絶,4 釣侶是新知.

【주석】

1) 秋千頃(추천경) : 가을이 천 이랑이다. 넓게 펼쳐진 밭에 가을이 찾아왔음을 가리킨다.

2) 忘機(망기) : 세속의 기미를 잊다. 세상에 대한 관심과 욕심을 잊은 것을 의미한다.

3) 菰米(고미) : 벼과 식물인 고엽菰葉의 열매. 모양이 쌀과 같아 이와 같이 부르며, 밥으로 지어 먹는다.

4) 訝(아) : 의아해하다.
音書(음서) : 소식.

【해설】

이 사는 만년에 산음에 기거하며 쓴 것으로, 세상에 대한 마음을 버리고 자연과 더불어 생활하는 유유자적한 모습이 나타나 있다.

상편에서는 어떻게 살아야 하는지 자신의 삶에 대해 스스로에게 질문하고 세상일에서 벗어나 자연을 벗 삼아 사는 것이 올바른 삶이라 답하고 있다. 하편에서는 낮부터 술에 취하고 고미로 소박한 아침상을 차리며 새로 사귄 낚시 친구와 어울려 지내는 모습으로 자유롭고 편안한 은거생활의 즐거움을 말하고 있다.

접련화

우임금 사당과 난정에 이르는 오래된 길,
밤새 내린 맑은 서리에
호숫가 나무들은 모두 물들었네.
앵무잔 크다고 사양하지 말지니
다른 때 어느 곳에서 다시 만날지 알겠는가?

세월은 흘러 젊은 시절 붙잡아둘 수 없나니
거울 속의 홍안은
마침내 닳아 없어져 버린다네.
이 한 구를 그대는 기억하시게나,
신선은 반드시 한가한 사람이 되는 법이라네.

蝶戀花

禹廟蘭亭今古路,[1] 一夜淸霜, 染盡湖邊樹. 鸚鵡杯深君莫訴,[2] 他時相遇
知何處.
冉冉年華留不住,[3] 鏡裏朱顔,[4] 畢竟消磨去. 一句丁寧君記取,[5] 神仙須
是閑人做.

【주석】

1) 禹廟(우묘) : 하夏 우禹임금의 사당. 앞의 〈조중조朝中措·둥둥 역귀 쫓는 북소리에
한 해를 보내며鼕鼕儺鼓餞流年〉 주8) 참조.

蘭亭(난정) : 소흥紹興의 정원. 앞의 〈오야제烏夜啼·벼슬길에 나가며 이리저리 떠돌아
다닐 줄을 원래 알았나니從宦元知漫浪〉 주3) 참조.

2) 鸚鵡杯(앵무배) : 앵무새 형상으로 조각한 옥 술잔.

訴(소) : 사양하다, 거절하다.

3) 冉冉(염염) : 세월이 천천히 흘러가는 모양.

年華(연화) : 아름다운 세월. 젊은 시절을 가리킨다.

4) 朱顔(주안) : 붉은 얼굴. 젊고 아름다운 얼굴을 가리킨다.

5) 丁寧(정녕) : 당부하다.

앵무배(鸚鵡杯) - 당대(唐代)

【해설】

이 사는 만년에 산음에 기거할 때 찾아온 친구
와 술자리를 함께 하며 쓴 것으로, 친구에 대한
깊은 애정과 세월의 무상함에 대한 감회가 나타나
있다.

상편에서는 우임금의 사당과 난정에 이르는 옛
길을 묘사하며 옛사람들은 떠나가고 유적들만 남
아 있는 인생의 무상함을 말하고, 서리 맞아 붉게
물든 호숫가 나무들로 붉게 취한 얼굴과 무르익은
술자리를 비유적으로 나타내고 있다. 이어 인생의
불가측성을 말하며 지금을 즐기자는 말로써 친구
에 대한 애정을 나타내고 있다. 하편에서는 상편
에 이어 젊음은 영원할 수 없다는 말로 흐르는 세월의 무상함을 말하며, 마음의 한가로
움을 얻은 사람만이 신선이 되어 영원한 젊음을 유지할 수 있음을 말하고 있다.

연수금

....

얼굴에 젊음 머물러 있게 할 수 없나니
소란스런 꿈과도 같은 덧없는 인생을 비웃는다네.
평지가 곧 하늘로 이르는 길이니
또 어찌 힘들여 천 일 동안 수양하리.

훌쩍 날아 다시금 연화봉 아래를 찾아가니
어지러운 구름 깊은 곳에 저녁 종소리 바람에 날려 떨어지네.
옛 은거지를 찾아가니 여전히 남아 있고
다만 학의 둥지에 이따금씩 솔방울 떨어지네.

....

戀繡衾

無方能駐臉上紅,¹ 笑浮生、擾擾夢中.² 平地是、冲霄路,³ 又何勞、千
日用功.
飄然再過蓮峯下,⁴ 亂雲深、吹下暮鐘. 訪舊隱、依然在,⁵ 但鶴巢、時
有墮松.⁶

【주석】
1) 臉上紅(검상홍) : 얼굴의 붉은 기운. 젊음을 의미한다.
2) 擾擾(요요) : 혼란하고 어지러운 모양.

3) 平地(평지) : 지상. 여기서는 연화봉蓮花峰을 가리킨다.

　冲霄路(충소로) : 신선이 되어 하늘로 올라가는 길.

4) 蓮峯(연봉) : 연화봉蓮花峰. 회산華山의 세 봉우리 중 하나. 화산은 중국의 오악五嶽 중 하나인 서악西嶽으로, 연화봉蓮花峰, 모녀봉毛女峰, 송회봉松檜峰이 있다.

5) 舊隱(구은) : 옛날 은거했던 곳. 해석에 따라 옛날에 은거하려 했던 곳으로 볼 수도 있다.

6) 墮松(타송) : 솔방울이 떨어지다.

【해설】

　이 사에서는 인생의 유한함과 덧없음을 깨닫고 신선의 세계를 추구하는 모습이 나타나 있다.

　상편에서는 젊음이 영원히 유지되지 않는 덧없는 인생을 한 바탕의 소란한 꿈에 비유하며 신선이 되고 마음을 나타내고 있다. 이어 신선이 되는 길은 지상의 명산에 있음을 말하며 연화봉을 그 최적의 장소로 꼽고, 불교에서의 '돈오頓悟'를 바탕으로 신선이 되는 것 또한 오랜 수양이 필요한 것이 아니라 순간의 깨달음으로 가능함을 말하고 있다. 하편에서는 신선이 된 이후 연화봉을 다시 찾아가 학의 둥지와 소나무가 있는 옛 은거지를 둘러보는 상상의 모습이 나타나 있는데, 수양을 하기 위해 예전에 보아두었던 연화봉의 은거지를 찾아가는 현재의 상황으로 볼 수도 있다.

호사근

....

이른 아침 진관을 출발하여
흰 사슴 두 마리로 수레를 모네.
이번 행차 어디로 가는지 물으니
맑은 이수와 곧은 대나무 보러간다 하네.

한나라 궁전이 잿더미에 묻히고
봄풀은 몇 번이나 푸르렀는가?
그대 보시게나, 세상사의 변화가 이와 같음을.
하물며 어지러이 변화하는 영광과 욕됨에랴.

....

好事近

平旦出秦關,[1] 雪色駕車雙鹿. 借問此行安往, 賞淸伊修竹.[2]
漢家宮殿劫灰中,[3] 春草幾回錄. 君看變遷如許[4], 況紛紛榮辱.

【주석】
1) 平旦(평단) : 이른 아침.
　 秦關(진관) : 진나라 지역의 관문. 함곡관函谷關을 가리킨다.
2) 伊(이) : 이수伊水. 낙양 동쪽을 흐르는 강.
　 修竹(수죽) : 곧게 뻗은 대나무

3) 劫灰(겁회) : 겁화劫火 뒤에 남은 재. '겁화'는 불교에서 괴겁壞劫의 말에 일어난다고
하는 큰 불. 불교에서 천지가 한 번 생성했다 소멸하는 시간을 1겁劫이라 하는데, 이는
생겁生劫, 주겁住劫, 괴겁壞劫, 공겁空劫의 순환으로 이루어지며 괴겁의 말에 물, 불, 바람
의 삼재三災가 생겨나 모든 것을 파멸시킨다고 한다.

4) 如許(여허) : 이와 같다.

【해설】

이 사는 신선이 되어 노니는 모습을 상상한 것으로, 인생의 무상함과 영욕의 덧없음을
노래하고 있다.

상편에서는 흰 사슴 두 마리가 끄는 수레를 타고 낙양의 이수伊水 가로 길게 자란
대나무를 구경하러 가는 모습이 나타나 있다. 하편에서는 낙양에서 황폐해진 한漢의
궁전을 바라보며 무상한 세월의 흐름을 느끼고, 인간사의 변화와 영욕의 무상함을 말하
며 세상사에 대한 달관의 심정을 나타내고 있다.

호사근

가을 아침 연화봉에 올라
하늘 향해 솟은 푸른 절벽에 높이 섰네.
누가 나와 함께 하는가?
천단의 가벼운 지팡이 뿐이라네.

쩽하며 홀연 적룡으로 변하여 날아가니
우레와 비에 사방 산이 어둑해지네.
풍년이 될 거라 웃으며 이야기하며
선방 스님의 지팡이를 비웃는다네.

好事近

秋曉上蓮峯,¹ 高躡倚天靑壁.² 誰與放翁爲伴, 有天壇輕策.³
鏗然忽變赤龍飛,⁴ 雷雨四山黑. 談笑做成豐歲, 笑禪龕槲栗.⁵

【주석】

1) 蓮峯(연봉) : 연화봉蓮花峰. 앞의 〈연수금戀繡衾·얼굴에 젊음 머물러 있게 할 수 없나니 無方能駐臉上紅〉 주4) 참조.

2) 躡(섭) : 밟다, 오르다.

3) 天壇(천단) : 왕옥산王屋山의 정상. 지금의 산서성 양성현陽城縣에 있으며, 전설에 황제黃

帝가 이곳에서 도를 닦으며 하늘에 제사를 지냈다고 한다. 이곳의 등나무로 만든 지팡이가 가볍고 단단하여 '천단경책天壇輕策'이라 불린다.

　　輕策(경책) : 가벼운 지팡이.

　4) 鏗然(갱연) : 의성어. 금석金石이나 옥목玉木 등이 부딪힐 때 나는 맑고 청량한 소리.

　5) 禪龕(선감) : 불상을 모셔 두는 감실龕室. 선방禪房 또는 절을 의미한다.

　　椰栗(즐률) : 나무 이름. '즐력椰櫪'이라고도 하며 가지를 지팡이로 만들 수 있다. 주로 스님의 지팡이를 가리키는 말로 쓰인다.

【해설】

　이 사는 화산華山의 연화봉蓮花峰에 올라 지팡이가 용으로 변하는 모습을 상상한 것이다. 앞서 〈연수금戀繡衾·얼굴에 젊음 머물러 있게 할 수 없나니無方能駐臉上紅〉에서 육유는 신선이 되어 하늘로 이르는 길이 연화봉에 있음을 말하였는데, 여기에서도 지팡이가 용으로 변하는 진기한 모습을 통해 연화봉이 도가수련과 득도의 신령한 장소임을 다시 말하고 있다.

　상편에서는 푸른 가을 하늘을 배경으로 하늘 높이 솟아있는 연화봉과 그 위로 지팡이 짚고 홀로 서 있는 자신을 상상하고 있는데, 자신의 지팡이를 황제黃帝의 전설이 깃든 천단天壇의 지팡이라 칭하며 신령함을 부여하고 자신 또한 신선의 경지에 이르렀음을 말하고 있다. 이어 하편에서는 지팡이가 용으로 변해 날아가고 사방이 우레와 비로 가득한 모습을 상상하며 자신의 지팡이로 인해 풍년이 될 것임을 말하고, 아무런 신통력도 발휘하지 못하는 스님의 지팡이와는 비교할 수도 없음을 자부하고 있다.

호사근

....

연분 있는 사람 찾아가
옥병에 담긴 영약을 주었네.
누가 세상 깊은 곳을 향하며
요동 하늘의 외로운 학을 알 수 있으리?

달빛 속 피리 불며 파릉을 내려가
중조산과 화산에 머물고자 한 옛 기약을 지키려 하네.
고금의 흥망성쇠는 얼마나 유한한가?
산천은 예와 같음을 탄식하네.

....

好事近

覓箇有緣人, 分付玉壺靈藥.[1] 誰向市塵深處, 識遼天孤鶴.[2]
月中吹笛下巴陵,[3] 倏華赴前約.[4] 今古廢興何限, 歎山川如昨.

【주석】
1) 分付(분부) : 주다, 맡기다.
   玉壺(옥호) : 옥으로 만든 병.
   靈藥(영약) : 영단묘약靈丹妙藥. 복용하면 신선이 된다고 하는 신령한 단약丹藥. 여기서
   는 세상사와 관련한 일들을 가리킨다.

옥호(玉壺) - 청(淸) 건륭년간(乾隆年間)

2) 遼天孤鶴(요천고학) : 요동 하늘의 외로운 학. 도를 익혀 학으로 변해 요동遼東으로 날아 돌아온 정령위丁令威를 가리킨다. 앞의 〈호사근好事近·화려하게 장식한 기둥, 또 천 년이 흘렀으니華表又千年〉 주1) 참조.

3) 巴陵(파릉) : 지금의 호남성 악양시岳陽市. 옛 지명은 악주岳州이며 당대에 파릉巴陵으로 개칭되었다.

4) 條華(조화) : 중조산中條山과 화산華山.

前約(전약) : 옛날의 기약.

육유는 ≪검남시고劍南詩稿≫ 권69 〈책상에서 시험 삼아 쓰다書几試筆〉의 자주自注에서 "옛날에 나는 항상 중조산, 화산에 살고 싶은 뜻이 있었다.(昔予常有卜居條華意)"라 하였다. 또한 권62 〈여름날 옛일을 생각하며夏日感舊〉에서 "오랑캐 다 쓸어버릴 날이 언제인지 알리? 기산 아니면 화산에 은거하리라.(胡塵掃盡知何日, 不隱箕山卽華山)"라 하고, 권65 〈동쪽 울타리東籬〉에서도 "스스로 내 전신이 화산에 은거했다 느꼈네.(自覺前身隱華山)"라 하며 화산에 은거하고 싶은 뜻을 자주 나타내었다.

【해설】

이 사는 속세를 떠나 명산에 은거하며 도학을 연마하고 싶은 지향을 나타낸 것으로, 자신의 이야기와 정령위丁令威의 고사를 결합시켜 상편과 하편의 각 2구씩으로 나누어 교차하여 서술하고 있다.

상편에서는 세상의 인연이 있는 사람에게 세상사에 대한 일을 모두 맡겨버린 자신을 말하고, 학으로 변한 정령위를 알아보지 못하는 세상 사람들을 가리키며 자신 또한 정령위와 같은 존재임을 탄식하고 있다. 하편에서는 세속의 속박에서 벗어나 유유자적하게 달빛 속에 피리 불며 옛날에 기약했던 중조산과 화산을 찾아가는 모습을 말하고,

'성곽은 옛날과 같으나 사람은 그렇지 않네.(城郭如故人民非)'라 하며 인간세상의 유한함과 산천의 유구함을 탄식한 정령위의 말을 차용하여 신선이 되고 싶은 마음을 나타내고 있다.

호사근

바람과 이슬은 하늘 높은 곳에서 차가운데
옥화궁궐의 연회에 배석하네.
직접 자황의 향 피운 탁상을 향하고
천 년 된 황금 영지를 보네.

푸른 병에 신선이슬로 담근 술 막 익으니
향기와 맛 둘 다 빼어나네.
취한 후에 문득 붉은 봉황 타고
봉래산의 봄 색을 바라보네.

好事近

風露九霄寒,¹ 侍宴玉華宮闕.² 親向紫皇香案,³ 見金芝千葉.⁴
碧壺仙露醞初成,⁵ 香味兩奇絕. 醉後却騎丹鳳, 看蓬萊春色.⁶

【주석】

1) 九霄(구소) : 하늘의 가장 높은 곳. 전설상의 신선이 거주하는 곳.
2) 侍宴(시연) : 황제의 연회에 배석하다. 여기서는 자황紫皇의 연회에 배석한 것을 가리
킨다.
   玉華宮闕(옥화궁궐) : 전설상의 신선이 거처하는 궁궐.

3) 紫皇(자황) : 전설상 태청구궁太淸九宮에 산다고 하는 가장 높은 신선. 태청구궁에는 태황太皇, 자황紫皇, 옥황玉皇의 세 황제가 있다고 한다.

香案(향안) : 향로나 촛대 등을 올려놓은 탁자.

4) 金芝(금지) : 황금색의 영지. 전설상의 선약仙藥이다.

千葉(천엽) : 천 년. '엽葉'은 '세世', '대代'와 같다.

5) 仙露醞(선로온) : 신선 세계의 이슬로 빚은 술.

6) 蓬萊(봉래) : 전설상의 세 신산神山 중의 하나.

≪사기史記・진시황본기秦始皇本紀≫에 "바다 가운데 세 개의 신산이 있는데 봉래산, 방장산, 영주산이라 하며 그곳에는 신선들이 살고 있다.(徐市等上書言, 海中有三神山, 名曰蓬萊, 方丈, 瀛洲, 仙人居之)"라 하였으며, ≪한서漢書・교사지郊祀志≫에는 "제나라 위왕과 선왕, 연나라 소왕 때부터 사람을 시켜 바다에 들어가 봉래산, 방장산, 영주산을 찾게 했다. 전하기를 이 세 개의 신산은 발해 가운데 있으며 인간 세계로부터 멀지 않다고 한다.(自威宣燕昭, 使人入海, 求蓬萊, 方丈, 瀛洲, 此三神山者, 其傳在渤海中, 去人不遠)"라 하였다.

【해설】

이 사는 신선 세계의 경관과 생활을 상상한 유선사遊仙詞이다.

상편에서는 하늘 끝으로 올라가 옥화궁궐에서의 연회에 배석하여 자황紫皇을 직접 만나고 황금 영지를 구경하는 모습을 묘사하고, 하편에서는 선계의 이슬로 빚은 술을 마시고 봉황을 타고 날아가 봉래산의 봄을 구경하는 모습을 상상하고 있다.

호사근

....

옷소매 휘날리며 인간 세상 이별하고
깎아지른 낭떠러지 푸른 절벽을 날아오르네.
옛 신선 단약 만들던 아궁이 찾아가니
흰 구름 겹겹이 쌓여있네.

마음은 못 물 같아 고요하여 바람도 없나니
한 번 앉아 수천 번을 호흡하네.
한밤중 홀연 기이한 일에 놀라나니
고래의 파도와 떠오르는 아침 해를 보았네.

....

好事近

揮袖別人間,1 飛躋峭崖蒼壁. 尋見古仙丹竈,2 有白雲成積.
心如潭水靜無風, 一坐數千息.3 夜半忽驚奇事,4 看鯨波暾日.5

【주석】

1) 揮袖(휘수) : 옷소매를 휘저으며 힘차게 나아가는 모양. 손을 흔들어 인간 세상과 작별
하는 모습으로 볼 수도 있다.

2) 丹竈(단조) : 단약을 제련하는 아궁이.

3) 數千息(수천식) : 수천 번을 호흡하다. 도가에서의 운기조식運氣調息의 수련법을 가리

킨다.

4) 奇事(기사) : 기이한 일. 득선의 경지에 이른 것을 가리킨다.

5) 鯨波(경파) : 고래가 일으키는 커다란 파도. 전설상 동해의 신선으로 고래를 타고 다녔다는 안기생安期生의 고사를 차용하였다. 진시황이 동해로 놀러갔을 때 그와 사흘 밤낮을 이야기하고 황금과 벽옥璧玉 천만을 하사였으나 모두 버려두고 떠나갔다고 한다.

暾日(돈일) : 아침에 떠오르는 해.

【해설】

이 사는 신선의 세계를 추구하고 수양을 통해 득도에 이르게 된 상황을 상상한 것이다.

상편에서는 인간 세상과 이별하고 깊은 산속으로 들어가 옛 신선들이 단약을 제련하던 곳을 찾는 모습이 나타나 있다. 하편에서는 그곳에서 청정한 마음으로 운기조식運氣調息의 수련을 하다 홀연 득선의 경지에 이르렀음을 말하고, 안기생安期生의 고래가 일으키는 파도와 환하게 떠오르는 아침 해를 바라보는 모습으로 이를 비유하고 있다.

호사근

인간 세상에 섞여 살며
밤마다 화려한 누각에서 은촉을 밝혔다네.
누가 보았는가? 오색구름 속 단약 만드는 아궁이에
노란 싹을 정련해 이제 막 익은 것을.

춘풍을 타고 돌아가 자황을 따라 노닐고,
동해의 양곡에서 연회를 벌이네.
〈푸른 복숭아 꽃〉 부를 올리니,
천 곡의 옥가루를 하사해 주시네.

好事近

混迹寄人間,¹ 夜夜畵樓銀燭. 誰見五雲丹竈, 養黃芽初熟.²
春風歸從紫皇遊, 東海宴暘谷.³ 進罷碧桃花賦,⁴ 賜玉塵千斛.⁵

【주석】

1) 混迹(혼적) : 흔적을 섞다. 사람들과 섞여 사는 것을 말한다.

2) 黃芽(황아) : 납을 정제하여 만든 노란 결정체.

3) 暘谷(양곡) : 전설상의 해가 뜨는 골짜기.

4) 碧桃(벽도) : 신선이 먹는 푸른 복숭아. 전설상 서왕모西王母가 한漢 무제武帝에게 주었

다고 하는 선도仙桃.

≪한무내전漢武內傳≫에 "후에 서왕모가 내려와 복숭아를 일곱 개를 꺼내어 자신이
두 개를 갖고 다섯 개를 무제에게 주니 무제가 씨를 남겨 앞에 두었다. 서왕모가 '이것
으로 무엇을 하려 하십니까?'라 묻자, 무제는 '이 복숭아를 심으려 합니다.'라 하였다.
서왕모는 웃으며 '이 복숭아는 삼천 년에 한 번 열매가 열리니 인간 세상에 심을 것이
아닙니다.'라 하였다.(後西王母下, 出桃七枚, 母自取二, 以五枚與帝, 帝留核着前, 母
問, 用此何. 上曰, 此桃欲種之. 母笑曰, 此桃三千年一着子, 非下土所植也)"라는 말이
있다.

5) 玉塵(옥진) : 신선이 먹는 가루음식. '옥설玉屑'이라고도 한다.

斛(곡) : 양의 단위. 1곡斛은 10말[斗]이며, 1말[斗]은 10되[升]이다.

【해설】

이 사에서는 신선 세상에 대한 지향을 나타내며 신선이 되어 노니는 모습을 상상하고
있다.

상편에서는 화려한 누각에서 밤새 사람들과 어울리며 즐기던 인간 세상의 삶을 말하
며 이것의 덧없음을 깨닫고 단약을 찾는 모습으로 신선의 세계를 동경하고 있다. 하편에
서는 신선이 되어 자황紫皇과 노닐며 신선들의 연회에 참석하여 선경仙境을 노래하는
부賦를 써서 상까지 받는 모습을 상상하고 있다.

일총화

....

아름다운 선녀, 하늘에서도 비길 바가 없나니
옥 같은 얼굴에 푸른 눈썹은 기다라네.
≪황정경≫ 다 읽으니 마음은 물처럼 평안하네.
붉은 대문 닫고
거문고와 피리를 멀리 한다네.
창은 밝고 책상은 정갈한데
한가로이 당인의 서첩 마주하며
아름다운 갑 속의 향을 오래도록 태우네.

인간 세상, 흐르는 세월 멈출 약이 없나니
비바람은 또 서늘함을 재촉한다네.
서로 만나 함께 옛날 신선 세계를 이야기하고
인간 세상의 재난과
삶과 죽음의 아득함을 한탄하네.
어떠한가? 나와 함께
초록 도롱이와 푸른 삿갓 쓰고
가을 저녁에 소수와 상수에서 낚시나 하는 것이.

....

一叢花

仙姝天上自無雙1 玉面翠蛾長.2 黃庭讀罷心如水,3 閉朱戶,4 愁近絲簧.5

窗明几淨, 閑臨唐帖,[6] 深炷寶奩香.[7]

人間無藥駐流光, 風雨又催涼. 相逢共話淸都舊,[8] 歎塵劫,[9] 生死茫茫.[10]

何如伴我, 綠蓑靑篛,[11] 秋晚釣瀟湘.[12]

【주석】

1) 仙姝(선주) : 아름다운 선녀.

2) 翠蛾(취아) : 비취색의 눈썹.

3) 黃庭(황정) : ≪황정경黃庭經≫. 도가의 경전.

4) 閉朱戶(폐주호) : 붉은 대문을 닫다. '주문朱門'은 고대 제후나 공신들에게 하사했던 붉은 문으로, 부귀한 사람의 집을 가리킨다. 여기에서는 부귀영화에 대한 추구나 욕망을 버린 것을 의미한다.

5) 愁近絲簧(수근사황) : 거문고와 피리를 가까이 하는 것을 시름겨워하다. 가무歌舞를 멀리하는 것을 의미한다.

6) 唐帖(당첩) : 당인唐人들의 서첩書帖.

7) 深炷(심주) : 오랫동안 향을 피우다.
   寶奩香(보렴향) : 화려하게 장식한 상자에 담겨 있는 향.

8) 淸都(청도) : 전설상 천제天帝가 사는 곳. 여기서는 신선의 세계를 의미한다.

9) 塵劫(진겁) : 불교에서 괴겁壞劫의 말에 일어난다고 하는 물, 불, 바람의 대재난. 앞의 〈호사근好事近·이른 아침에 진관을 출발하여平旦出秦關〉 주3) 참조.

10) 生死茫茫(생사망망) : 삶과 죽음이 아득하여 예측할 수 없다.

11) 靑篛(청약) : 푸른 대껍질. 대나무로 엮은 삿갓을 가리킨다.

12) 瀟湘(소상) : 소수瀟水와 상수湘水. 호남성湖南省을 지나 동정호洞庭湖로 들어간다. 여기서는 강과 호수를 통칭한다.

【해설】

지인에게 기증한 것으로 여겨지는 이 사는 신선 세계에 대한 지향과 추구를 말하며 인간 세상의 유한함과 덧없음을 탄식하고 있다.

　상편에서는 전2구에서 아름다운 선녀의 모습을 묘사하며 신선 세계에 대한 자신의 지향을 나타내고, 이어 《황정경》을 읽고 가무를 멀리하며 정갈한 책상에서 서첩을 보고 향을 피우는 행동으로 신선을 향한 심신 수양의 내용을 말하고 있다. 하편에서는 세월의 흐름을 붙잡을 수 없어 비바람에 쉬 늙어버리는 인간의 삶을 말하고, 지인과 함께 신선 세계에 대해 이야기하며 재난을 피할 수 없고 생사도 예측할 수 없는 인간 세상을 탄식하고 있다. 마지막 3구에서는 지인에게 함께 낚시나 즐기며 살자 말함으로써 인간 세상의 미련과 속박에서 벗어나 함께 수양과 득선得仙의 길로 나아갈 것을 권하고 있다.

일락색

....

길 가득 떠도는 거미줄과 날리는 버들 솜에
봄은 저물어가네.
이때에 누구와 함께 새로운 근심을 이야기하리?
백 곡조의 꾀꼬리 소리만 있네.

잠깐 사이 인간 세상 옛날이 되었으니
신선은 어디에 있는가?
꽃 앞에서는 모름지기 취해 부축 받으며 돌아가야 하니
술은 유령의 묘에는 이르지 못한다네.

....

一落索

滿路遊絲飛絮,¹ 韶光將暮.² 此時誰與說新愁. 有百囀,³ 流鶯語.⁴
俯仰人間今古,⁵ 神仙何處. 花前須判醉扶歸. 酒不到,⁶ 劉伶墓.⁷

【주석】

1) 遊絲飛絮(유사비서) : 떠돌아다니는 거미줄과 날아다니는 버들 솜. 늦봄의 경관을 말한다.

2) 韶光(소광) : 아름다운 빛. 봄을 가리킨다.

3) 百囀(백전) : 백 개의 곡조. '전囀'은 가락이 있는 새 울음소리를 의미한다.

4) 流鶯(유앵) : 꾀꼬리. 울음소리가 곡절이 있으며 길게 이어진다 하여 이와 같이 부른다.

5) 俯仰(부앙) : 고개 숙였다 든 사이. 아주 짧은 시간을 가리킨다.

6) 酒不到(주부도) : 술이 다다르지 않는다. 아무리 술을 좋아했던 유령이라도 죽고 나면 더 이상 술을 마실 수 없음을 말한다.

7) 劉伶(유령) : 서진西晉 죽림칠현竹林七賢의 한 사람. 일생 술을 좋아하여 〈주덕송酒德頌〉을 썼으며 '주선酒仙'이라는 별칭도 가지고 있다.

【해설】

이 사에서는 인간 세상의 유한함과 덧없음을 말하며 술로 위안을 삼는 모습이 나타나 있다.

상편에서는 길에 가득한 거미줄과 버들 솜으로 늦봄의 경관을 묘사하며, 세월의 흐름을 붙잡아 둘 수 없는 시름을 애절한 가락의 꾀꼬리 울음소리에 빗대어 나타내고 있다. 하편에서는 잠깐 사이 현재가 과거로 변해버렸음을 말하며 신선 세상을 갈망하고, 유한한 인생 죽고 나면 모든 것이 덧없음을 말하며 살아 있는 동안 즐기며 살아가야 함을 강조하고 있다.

행회천

....

늙어가며 세월은 더욱 빨리 지나가니
생각하면 다만 미친 듯 노래하고 취해 춤추는 것이 합당하다네.
손에 온 금 술잔을 그대 사양하지 말지니
봄빛 보노라니 어느새 저물어 버렸네.

누가 버들가지로 묶어 붙잡아 주리?
성의 피리 소리가 봄 가기를 재촉하게 하지 말지니.
남은 꽃은 눈 깜짝할 사이 찾을 곳 없고
모두 벌집과 제비집으로 들어가 버렸네.

....

杏花天

老來駒隙駸駸度,[1] 算只合、狂歌醉舞.[2] 金杯到手君休訴,[3] 看著春光又暮.
誰爲倩、柳條繫住,[4] 且莫遣、城笳催去.[5] 殘紅轉眼無尋處, 盡屬蜂房
燕戶.[6]

【주석】

1) 駒隙(구극) : 망아지가 작은 틈 앞을 지나가다. 매우 짧은 시간을 비유한다.
  ≪장자莊子・지북유知北遊≫에 "사람이 천지 사이에서 사는 것은 흰 망아지가 틈 앞을
  지나가는 것과 같이 순식간이다.(人生天地之間, 若白駒之過隙, 忽然而已)"라 한 것에

서 유래하였다.

駸駸(침침) : 말이 매우 빨리 달리는 모양. 여기서는 시간의 흐름을 비유한다.

2) 算(산) : 헤아려 보다, 생각해 보다.

3) 訴(소) : 사양하다, 거절하다.

4) 倩(청) : ~로 하여금. '청請'과 같다.

5) 城笳(성가) : 성에서 들려오는 피리 소리.

6) 屬(속) : 귀속되다.

【해설】

이 사에서는 세월의 빠름을 탄식하며 지는 봄을 아쉬워하고 있다.

상편에서는 늙어갈수록 세월의 흐름이 빨라짐을 말하며 빠른 세월만큼 때에 맞추어 바삐 술 마시며 즐기고 놀아야 함을 말하고 있다. 하편에서는 버들가지로 묶어 봄을 붙잡고 떠나는 봄을 재촉하는 듯한 피리 소리를 그치게 하고 싶은 마음으로 저무는 봄을 아쉬워하며, 그나마 남아 있던 꽃조차 꿀벌에 의해 시들고 새로 만든 제비집 속으로 들어가 버렸음을 안타까워하고 있다.

사지춘

....

일흔의 쇠한 늙은이,
젊었을 적 호방한 기개는 줄지 않았건만
신세는 천산을 그리워하는 병든 말과 같다네.
청동 낙타는 가시덤불에 버려져 있나니
바람 맞으며 맑은 눈물 흩뿌리네.
마음 깊이 느끼나니, 세상의 흥망성쇠가 어린아이 놀이와 같네.

지금이라도 얼마나 다행인가?
고향 땅으로 돌아갈 계획을 세웠으니.
맑고 따스한 산 기운 속으로 학이 되어 날아왔네.
옥병에 담긴 봄 술로
뭇 신선들과 함께 취하자 약속하였네.
동천은 차가운데 산의 복숭아는 열려있기나 한 건지.

....

謝池春

七十衰翁, 不減少年豪氣. 似天山、凄凉病驥.[1] 銅駝荊棘,[2] 灑臨風清淚.
甚情懷、伴人兒戲.[3]
如今何幸, 作箇故谿歸計.[4] 鶴飛來、晴嵐暖翠.[5] 玉壺春酒, 約群仙同醉.
洞天寒、露桃開未.[6]

【주석】

1) 天山(천산) : 신강新疆 지역의 천산산맥天山山脈. 여기서는 변방 지역을 가리킨다.

2) 銅駝荊棘(동타형극) : 가시덤불 속에 있는 청동 낙타상駱駝像. 인간 세상의 흥망성쇠를 의미한다. 앞의 〈동정춘색洞庭春色·젊어서는 문장을 잘 쓰고壯歲文章好〉 주8) 참조.

3) 甚情懷(심정회) : 마음 깊이 느끼다. '심甚'은 '심深'과 같다.

   人兒戲(인아희) : 어린아이의 놀이. 세상의 흥망성쇠의 변화가 어린아이의 놀이처럼 변덕스러움을 말한다.

4) 故谿(고계) : 옛 시내. 고향을 가리킨다.

5) 鶴飛來(학비래) : 학이 날아 돌아오다. 도를 익혀 학으로 변해 요동遼東으로 날아 돌아온 정령위丁令威의 고사를 차용하였다. 앞의 〈호사근好事近·화려하게 장식한 기둥, 또 천 년이 흘렀으니華表又千年〉 주1) 참조.

6) 洞天(동천) : 전설상 신선이 사는 지상의 명산名山. 왕옥산동王屋山洞, 위우산동委羽山洞, 서성산동西城山洞, 서현산동西玄山洞, 청성산동靑城山洞, 적성산동赤城山洞, 나부산동羅浮山洞, 구곡산동句曲山洞, 임옥산동林屋山洞, 괄창산동括蒼山洞 등 10대 동천이 있다.

【해설】

이 사는 인간 세상 흥망성쇠의 무상함을 탄식하며 신선이 되어 노니는 모습을 상상한 것으로, 내용에서 '칠십의 쇠한 늙은이[七十衰翁]'라 한 것으로 보아 순희淳熙 5년(1194) 전후에 쓴 것으로 여겨진다.

상편에서는 이제는 늙고 쇠하여 비록 젊었을 때의 기개는 변함없지만 움직이지 못하고 생각으로만 변병을 달리는 병든 말과 같은 자신의 신세를 탄식하고, 가시덤불 속에 있는 청동 낙타상에서 어린아이의 놀이와도 같은 인간 세상의 흥망성쇠의 변화를 느끼며 회한의 눈물을 흘리고 있다. 하편에서는 고향으로 돌아온 자신을 학이 되어 고향으로 날아온 정령위丁令威에 비유하며 자신 또한 무상한 인간 세상을 벗어나 신선이 되었음을 말하고, 신선들과 함께 즐기는 모습을 상상하고 있다.

피진자

....

벼슬이 천 종에 이르기는 쉬우나
나이 칠십 넘기기는 드물다네.
눈앞의 영화는 본래 꿈이고
사후의 명성은 알 수가 없나니.
바삐 뛰어 다니는 것 대관절 누구를 위해서인가?

다행히 주막이 있어 술을 사니
누에고치 종이에 시를 쓴 들 어떠리.
깊은 골짜기 덩굴 우거진 곳에서 아침에는 약을 캐고
고요한 정원 높다란 창 아래서 저녁에는 책상을 마주하네.
돌아오지 않았다면 정말 바보였을 것이리.

....

破陣子

仕至千鍾良易,1 年過七十常稀.2 眼底榮華元是夢, 身後聲名不自知. 營
營端爲誰.3
幸有旗亭沽酒,4 何妨繭紙題詩.5 幽谷雲蘿朝採藥, 靜院軒窓夕對棊. 不
歸眞個痴.

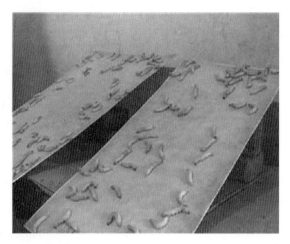
잠견지(蠶繭紙)

【주석】

1) 千鍾(천종) : 일만 곡斛. 1곡斛은 10말[斗]이다. 매우 많은 녹봉을 받는 고위 관직을 가리킨다.

2) 稀(희) : 드물다. 두보杜甫의 〈곡강曲江〉에 "술빚은 늘 가는 곳마다 있고, 사람 나이 칠십은 예로부터 드물다네.(酒債尋常行處有, 人生七十古來稀)"라 하였다.

3) 營營(영영) : 부귀공명을 추구하며 바삐 달리는 모양.
   端(단) : 도대체.

4) 旗亭(기정) : 깃발 걸린 집. 주막을 가리킨다.

5) 繭紙(견지) : 누에고치로 만든 종이. 잠견지蠶繭紙를 가리키며, 물이끼를 섞어 만든 측리지側理紙와 더불어 귀한 종이로 꼽힌다. 앞의 〈파진자破陣子・속세의 헛된 환상 꿰뚫어 보고看破空花塵世〉 주6) 참조.

【해설】

　이 사에서는 부귀공명의 덧없음을 말하며 은거생활의 여유와 즐거움을 나타내고 있다.

　상편에서는 높은 관직보다는 오래 사는 것이 더 어려우며 생전의 부귀영화와 사후의 명성 또한 부질없는 것임을 말하고 있다. 하편에서는 자유롭게 술 마시고 귀한 종이에 시를 쓰며 아침에는 산골짜기에서 약초를 캐고 저녁에는 책상에 앉아 독서를 하는 한가롭고 여유로운 은거생활을 묘사하며 늦게나마 고향으로 돌아온 것을 다행으로 여기고 있다.

두엽황

....

봄 내내 항상 비바람 불어대다
비바람 그칠 때 봄은 이미 저버렸으니
떨어져 흙 묻은 만 점 붉은 꽃잎을 누가 애석해하리.
어렵고 곤궁함을 한탄하나니
세상 속 쇠한 늙은이와 같도다.

....

豆葉黃

一春常是雨和風,[1] 風雨晴時春已空, 誰惜泥沙萬點紅.[2] 恨難窮, 恰似衰
翁一世中.

【주석】

1) 一春(일춘) : 온 봄, 봄 내내.
2) 萬點紅(만점홍) : 땅에 가득히 떨어진 붉은 꽃잎.

【해설】

이 사에서는 채 느끼지도 못한 채 지는 봄을 아쉬워하며 헛되이 지나버린 자신의
삶과 비유하고 있다.

비바람 속에 속절없이 지나가버린 봄과 떨어져 흙 묻은 꽃잎들에서 뜻도 펼쳐보지 못한 채 늙어버린 자신을 떠올리며 뜻대로 되지 않는 어렵고 곤궁한 인생을 탄식하고 있다.

실조명

....
붉은 주름 진 비단 깔개 위를 날아가네.
....

失調名

飛上錦裀紅縐.[1]

【주석】

1) 錦裀(금인) : 비단 깔개. '수인繡茵'과 같다.
   紅縐(홍추) : 붉은 주름.

【해설】

이 사는 비단 자리 위에서 춤추는 기녀의 모습을 묘사한 것으로, 宋송 섭소옹葉紹翁의 ≪사조문견록四朝聞見錄≫ 을집乙集에 이 구절만 전하고 있다. 이에 따르면 육유가 가태嘉泰 3년(1203) 관직을 그만두자 한탁주韓侂冑가 그를 다시 관직에 나오도록 하기 위해 집으로 초청하였고, 자신이 아끼는 네 여인으로 하여금 거문고를 타고 춤을 추게 하며 육유에게 사를 지을 것을 청하여 이 구를 썼다고 한다. 육유는 순희淳熙 16년(1189) 이후 줄곧 산음에서 은거하다 가태嘉泰 2년(1202) 수사관修史官이 되어 효종孝宗과 광종光宗의 실록편찬을 맡아 이듬해 봄까지 임안에서 지내다 사직하고 돌아왔는데, 이때의 일을 말한 것이라 여겨진다.

시기 미상

두엽황

....

봄바람 부는 누각 위에 버들가지 같은 허리
꽃 앞에서 금실로 수놓은 무의 처음으로 입으니
간드러지고 어여뻐 어찌할 줄 모르겠네.
새벽화장 느릿느릿
그린 눈썹 옛날보다 어여쁘네.

....

豆葉黃

春風樓上柳腰肢, 初試花前金縷衣.¹ 嫋嫋娉娉不自持.² 曉粧遲, 畫得蛾
眉勝舊時.³

【주석】

1) 初試(초시) : 처음 시도하다. 처음으로 새 옷을 입어보는 것을 가리킨다.

   金縷衣(금루의) : 금실로 수놓은 화려한 옷. 일반적으로 무의舞衣를 가리킨다.

2) 嫋嫋(요뇨) : 간들거리며 어여쁜 모양. 여인의 부드러운 춤사위와 바람에 하늘거리는
   옷자락을 함께 비유한다.

   娉娉(빙빙) : 예쁘고 아름다운 모양.

   不自持(부자지) : 스스로 감정을 유지하지 못하다. 감정을 억제하지 못해 어쩔 줄 모르
   는 것을 의미한다. 역자에 따라 이를 여인의 감정을 묘사한 것으로 보기도 하지만,
   여기서는 시인의 감정으로 보았다.

3) 蛾眉(아미) : 여인의 눈썹. 나방 모양으로 그린 눈썹이다.

【해설】

이 사는 아름다운 여인의 모습을 묘사한 것으로, 내용으로 보아 대상은 기녀妓女로 여겨진다.

화간풍花間風의 섬세하고 여린 풍격이 느껴지는 이 사에서는 여인의 몸매와 복식, 화장 등을 세밀하게 묘사하며 아름다움을 부각시키고 있다. 시인 앞에서 아름다운 무의 舞衣를 처음 입어보이며 춤을 추는 여인과 어여뻐하는 마음을 어찌할 줄 모르고 새벽에 화장하는 모습까지 지켜보고 있는 시인의 모습에서 둘 사이의 깊은 애정을 느낄 수 있다.

아미(蛾眉)와 원산미(遠山眉)

여몽령·여인의 생각

홀로 박산향로의 작은 봉우리에 기대어 있나니
푸른 연기가 온 몸을 감싸 날아오르네.
다만 구름 되는 법을 배워
날아가 양대의 봄날 아침을 만들까 걱정하네.

봄날 아침 되어
봄날 아침 되어
정원 가득 푸른 버들과 향기로운 풀이라네.

如夢令·閨思

獨倚博山峰小,¹ 翠霧滿身飛繞.² 只恐學行雲，去作陽臺春曉.³
春曉，春曉，滿院綠楊芳草.

【주석】

1) 博山(박산) : 전설상 바다 한 가운데 있다는 명산名山. 여기서는 덮개에 박산 모형이
있는 향로를 가리킨다.

2) 翠霧(취무) : 푸른 안개. 여기서는 향로의 연기를 가리킨다.

3) 陽臺(양대) : 무산巫山의 신녀神女가 아침저녁으로 구름과 비가 되어 머물러 있다고
하는 곳. 앞의 〈옥호접玉蝴蝶·권태로운 나그네로 평생 다닌 곳은倦客不生行處〉 주6)

참조.

【해설】

　이 사는 향로 옆에 앉아 상상에 빠져 있는 여인을 묘사한 것으로, 스스로 자신의 모습에 반해 있는 여인의 모습이 귀여움을 느끼게 한다.

　상편에서는 향로 옆에 앉아 있던 여인이 향로에서 피어오르는 연기가 자신을 감싸며 신비로운 분위기를 만들자, 마치 자신이 무산巫山의 신녀가 된 듯한 환상에 빠져들고 있다. 하편에서는 버들과 향초가 가득한 봄날 아침의 정원 풍경을 묘사하며 이미 신녀로 변한 자신을 상상하고 있다.

박산향로(博山香爐)

상서루 · 일명 상견환

....

강 두둑에 녹음은 짙고 꽃은 드문데
제비는 교차하며 날아가네.
홀연 옛날 거닐던 곳에 이르니
회한은 끝이 없네.

맑은 눈물 뿌리고
인간사를 탄식하나니
내 마음과 어긋나 버렸네.
옥병의 화로주를 가득 따라
돌아가는 봄을 보내네.

....

上西樓 · 一名相見歡

江頭綠暗紅稀,1 燕交飛. 忽到當年行處, 恨依依.2
灑清淚, 歎人事, 與心違. 滿酌玉壺花露,3 送春歸.

【주석】

1) 紅稀(홍희) : 붉은색이 드물다. 꽃이 다 저버렸음을 말한다.
2) 依依(의의) : 그리움이나 아쉬움이 길게 이어지는 모양.
3) 花露(화로) : 술 이름.

【해설】

이 사는 지는 봄을 보내며 옛일을 회상한 것으로, 회한으로 가득한 자신의 지난 삶과 뜻대로 되지 않는 인간사를 탄식하고 있다.

상편에서는 꽃이 지고 녹음이 우거지며 제비가 날아다니는 늦봄의 경관 속에 홀연 옛날의 공간을 찾아가 억누를 수 없는 회한으로 당시를 회상하는 모습이 나타나 있다. 하편에서는 옛날에 꿈꾸었던 기대와 바람과는 이미 어긋나버린 현실의 삶을 안타까워 하며 맑은 눈물과 한 잔 가득한 술로 회한 속에 지는 봄을 전송하고 있다.

소군원

....

낮은 길고 매미 소리는 정원에 가득한데
사람은 둥근 부채 흔드는 것도 귀찮아하네.
소수와 상수 그려진 작은 풍경화에서
절로 서늘함이 생겨나네.

발 밖에는 한 쌍의 제비가 꽃을 차고
발 아래는 함께 보는 사람 있네.
보전향 노란 이마장식만큼 떼어내어
불붙여 향을 피우네.

....

昭君怨

畫永蟬聲庭院, 人倦懶搖團扇.¹ 小景寫瀟湘,² 自生凉.
簾外蹴花雙燕, 簾下有人同見. 寶篆析宮黃,³ 炷熏香.

【주석】

1) 倦懶(권라) : 게으르다, 귀찮다.

2) 小景(소경) : 작은 풍경화.

   寫(사) : 그리다. '화畵'의 뜻이다.

3) 寶篆(보전) : 향 이름. 향의 연기가 전서篆書의 형상으로 피어난다 하여 '전향篆香'이라고

도 한다.

宮黃(궁황) : 여인의 이마에 장식하는 노
란 화전花鈿. 여기서는 노란색의 보전향
寶篆香을 비유한다.

각양의 화전(花鈿)

궁황(宮黃) 장식의 당대 여인

【해설】

 이 사는 집안에서의 여름날의 일상을 묘사한 것으로, 서늘한 방에 앉아 향을 피우며 땅에서 노니는 제비들을 한가로이 구경하는 모습이 나타나 있다.

 상편에서는 매미 소리로 가득한 한낮 정원의 풍경과 부채를 부치기 귀찮아하는 사람의 모습을 통해 바깥의 더위와 방안의 서늘함을 대비시켜 나타내고, 그 이유가 산수의 풍경화에서 서늘함을 느낄 수 있기 때문임을 말하고 있다. 하편에서는 꽃을 차며 노는 제비들과 이를 바라보고 있는 자신의 모습을 통해 자연과 동화되어 살아가는 한가로운 일상을 말하고, 향을 피우며 마음의 평온상태를 유지하려 하고 있다.

복산자 · 매화를 노래하다

···························

역참 밖 끊어진 다리 가
돌보아 주는 이도 없이 쓸쓸히 피어있네.
이미 황혼에 홀로 시름겨운데
비바람까지 불어대네.

애써 봄을 다투려 하지 않고
뭇 꽃들의 질투도 내버려두네.
떨어져 진흙 묻고 부서져 먼지 되어도
향기만은 여전하네.

···························

卜算子 · 詠梅

驛外斷橋邊,[1] 寂寞開無主.[2] 已是黃昏獨自愁, 更着風和雨.[3]
無意苦爭春,[4] 一任群芳妬.[5] 零落成泥碾作塵,[6] 只有香如故.

【주석】

1) 驛(역) : 역참

2) 無主(무주) : 주인이 없다. 돌보아 주는 사람이 없음을 말한다.

3) 着風和雨(착풍화우) : 비와 바람을 맞다.

4) 爭春(쟁춘) : 봄을 다투다. 봄날에 아름다운 자태를 다투다.

5) 群芳妒(군방투) : 다른 꽃들의 질투.

6) 零落(영락) : 시들어 떨어지다.

　　碾(년) : 맷돌로 갈다. 바퀴나 사람들에게 밟혀 부서지는 것을 의미한다.

【해설】

　이 사는 매화를 읊은 영물사詠物詞로, 매화의 모습과 기상을 묘사하며 자신의 처지와 지조를 은유적으로 나타내고 있다.

　상편에서는 돌보아 주는 이도 없이 외진 곳에서 피어나 황혼과 비바람 속에 쓸쓸히 피어 있는 매화의 모습을 묘사하고 있다. 하편에서는 매화가 다른 꽃들과 아름다움을 다투지 않고 자신의 존재를 내세우려 하지도 않으며 시들어 떨어져도 변함없는 향기를 간직하고 있음을 말하며 열악한 환경 속에서도 굴하지 않은 매화의 꿋꿋한 기상과 지조를 칭송하고 있다. 시인은 매화에 대한 찬미를 통해 자신 또한 비록 알아주는 이 없이 홀로 궁벽한 처지에 놓여 있지만, 이에 굴하지 않고 변함없이 곧건한 지조를 지니고 있음을 말하고 있다.

채상자

보차루에서 느지막이 화장하고 머리 빗으며
그네 타는 것도 싫어하네.
수침향 연기는 한가로이 피어나는데
금실 무의는 헐렁하고 잘 때 틀어 올린 머리는 비뚤어졌네.

물고기와 기러기는 요동 소식 전해주지를 않고
또 한 해가 지나네.
꽃 앞에서 눈물 흩뿌리니
시름은 봄바람 속 십사 현 공후로 들어오네.

采桑子

寶釵樓上粧梳晩,[1] 懶上鞦韆. 閑撥沉煙,[2] 金縷衣寬睡鬢偏.[3]
鱗鴻不寄遼東信,[4] 又是經年. 彈淚花前, 愁入春風十四絃.[5]

【주석】

1) 寶釵樓(보차루) : '아름다운 비녀의 누각'이라는 뜻으로, 여인이 거처하는 누각을 가리킨다.

2) 沉煙(침연) : 수침향水沉香의 연기. 앞의 〈태평시太平時・대숲 속에 자리한 방, 길은 깊어竹裏房櫳一徑深〉 주5) 참조.

3) 金縷衣寬(금루의관) : 금실로 수놓은 무의舞衣가 헐렁하다. 이별의 아픔으로 수척해졌음을 의미한다.

睡髻偏(수계편) : 잠잘 때 틀어 올린 머리가 비뚤어지다. 보아주는 사람 없어 용모에 신경을 쓰지 않는 것을 의미한다.

4) 鱗鴻(인홍) : 잉어와 기러기. 소식을 전해주는 사람을 비유한다.

遼東(요동) : 요동 땅. 사랑하는 사람이 있는 먼 곳을 가리킨다.

5) 十四絃(십사현) : 14현으로 된 고악기古樂器. '십사현十四弦'이라고도 한다. ≪검남시고劍南詩稿≫ 권12 〈장가행長歌行〉에서 "사람은 삼천 년 된 화려하게 장식한 기둥으로 돌아가고, 봄은 십사 현 공후로 들어오네.(人歸華表三千歲, 春入箜篌十四弦)"라 하였으니, 공후箜篌를 가리키는 것임을 알 수 있다.

〈공후도(箜篌圖)〉 - 현대 양숙도(梁淑濤)

【해설】

이 사는 사랑하는 사람과 헤어진 여인의 시름을 노래한 것으로, 여인의 무료한 일상과 함께 억제할 수 없는 그리움과 슬픔이 나타나 있다.

상편에서는 느지막이 일어나 단장하고 그네 타는 것도 흥이 없어 하는 모습으로 홀로 남겨진 여인의 무기력한 모습과 무료한 일상을 말하고 있다. 이어 홀로 향을 피운 채 이제 이상 사랑하는 사람을 위해 입어보일 일 없는 무의舞衣를 꺼내보는 모습으로 홀로 있는 외로움을 말하고 있다. 어느새 헐렁해진 무의와 밤새 헝클어진 머리 모습에서 그리움으로 날로 수척해지고 단장조차 제대로 하지 못하는 여인의 멍한 모습이 느껴진다. 하편에서는 아무런 소식도 없이 또 한 해가 지나고 있음을 탄식하고, 속절없이 다시 피어난 꽃을 눈물로 바라보며 14줄 공후의 가락 속에 시름을 실어 보내고 있다.

오야제

....

오리 향로에 향은 남아 아직 따스하고
푸른 비단 창에 석양은 비치어 더욱 밝네.
난초향 기름 바른 쪽머리는 윤기 있어
비녀 떨어져도 미끄러워 소리조차 없다네.

친구들과 그네 타는 것도 시들해지고
타마 놀이 하고 싶은 마음도 없어져 버렸네.
수놓은 병풍 아래, 소수와 상수의 꿈에서 놀라 깨어나니
꽃 너머 들려오는 한 마리 꾀꼬리 소리.

....

烏夜啼

金鴨餘香尙煖,[1] 綠窗斜日偏明.[2] 蘭膏香染雲鬟膩,[3] 釵墜滑無聲.
冷落鞦韆伴侶,[4] 闌珊打馬心情.[5] 繡屛驚斷瀟湘夢, 花外一聲鶯.

【주석】

1) 金鴨(금압) : 오리 모양의 화로.
2) 綠窗(녹창) : 푸른 비단으로 장식한 창.
3) 蘭膏(난고) : 난초 향이 나는 머리 기름.
   雲鬟(운환) : 말아 올려 쪽진 검은 머리. 아름다운 여인을 가리킨다.

4) 冷落(냉락) : 흥이 없고 시들하다.

5) 闌珊(난산) : 다하여 그치다.

打馬(타마) : 송대 규방에서 즐겼던 바둑과 비슷한 놀이. 송 이청조李淸照의 ≪타마도경 打馬圖經≫에 관련 내용이 전한다.

【해설】

　이 사는 봄날 오후 무료한 일상을 보내는 여인을 묘사한 것으로, 여인 주변의 경물과 풍경 및 일상의 모습들이 다양하고 섬세하게 묘사되고 있다.

　상편에서는 따뜻한 오리 향로와 석양이 비치는 비단 창을 통해 여인이 머물고 있는 공간의 아늑함과 고요함을 나타내고, 난초향 머릿기름과 윤기에 미끄러져 떨어지는 비녀를 통해 여인의 아름다운 모습을 나타내고 있다. 하편에서는 그네와 타마打馬 어느 것에도 흥미를 느끼지 못하는 여인의 무료함을 말하고, 낮잠에 들어 소수와 상수의 아름다운 산수를 유람하는 즐거운 꿈을 꾀꼬리로 인해 깨어버렸음을 말하며 여인의 아쉬움과 회한을 나타내고 있다.

오야제

....

정원과 관사는 푸른 숲과 푸른 그늘 드리우고
옷과 수건은 가는 갈포와 얇은 비단이라네.
때마침 불어온 바람이 흩날리는 안개비를 거두니
모래 길은 기쁘게도 금방 마르네.

작은 제비는 물 위에서 쌍쌍이 날고
꾀꼬리는 숲 꼭대기에서 시끄럽게 울어대네.
투호 소리 그치고 탄기 놀이도 끝났으니
한가로이 도술책이나 펼쳐 볼까나.

....

烏夜啼

園館靑林翠樾,¹ 衣巾細葛輕紈. 好風吹散霏微雨, 沙路喜新乾.
小燕雙飛水際, 流鶯百囀林端.² 投壺聲斷彈棊罷,³ 閑展道書看.

【주석】

1) 翠樾(취월) : 푸른 그늘. 녹음이 짙은 그늘을 가리킨다.
2) 流鶯(유앵) : 꾀꼬리. 울음소리가 길게 이어지며 가락이 있어 이와 같이 부른다.
3) 投壺(투호) : 고대의 놀이. 화살을 던져 멀리 있는 병에 넣는다.
   彈棊(탄기) : 고대 박희博戲의 일종. '탄기彈棋'라고도 하며, 흑백의 돌을 중간이 볼록한 네모의 판 위에 올려 상대편 돌을 튕기어 맞혀 떨어뜨리는 놀이이다.

【해설】

이 사는 여름날의 아름다운 정경과 한가로운 전원생활을 묘사하고 있다.

상편에서는 녹음이 우거진 수풀의 모습과 시원한 여름옷을 입고 있는 작자의 모습을 묘사하고, 막 비가 그치고 바람까지 불어오는 시원한 날씨를 말하고 있다. 하편에서는 시각과 청각, 고요함과 시끄러움의 대비를 통해 제비의 움직임과 꾀꼬리의 소리로 비 개인 호수와 수풀의 모습을 생동감 있게 그려내고, 놀이와 여흥을 즐기고 도가 서적을 읽는 작자의 여유로운 모습이 나타나 있다.

조중조 · 매화

....
그윽한 자태로 뭇 꽃들 있는 곳엔 들어가지 않고
말도 없이 다만 처량하기만 할 뿐이라네.
외롭고 쓸쓸한 신세로
마음은 차갑기만 하다네.

달 낮게 떠 있는 강 두둑에서
새로 지은 시에 옛 꿈을 담나니
맑은 향기를 나 홀로 한스러워 한다네.
봄바람이 비록 헤아려 돌보아 주지 않으나
봄의 신이 오는 것은 가장 먼저 알았다네.
....

朝中措 · 梅

幽姿不入少年場,1 無語只凄凉. 一箇飄零身世, 十分冷淡心腸.2
江頭月底, 新詩舊夢,3 孤恨清香. 任是春風不管,4 也曾先識東皇.5

【주석】

1) 少年場(소년장) : 젊은이들이 노는 곳. 여기서는 뭇 꽃들이 피어 있는 곳을 가리킨다.
2) 冷淡心腸(냉담심장) : 마음이 차갑다. 뭇 꽃들과 아름다움을 다투지 않는 것을 말한다.
3) 新詩舊夢(신시구몽) : 옛 꿈을 노래하는 새로운 시. 역대로 많은 시인들이 매화를 읊어

자신의 감회를 담아낸 것을 가리킨다.

4) 任是(임시) : 비록~하지만, 설령~하더라도.

　　不管(불관) : 헤아려 돌보지 않다, 배려하지 않다. 봄바람에 매화의 꽃잎이 떨어지는 것을 의미한다.

5) 東皇(동황) : 봄을 관장하는 신. '동군東君'이라고도 한다.

【해설】

이 사는 매화를 노래한 영물사로, 매화의 향기롭고 고고한 자태를 묘사하며 자신의 모습을 투영하고 있다.

상편에서는 다른 꽃들이 피기 전에 홀로 먼저 피어 있는 매화의 외롭고 쓸쓸한 모습을 말하며 뭇 꽃들과 함께 아름다움을 다투지 않는 고고함을 칭송하고 있다. 하편에서는 강물과 달을 가까이 하며 많은 시인들의 위안이 되어주고 변함없이 맑은 향기를 간직하고 있는 매화의 품성을 칭송하며 자신만이 이를 알아주고 있음을 탄식하고 있다. 이어 봄이 오는 것은 가장 먼저 알지만 봄바람에 지는 것은 뭇 꽃들과 차별이 없음을 말하며 무심한 봄바람을 원망하고 있다.

추파미

....

일찍이 예주궁의 산화천녀였다가
순식간에 속세로 떨어졌다네.
화장 다 씻어버리고
옥구슬도 차지 않았건만
신선의 자태와 풍도는 여전하다네.

동으로 유람하며 나는 취한 채 고래 타고 가고
그대는 흰 난새 타고 따라오네.
수홍정에서 달을 보고
천태산에서 약초 캐는 것을
다시 누구와 함께 하리?

....

秋波媚

曾散天花蕊珠宮,¹ 一念墮塵中.² 鉛華洗盡,³ 珠璣不御,⁴ 道骨仙風.
東遊我醉騎鯨去,⁵ 君駕素鸞從. 垂虹看月,⁶ 天台采藥,⁷ 更與誰同.

【주석】

1) 散天花(산천화) : 하늘의 꽃을 뿌리다. 산화천녀散花天女를 가리킨다. ≪유마경維摩經·관
중생품觀衆生品≫에 유마힐維摩詰의 집에 있으면서, 설법을 듣는 보살과 제자들에게 꽃을

뿌려 도행을 시험해 보았다는 하늘의 여인. 꽃이 보살들의 몸에서는 떨어지고 제자들의 몸에는 달라붙어 떨어지지 않았다고 한다.

蕊珠宮(예주궁) : 예주전蕊珠殿. 도가의 상청上淸에 있는 궁궐이다. 도가에서는 천상세계를 옥청玉淸, 상청上淸, 태청太淸의 세 개로 구분하며 각각 원시천존元始天尊, 영보천존靈寶天尊, 도덕천존道德天尊 또는 태상노군太上老君이 다스린다고 한다.

2) 一念(일념) : 아주 짧은 순간. '념念'은 불교에서의 가장 짧은 시간 단위이다. 앞의 〈도원억고인桃園憶故人·순식간에 덧없는 인생 지나가 버렸나니一彈指頃浮生過〉 주1) 참조.

3) 鉛華(연화) : 화장. '연鉛'은 백분을 바르는 바탕화장이며 '화華'는 눈썹, 볼, 눈가, 이마, 입술 등에 칠하는 색조화장이다.

4) 珠璣(주기) : 구슬 장식. '주珠'는 둥근 구슬, '기璣'는 둥글지 않거나 작은 구슬을 가리킨다.

5) 騎鯨(기경) : 고래를 타다. 안기생安期生의 고사를 차용하였다. 앞의 〈호사근(好事近)·옷소매 휘날리며 인간세상 이별하고揮袖別人間〉 주5) 참조.

6) 垂虹(수홍) : 수홍정垂虹亭. 지금의 강소성 오강현吳江縣 수홍교垂虹橋 옆에 있다.

7) 天台(천태) : 천태산天台山. 지금의 절강성 천태현天台縣에 있는 도가의 명승지. 동한東漢 때 유신劉晨과 완조阮肇가 이곳에서 약초를 캐다 선녀를 만났다는 전설이 있다. 앞의 〈연수금戀繡衾·비 그친 서산에 저녁 빛은 환하고雨斷西山晚照明〉 주7) 참조.

【해설】

이 사는 아름다운 여인을 선녀에 비유하고 신선의 세계에서 그녀와 함께 노니는 것을 상상한 것이다.

상편에서는 불교와 도교의 고사를 결합시켜 속세로 떨어진 예주궁의 산화천녀로 아름다운 여인을 비유하며, 비록 속세의 여인이 되었지만 그 자태와 풍도는 변함이 없음을 말하고 있다. 하편에서는 신선이 되어 고래를 타고 난새를 탄 여인과 함께 동으로 유람하는 모습을 상상하며, 여인과 함께 신선의 세계를 추구하며 살고 싶은 바람을 나타내고 있다.

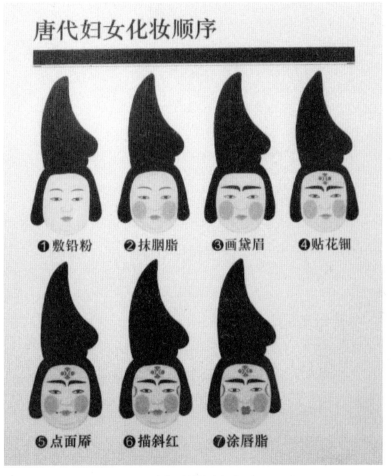

당대 여성화장순서

도원억고인 · 화산도에 부처

....

그 옛날 중원의 세 강물이 진동하더니
도성 일대는 순식간에 잿더미가 되었네.
황하 양쪽의 의병장들은 눈물조차 말라버린 채
날마다 중흥의 기운을 갈망하였네.

가을바람 속 푸르디푸르렀던 머리에 서리 가득한 채
신풍의 뛰어난 인재는 늙어버리고 말았구나.
구름 위로 화산은 천 인 높이로 솟아있건만
여전히 물어보는 사람은 없네.

....

桃園憶故人 · 題華山圖1

中原當日三川震,2 關輔回頭煨燼.3 淚盡兩河征鎭,4 日望中興運.5
秋風霜滿青青鬢, 老却新豐英俊.6 雲外華山千仞,7 依舊無人問.

【주석】
1) 華山(화산) : 중국의 오악五嶽 중 하나인 서악西嶽. 지금의 섬서성 화음현華陰縣에 있으며, '화악산華岳山' 또는 '악화산岳華山'이라고도 부른다.
2) 三川(삼천) : 경수涇水, 위수渭水, 낙수洛水. 모두가 기산岐山에서 발원하여 이와 같이 통칭한다.

震(진) : 진동하다. 금金이 북송을 침략한 것을 가리킨다.

3) 關輔(관보) : 관중關中과 삼보三輔. 도성과 부근 지역을 의미한다. 여기서는 북송의 수도인 변경汴京 일대를 가리킨다.

煨燼(외신) : 잿더미.

4) 兩河(양하) : 황하 양쪽. 금의 함락지를 가리킨다.

征鎭(정진) : 정장군征將軍과 진장군鎭將軍. 위진魏晉 이래로 동서남북 사방에 정장군과 진장군을 두어 변방의 정벌과 방어를 담당하게 하였다. 여기서는 함락지에 있는 의병장들을 가리킨다.

5) 中興運(중흥운) : 중흥의 기운. 남송의 군대가 다시 중원을 수복하는 것을 가리킨다.

6) 新豊英俊(신풍영준) : 신풍의 뛰어난 인재. 당唐 마주馬周를 가리킨다. 마주가 신풍의 객사에 있을 때 주인의 무시를 받았는데, 후에 태종太宗에게 능력을 인정받아 감찰어사監察御使에 임명되고 중서령中書令에까지 올랐다.

7) 仞(인) : 길이의 단위. 깊이나 높이를 나타내며, 7척尺 또는 8척에 해당한다. 같은 길이의 단위로 넓이나 폭을 나타내는 '심尋'이 있는데, 각각 두 팔을 상하와 좌우로 뻗었을 때의 길이에 해당되어 본래는 1척尺의 차이가 있었으나 후에는 이를 혼용하여 사용하였다.

【해설】

이 사는 당시 금의 함락지로 있던 화산華山의 그림을 보고 빼앗긴 국토에 대한 그리움과 중원 수복의 열망을 토로한 것으로, 꿈을 이루지 못한 현실에 대한 비통함과 무능한 남송 조정에 대한 비판이 함께 나타나 있다.

상편에서는 과거 금의 침략으로 인해 중원이 함락되고 북송이 멸망하던 때를 회상하며, 금의 치하에서 저항하며 중원의 수복을 갈망하고 있을 유민들을 떠올리고 있다. 하편에서는 세상 사람들이 알아주지 않았던 당唐의 마주馬周에 자신을 비유하며 공업을 세우지 못한 채 헛되이 늙어버린 현실을 탄식하고, 이제는 화산에 대해 물어보지도 않으며 수복의 의지조차 없어진 사람들을 통해 중원 수복을 위한 아무런 노력도 하지 않는 남송 조정을 비판하고 있다.

극상사

....

강 두둑에 비는 성기고 연기 가벼이 피어나니
꽃 지는 한식날이라네.
붉은 잎 날리고 흰 잎 떨어지며
노을 잎은 시들고 비단 잎도 지나니
모두가 처연하도다.

봄의 신에게 깊은 원한 맺힌 곳을 슬퍼하나니
생각도 없이 술동이 앞에 꽃잎 떨구네.
또 어찌 보리,
하늘 가득 쫓아가며 날리는
버들 솜과 느릅나무 잎을.

....

極相思

江頭疎雨輕煙, 寒食落花天. 飜紅墜素,¹ 殘霞暗錦,² 一段凄然.
惆悵東君堪恨處,³ 也不念、冷落樽前. 那堪更看, 漫空相趁,⁴ 柳絮楡
錢.⁵

【주석】
1) 飜紅(번홍) : 붉은 꽃잎이 하늘로 날아오르다.

墜素(추소) : 흰 꽃잎이 땅으로 떨어지다.

2) 殘霞(잔하) : 노을빛의 주황색 꽃잎이 시
들다.

暗錦(암금) : 비단색의 채색 꽃잎이 지다.

3) 惆悵(추창) : 슬퍼 탄식하다.

堪恨處(감한처) : 깊은 원한이 서린 곳. 꽃
이 진 자리를 가리킨다. '감堪'은 강조의 뜻.

東君(동군) : 봄을 관장하는 신.

4) 相趁(상진) : 서로 뒤쫓아 따라가다.

5) 榆錢(유전) : 유협榆莢. 느릅나무 잎. 모양이
엽전과 같다하여 이와 같이 불렀다. 한대漢
代의 돈을 유협전榆莢錢이라 한다.

유협(榆莢)

【해설】

이 사는 가랑비가 내리는 한식날 사방 가득히 지는 꽃들을 묘사하며 저무는 봄을
아쉬워한 것이다.

상편에서는 가랑비와 아지랑이를 통해 비가 잦고 따스한 한식날의 날씨를 특징적으
로 묘사하고, 붉은색과 흰색 등의 색채뿐 아니라 떨어져 날리거나 나무에 붙은 채 시들
어 있는 정동靜動의 대비를 통해 꽃이 지는 모습을 입체적이고 생동감 있게 나타내고
있다. 하편에서는 꽃이 진 자리에서 무심한 봄을 원망하며 술동이 앞에서 아쉬움으로
봄을 전송하고, 꽃이 진 후 하늘 가득 버들 솜과 느릅나무 잎이 날리는 모습을 상상하며
다시금 지는 봄을 아쉬워하고 있다.

월조리화 · 여인의 생각

....

비 개인 하늘에 바람은 부드럽고
안개 낀 강에 봄물이 불어났네.
작은 누각에 사람은 없고
아름다운 발은 반쯤 걷어 올려 있네.
꽃 너머에서 자매들이 서로 부르며
저포놀이 할 것을 기약하네.

긴 눈썹은 아름다운 눈썹 화장을 잊어버렸고
잠깐 동안의 가느다란 생각만으로도
감정은 북받쳐 비통함만 더해가네.
연유 같은 가슴과 옥 같은 팔은 점점 쇠해가니
한 쌍의 물고기 구해다
편지 전해 달라 부탁할까?

....

月照梨花 · 閨思

霽景風軟,1 煙江春漲. 小閣無人, 繡簾半上. 花外姊妹相呼, 約樗蒲.2
修蛾忘了章臺樣,3 細思一餉,4 感事添惆悵. 胸酥臂玉消減, 擬覓雙魚,5
倩傳書.

【주석】

1) 霽景(제경) : 비가 개인 풍경.

2) 樗蒲(저포) : 고대의 박희博戲의 일종. 저(樗, 가죽나무)와 포(蒲, 부들)의 열매로 주사위를 만들어 노는 것에서 유래한 명칭으로, 위아래가 흑백으로 구분되어 있는 다섯 개의 주사위를 던져 사위에 따라 승부를 가른다. 우리의 윷놀이와 비슷하다.

3) 修蛾(수아) : 여인의 가늘고 긴 눈썹.

   章臺樣(장대양) : 장창張敞이 그려주던 눈썹 모양. 여기서는 아름다운 눈썹 화장을 의미한다. '장대章臺'는 한대漢代 장안의 거리 이름으로, 경조윤京兆尹을 지냈던 후한後漢 장창張敞을 가리킨다. 앞의 〈안공자安公子 · 비바람 속에 막 춘사절이 지났고風雨初經社〉 주9) 참조. 장창은 여인의 눈썹을 아름답게 그려주어, 당시 장안에는 '장경조 눈썹이 아름답다(張京兆眉憮)'는 말이 전했다고 한다.

4) 一餉(일향) : 밥 한 끼 먹을 사이. 짧은 시간을 가리킨다.

5) 雙魚(쌍어) : 한 쌍의 물고기. 고대에 물고기와 기러기는 소식을 전해준다고 여겼다. 여기서는 편지를 전해 줄 사람을 비유한다.

【해설】

   이 사는 사랑하는 사람과 헤어진 여인의 일상과 그리움을 묘사한 것으로, 이어지는 다음의 사와 연작사로 여겨진다.

   상편에서는 관찰자의 입장에서 여인이 거처하는 공간과 자매들과 어울려 놀이하는 일상을 묘사하고 있다. 맑게 갠 하늘에 부는 부드러운 바람과 비에 불어난 안개 낀 봄 강물이 여인의 사랑하는 마음과 그리움의 깊이를 느끼게 하며, 발만 반쯤 걷어진 채 텅 비어 있는 누각은 홀로 있는 여인의 쓸쓸함과 외로움을 짐작하게 한다. 하편에서는 여인의 입을 빌어 이제는 더 이상 아름다운 눈썹 화장도 하지 않으며 잠깐 동안의 아주 작은 생각만으로도 깊은 슬픔과 비탄에 잠기게 됨을 말하고 있다. 이어 자신의 아름다운 모습이 점점 사라져 감을 안타까워하며 물고기를 통해 소식이라도 전할 수 있게 되기를 바라는 모습으로 변치 않는 사랑과 그리움을 나타내고 있다.

월조리화 · 여인의 생각

가득한 근심에 몸은 초췌해졌나니
많은 병을 어찌 견디리!
굽이굽이 병풍은
사람과 함께 낮에도 고요하기만 하네.
들보의 제비 일어나라 재촉하여도 게으르게 일어나
대나무 향로의 옷을 갈아입네.

새로운 시름 옛날의 회한은 언제나 다할까?
푸른 머리는 점점 시들어 가는데
잠깐의 비에 꽃소식을 아네.
향기로운 편지를 어느 곳으로 보내야 할지?
비단 장식한 누각과 주렴 드리운 창,
버드나무 그늘 속에 있다네.

月照梨花 · 閨思

悶已縈損,[1] 那堪多病. 幾曲屏山,[2] 伴人畫靜. 梁燕催起猶慵, 換熏籠.[3]
新愁舊恨何時盡. 漸凋綠鬢, 小雨知花信. 芳箋寄與何處.[4] 繡閣珠櫳[5]
柳陰中.

【주석】

1) 縈損(영손) : 근심이 가득하여 초췌해지다.
2) 屛山(병산) : 병풍. 겹쳐진 모습이 산과 같다하여 '소산小山'이라고도 한다.
3) 熏籠(훈롱) : 대나무 등으로 덮개를 씌워 옷을 훈증하여 향을 입힐 수 있게 만든 향로.
4) 芳箋(방전) : 향기로운 편지. 여인의 편지를 가리킨다.
5) 繡閣珠櫳(수각주롱) : 비단으로 치장한 누각과 구슬발을 드리운 창살 창. 여인의 거처를 가리킨다.

〈사의훈롱도(斜依熏籠圖)〉 (부분) - 명(明) 진홍수(陳洪綬)

【해설】

이 사는 앞의 사와 연작사로 여겨진다. 사랑하는 사람과 헤어진 여인의 무기력한 일상과 그리움을 나타내고 있다.

상편에서는 가득한 시름에 초췌해진 여인의 모습을 묘사하며 고요한 방에 병풍만 펼쳐져 있는 모습으로 시름의 원인이 사랑하는 사람과의 이별과 그리움 때문임을 말하고 있다. 이어 쌍쌍이 노니는 들보의 제비에 질투심을 느끼며 느지막이 일어나 옷을 갈아 있는 모습으로 아무런 흥도 느낄 수 없는 무료한 일상을 나타내고 있다. 하편에서는 이별의 슬픔이 잦아들기는커녕 오히려 날로 그리움의 수심만 더해가고 있음을 말하며, 시들어 가는 자신의 청춘을 잠깐의 비에도 아름답게 피어나는 꽃과 비교하며 안타까움을 나타내고 있다. 여인은 님과의 잠깐의 만남만으로도 아름다운 모습을 되찾을 수 있으리라 여기고 있다. 그러나 소식을 전할 방법이 없기에 버드나무 그늘에 가려진 화려한 누각에서 기약 없는 기다림으로 슬픔을 달랠 수밖에 없다.

자고천

....

머리 빗은 금 쟁반에 검은 머리는 한 움큼,
난새 거울 보며 그린 눈썹엔 두 마리 나방 아련하네.
인간 세상 어느 곳인들 봄 이르지 않겠는가만
그녀가 대부분을 독차지하네.

살며시 걸음 딛는 곳에
어여쁜 모습 어이할까나?
옅은 황색 비단 봄옷으로 갈아입었네.
동쪽 이웃 친구들과 풀싸움하다 늦게 돌아와
새로 배운 〈자야가〉조차 잊어버렸다네.

....

鷓鴣天

梳髮金盤剩一窩,1 畵眉鸞鏡暈雙蛾.2 人間何處無春到, 只有伊家獨占
多.
微步處, 奈嬌何, 春衫初換麴塵羅.3 東鄰鬪草歸來晚,4 忘却新傳子夜
歌.5

【주석】

1) 窩(와) : 새의 둥지 또는 무리의 소굴. 여기서는 머리카락이 뭉쳐 있는 것을 가리킨다.
2) 鸞鏡(난경) : 난새가 장식되어 있는 거울.
3) 麴塵羅(국진라) : 국진색의 비단. '국진麴塵'은 누룩에 피는 세균으로, 옅은 황색이다.
4) 鬪草(투초) : 고대 여인들의 놀이. 꽃을 가지고 겨루는 놀이로, 구체적인 규칙이나 방법은 알려져 있지 않다.
5) 子夜歌(자야가) : 육조六朝 시기 민간악부로, 오성가곡吳聲歌曲에 속하며 '자야오가子夜吳歌'라고도 한다. ≪당서唐書·악지樂志≫에 "〈자야오가〉는 진나라의 노래이다. 진나라에 자야라는 이름의 여인이 있어 이 소리를 지었는데, 소리가 너무나 애달프고 가슴 아팠다.(子夜吳歌者, 晉曲也. 晉有女子名子夜, 造此聲, 聲過哀苦)"라 하였다.

【해설】

이 사는 기녀의 모습과 일상을 묘사한 것으로, 기녀의 아름다운 외모와 어린아이와 같은 순수한 마음이 나타나 있다.

상편에서는 머리 빗고 화장하는 여인의 모습을 묘사하고 있는데, 금 쟁반에 떨어진 검은 머리와 화려한 난새 거울에 비친 아련한 눈썹이 색채와 명암의 대비를 이루며 여인의 아름다움을 더욱 두드러지게 하고 있다. 이어 세상의 어떠한 봄경치보다도 그녀의 모습이 가장 아름답다 말하며 극찬하고 있다. 하편에서는 담황색의 비단 봄옷으로 갈아입은 여인의 단아한 걸음과 자태를 묘사하며 주체할 수 없는 애정을 나타내고 있는데, 풀싸움 놀이하다 돌아가는 것을 잊고 새로 배운 노래마저 잊어버린 여인의 순수하고 천진한 마음이 농염한 여인의 외모와 대비되고 있다.

야유궁 · 연회 자리에서

....

연회 끝나 주렴은 반쯤 걷혀 있고
아름다운 처마 밖, 밀랍향 속에 사람들은 흩어지네.
푸른 안개 자욱하고 빗소리는 그쳤네.
향기로운 어깨에 기대어
뜰 가운데를 바라보니
꽃 그림자 어지럽네.

완연한 초회왕의 고당관에서
아름다운 갑 속의 향을 태우니
사제향의 연기 막 따뜻하네.
둥근 달이 밤마다 차오른들 어떠하리?
향기롭고 부드러운 몸 끌어안고
올해의 추위
아직 남아 있음을 한스러워하네.

....

夜遊宮 · 宴席

宴罷珠簾半卷, 畫簷外、蠟香人散.¹ 翠霧霏霏漏聲斷.² 倚香肩, 看中庭,
花影亂.³
宛是高唐館,⁴ 寶奩炷、麝煙初暖.⁵ 璧月何妨夜夜滿.⁶ 擁芳柔, 恨今年,

寒尚淺.

【주석】

1) 蠟香(납향) : 밀랍을 태워 나는 향기. 매화의 일종인 '납매蠟梅'의 향기로 보기도 한다.

2) 霏霏(비비) : 비나 안개가 자욱한 모양.

3) 花影(화영) : 꽃 그림자. 여기서는 아름다운 여인들을 가리킨다.

4) 宛是(완시) : 완연宛然하다.

   高唐館(고당관) : 초회왕楚懷王이 꿈에 무산선녀巫山仙女를 만났을 때 머물렀던 관사. 앞의 〈옥호접玉蝴蝶・권태로운 나그네로 평생 다닌 곳은倦客平生行處〉 주6) 참조.

5) 寶奩(보렴) : 보렴향寶奩香. 화려하게 장식한 상자에 담겨 있는 향.

   麝煙(사연) : 사제향麝臍香의 연기. 사향노루의 배꼽 부근에서 분비되는 귀한 향료이다.

6) 璧月(벽월) : 벽옥 같이 둥근 달. 남당南唐 진후주陳後主의 고사를 차용한 것으로, 아름다운 여인을 가리킨다. ≪남사南史・진장귀비전陳張貴妃傳≫에 따르면 진후주는 빈객들을 초청하여 연회를 벌이며 여러 귀인들과 여학사들로 하여금 〈옥수후정화玉樹後庭花〉, 〈임춘락臨春樂〉 등의 곡을 쓰게 하고 미모의 수천 궁녀들을 선발하여 이를 노래하게 하였다. 그 내용은 대부분 "둥근 달은 밤마다 차오르고, 옥나무는 아침마다 새롭네.(璧月夜夜滿, 瓊樹朝朝新)"와 같이 모두 장귀비張貴妃와 공귀빈孔貴嬪의 용모를 과장하여 미화하는 것이었다.

【해설】

이 사는 연회가 끝난 후 기녀와 함께 은밀한 시간을 보내는 감회를 쓴 것으로, 화려하고 호사로운 연회의 분위기와 농염하고 향락적인 시인의 생활이 가식 없이 나타나고 있다. 이 사는 본집에는 수록되어 있지 않으며 ≪중흥이래절묘사선中興以來絶妙詞選≫ 권2에 전한다.

상편에서는 연회가 끝나고 사람들이 흩어지는 모습과 기녀의 어깨에 기대어 뜰 가운데로 이들을 바라보는 시인의 모습이 나타나 있다. 아름다운 처마 아래 곳곳에 가득한 밀랍향과 수많은 기녀들의 모습에서 화려하고 성대했던 연회의 상황을 짐작할 수 있다. 하편에서는 기녀와 단 둘이 있는 농염하고 색정적인 모습을 묘사하고 있다. 자신의 처소와 여인을 각각 무산선녀와 운우지정雲雨之情을 나누었던 초회왕의 고당관과 진후주의 총애를 받았던 장귀비에 비유하고, 사제향의 연기 속에 여인의 몸을 껴안으며 이를 아직 가시지 않은 추위 탓으로 돌리는 해학적인 모습이 나타나 있다.

월상해당

....

난초 방 수놓은 집에서 오래도록 아파하며
봄날의 숙취와 근심
언제나 깨려는지 탄식한다네.
제비는 헛되이 돌아왔나니
옥관의 소식 몇 번이나 전해주었던가?
상심한 곳에서
홀로 촉의 비단 이불을 펼치네.

대나무 향로는 식고 수침향 연기는 차갑나니
눈물 흔적 깊은 채
잠 못 이루며 꽃 그림자를 바라보네.
헛되이 남은 향기만 껴안고 있으니
어찌 하리, 매서운 추위에 외로운 잠자리를.
서창 밝아 오니
이따금씩 들려오는 우물물 긷는 은병 소리.
....

月上海棠

蘭房繡戶厭厭病,1 歎春醒、和悶甚時醒. 燕子空歸, 幾曾傳、玉關邊
信.2 傷心處, 獨展團窠瑞錦.3

熏籠消歇沉煙冷,[4] 淚痕深、展轉看花影.[5] 漫擁餘香,[6] 怎禁他、峭寒孤
枕. 西窗曉, 幾聲銀瓶玉井.[7]

옥관(玉關)

【주석】

1) 厭厭(염염) : 병이 오래도록 낫지 않는 모습.

2) 玉關(옥관) : 옥문관玉門關. 지금의 감숙성 돈
   황현敦煌縣 서북쪽에 있으며, 서역으로 통하는
   관문이다. 여기서는 변방 지역을 가리킨다.

3) 團窠瑞錦(단과서금) : 촉蜀 지역의 비단 이름.
   둥근 모양의 상서로운 꽃문양이 있어 이와 같
   이 부른다. 여기서는 님과의 만남이 이루어지
   기를 바라는 마음을 상징한다.

4) 沉煙(침연) : 수침향水沉香의 연기. 앞의 〈태평
   시太平時 · 대숲 속에 자리한 방, 길은 깊어竹裏
   房櫳一徑深〉 주5) 참조.

5) 展轉(전전) : 잠 못 이루며 뒤척이는 모양. '전전輾轉'과 같다.

6) 漫(만) : 헛되다, 부질없다.

7) 銀瓶玉井(은병옥정) : 우물물 긷는 병과 우물의 미칭美稱.

【해설】

이 사는 변방으로 떠나간 님을 그리워하는 여인의 시름을 나타낸 것이다.

상편에서는 님을 떠나보낸 여인이 외로움을 술로 달래고 있는 모습과 님의 소식조차
받지 못한 채 상서로운 촉의 비단이불을 깔아 님과의 만남을 소망하며 쓸쓸히 잠자리에
드는 모습이 나타나 있다. 하편에서는 온기를 잃은 향로와 차가운 향 연기를 통해 님이
떠나간 쓸쓸한 침방을 묘사하고, 날이 밝아오도록 잠 못 이루는 모습으로 님에 대한
끊임없는 그리움과 깊은 시름을 나타내고 있다.

격포련근박

....

날리는 꽃이 제비 쫓아가는 듯하더니
곧장 발 드리운 창 안으로 떨어지네.
휘장에 가려진 향기로운 구름은 따스하고
금조롱의 앵무새는 놀라 일어나네.
서글픔을 머금은 채 게으르게 머리 빗고 세수하네.
화장대 옆
연분 찍는 고운 손가락,
아름다운 비녀는 떨어지네.

겨우 깨어나고선 또 다시 피곤하나니
술에 취해 정신은 몽롱하네.
담장 위 버드나무는 짙푸르니
한 해의 봄이 다 가버리고 말았네.
채색 높은 누각에 홀로 기대는 것 두렵나니
천 리 밖
외로운 배는 안개 낀 강물 어디에 있는지?

....

隔浦蓮近拍

飛花如趁燕子,¹ 直倒簾櫳裏.² 帳掩香雲暖,³ 金籠鸚鵡驚起. 凝恨慵梳

洗, 粧臺畔, 蘸粉纖纖指,⁴ 寶釵墜.⁵

才醒又困, 厭厭中酒滋味.⁶ 牆頭柳暗, 過盡一年春事. 罨畫高樓怕獨倚,⁷

千里, 孤舟何處煙水.

【주석】

1) 趁(진) : 뒤쫓아 따라가다.

2) 簾櫳(염롱) : 발이 드리워진 창살 창.

3) 帳(장) : 장막. 여기서는 침대에 드리운 얇은 비단 휘장을 가리킨다.

4) 蘸粉(잠분) : 분가루를 찍다.

　纖纖(섬섬) : 손가락이 가늘고 고운 모양.

5) 寶釵(보차) : 화려하고 아름다운 비녀.

6) 厭厭(염염) : 정신이 멍한 모양.

　中酒(중주) : 술에 취하다.

7) 罨畫(엄화) : 그림으로 덮이다. 채색으로 장식된 것을 말한다.

【해설】

　이 사는 멀리 님을 떠나보낸 여인의 시름을 노래한 것으로, 홀로 남은 여인의 공허하고 무료한 모습과 억제할 수 없는 그리움과 슬픔이 나타나 있다.

　상편에서는 떨어져 날리는 꽃과 하늘을 나는 제비로 늦봄의 계절을 말하고, 침대 휘장 너머로 보이는 따뜻한 구름과 조롱 속의 앵무새가 놀라 지저귀는 모습으로 아침의 시간을 말하고 있다. 이어 시름겨운 모습으로 게을리 일어나 느릿느릿 단장하고 있는 여인의 모습을 묘사하고 있는데, 화장대 옆에 앉아 떨어지는 비녀도 아랑곳 않고 멍하니 손가락으로 연분을 찍고 있는 여인의 모습이 주변의 생동감 있는 경물들과 극명하게 대비되고 있다. 하편에서는 여성 화자의 입장에서 서술하고 있는데, 깨어나 다시금 멍하니 술에 취해 있는 여인의 모습을 통해 맨 정신으로는 차마 견딜 수 없는 이별의 고통을 말하고 있다. 이어 어느새 잎이 무성해진 버들을 보고 한 해의 봄이 다 가버렸음을 탄식하고, 가눌 수 없는 슬픔에 차마 누대에 올라 먼 곳을 바라볼 수도 없음을 말하며 천 리 먼 곳 홀로 강물 위에 있을 님의 모습을 상상하고 있다.

격포련근박

....

고래 타고 구름 위로 올라 세상을 거꾸로 내려다보니
취한 얼굴 바람 맞아 깨어나네.
웃으며 부구공의 옷깃을 잡나니
적막하기가 인간 세상이 아니라네.
진택의 만 굽이 가을 물에
안개비는 걷히고
금빛 거울이 수면을 날아가니
달빛은 서늘하네.

상수의 두 후비 잠에서 깨어나
비뚤어진 쪽머리와 떨어진 비녀를 느릿느릿 정돈하네.
강 굽어보며 춤추는 곳에
변방 기러기 청아한 그림자 어지럽네.
은하수 기울어 밤은 길고
인간 세상 고요한데
퉁소 불며 왕자교와 함께 구령을 지나네.

....

隔浦蓮近拍

騎鯨雲路倒景,[1] 醉面風吹醒. 笑把浮丘袂,[2] 寥然非復塵境.[3] 震澤秋萬

頃,⁴ 煙霏散, 水面飛金鏡,⁵ 露華冷.⁶
湘妃睡起,⁷ 鬟傾釵墜慵整.⁸ 臨江舞處, 零亂塞鴻淸影. 河漢橫斜夜漏
永,⁹ 人靜, 吹簫同過緱嶺.¹⁰

【주석】

1) 倒景(도영) : 거꾸로 비친 모습. '영景'은 '영影'과 같다. 하늘 위에서 내려다 본 경치를 가리킨다.

2) 浮丘(부구) : 부구공浮丘公. 전설상의 신선. 주周 영왕靈王의 태자 왕자교王子喬를 숭산에 데리고 가 신선이 되게 하였다.

3) 寥然(요연) : 텅 비어 적막한 모습.

4) 震澤(진택) : 태호太湖의 옛 이름.

5) 金鏡(금경) : 황금빛의 거울. 달을 비유한다.

6) 露華(노화) : 이슬의 빛. 서늘한 달빛을 비유한다.

7) 湘妃(상비) : 상수湘水의 왕후王后와 왕비王妃. 전설상 요堯임금의 두 딸이자 순舜임금의 부인들이었던 아황娥皇과 여영女英을 가리킨다. 순임금이 창오蒼梧에서 세상을 떠났을 때 상수에 몸을 던져 상수의 여신이 되었다고 한다.

8) 鬟(환) : 쪽진 머리. 잠잘 때 틀어 올린 머리를 가리킨다.

9) 河漢(하한) : 은하수. 하늘에 흐르는 황하黃河와 한수漢水라는 뜻이다.
橫斜(횡사) : 옆으로 기울다. 밤이 다하고 날이 밝아오는 것을 가리킨다.
夜漏(야루) : 물시계. 여기서는 밤을 가리킨다.

10) 緱嶺(구령) : 구씨산緱氏山의 봉우리. 지금의 하남성 언사현偃師縣 남쪽에 있다. 유향劉向 ≪열선전列仙傳≫에 따르면, 주周 영왕靈王의 태자 왕자교王子喬가 이수伊水와 낙수洛水 사이를 유람하다 도사 부구공을 만나 숭산崇山에 올라 도를 닦았다. 30년 후에 신선이 되어 학을 타고 구령緱嶺으로 날아와 가족들과 만났는데, 멀리서 바라만 볼 수 있을 뿐 함께 할 수 없었다. 수일 후에 작별하고 떠나니, 구령 아래에 묘당을 세우고 그를 기렸다.

【해설】

　이 사는 신선이 되어 태호太湖와 상수湘水를 노니는 모습을 상상한 것으로, 유향劉向의
≪열선전列仙傳≫에 나오는 부구공浮丘公과 왕자교王子喬의 고사를 바탕으로 상수湘水의
여신이 되었다고 하는 아황娥皇과 여영女英의 전설을 차용하고 있다.

　상편에서는 왕자교를 신선의 세계로 인도한 부구공을 차용하여 자신 또한 그의 도움
으로 신선이 되어 하늘로 올라간 모습을 상상하고, 태호의 고요하고 맑은 달밤의 경관을
묘사하며 세속의 번다함에서 벗어난 깊고 적막한 선계를 비유하고 있다. 하편에서는
상수로 날아가 상수의 여신인 아황娥皇, 여영女英과 노니는 모습을 상상하고 있다. 밤이
되어서야 잠에서 깨어나 느지막이 단장하는 두 여신의 모습과 기러기 그림자 비치는
상수 물가에서 이들과 함께 밤새도록 가무를 즐기는 신선 세계의 연회 모습이 밤이
되어 오히려 고요한 인간 세상과 대비되고 있다. 마지막 두 구에서는 왕자교와 함께
구령을 지나가는 모습을 상상하며 자신 또한 인간 세상을 떠나 선계로 가고 싶은 바람을
나타내고 있다.

일총화

....

술동이 앞에 우두커니 선채 멍하게 있지는 말지니
다만 은밀한 약속 저버림을 한스러워 하네.
이제껏 봄 슬퍼하는 눈물 흘리지 않았거늘
그대 때문에 비단옷 가득 눈물 떨구네.
또 어찌 견디리,
연못 가 누각에서 피리 불고
녹음 속에 푸른 열매 생겨나는 때를.

회랑의 발그림자는 한낮에 들쭉날쭉 하지만
그래도 잠자기에는 적당하네.
사랑 나누던 꿈은 깨어져 어디로 가버렸나?
아름다운 쌍쌍의 제비는 사랑을 속삭이네.
이제부터 결심하였나니,
너무나도 초췌한 내 모습을
그 사람이 알게 해야겠네.

....

一叢花

樽前凝佇漫魂迷,[1] 猶恨負幽期.[2] 從來不慣傷春淚, 爲伊後、滴滿羅衣.[3]
那堪更是, 吹簫池館, 靑子綠陰時.[4]

回廊簾影晝參差, 偏共睡相宜. 朝雲夢斷知何處,⁵ 倩雙燕、說與相思. 從今判了,⁵ 十分顦顇, 圖要箇人知.⁷

【주석】

1) 凝佇(응저) : 한 곳에 생각을 집중하고 우두커니 서있다. 바라고 기대하는 것이 있음을 말한다.

   漫(만) : ~하지 말라. '막莫'과 같다.

2) 幽期(유기) : 은밀한 기약. 남녀 간의 약속을 말한다.

3) 伊(이) : 지시사. 그대.

4) 靑子(청자) : 꽃이 진 자리에 맺히는 작은 열매.

5) 朝雲夢(조운몽) : 아침 구름의 꿈. 초회왕楚懷王이 꿈에 무산선녀巫山仙女를 만나 사랑했던 일을 비유한 것으로, 여기서는 님과 만나 사랑을 나누는 꿈을 가리킨다. 앞의 〈옥호접玉蝴蝶・권태로운 나그네로 평생 다닌 곳은倦客平生行處〉 주6) 참조.

6) 判了(판료) : 결심하다, 결정하다.

7) 箇人(개인) : 그 사람. 앞의 '이伊'와 같다.

【해설】

이 사는 여인의 입을 빌어 사랑하는 사람에게서 버림을 받은 원망과 미련을 노래한 것이다.

상편에서는 사랑하는 사람에서 버림을 받아 술로 시름을 달래면서도 차마 미련을 버리지 못하고 눈물을 흘리고 있는 자신을 말하며, 만물이 생동하는 즐거운 봄에 슬픔으로 외로이 지내고 있는 자신의 신세를 한탄하고 있다. 하편에서는 사랑하는 사람과의 꿈에서 깨어난 여인의 모습이 쌍쌍이 사랑을 나누는 제비의 모습과 대비되어 여인의 슬픔을 심화시키고 있다. 초췌해진 자신의 모습을 보여주어 상대에게 죄책감을 느끼게 해주리라는 다짐은 사랑을 저버린 사람에 대한 소심한 복수이자 그에게 미련과 그리움이 여전히 남아 있음을 보여준다.

쌍두련

....

바람에 길의 먼지는 말리고
깊이 탄식하는 곳에 청총마는 금 고삐를 흔드네.
나그네 가슴엔 눈물만 쌓이나니
부질없는 만 점 피 같은 눈물을
누구에게 전할 건가.
아름다운 모습과 깊은 정 오래도록 생각하나니
강남의 빼어난 경치조차 압도한다네.
봄은 아름답기만 한데
어찌 견디리, 장정에서
홀연 황망히 그대와 이별하게 됨을.

석양에 잡초는 눈 끝까지 펼쳐져 있고
짙은 안개 속 먼 곳의 나무는
냉이처럼 작고 아득하네.
슬프고 즐거운 꿈속에서
어찌하리, 게으른 객이 되어
또다시 천 리 밖 변경에 있게 됨을.
이별의 노래 부르는 것이 가장 힘들어
떠날 길 헤아리지도 않고 다시금 지체한다네.
수많은 일들을
당부하고 당부하다
떠날 때는 이미 취해버렸다네.

....

雙頭蓮

風卷征塵, 堪歎處、靑驄正搖金轡.¹ 客襟貯淚, 漫萬點如血, 憑誰持寄.
佇想豔態幽情,² 壓江南佳麗. 春正媚, 怎忍長亭, 匆匆頓分連理.³
目斷淡日平蕪,⁴ 煙濃樹遠, 微茫如薺. 悲歡夢裏,⁵ 奈倦客、又是關河千
里.⁶ 最苦唱徹驪歌,⁷ 重遲留無計. 何限事, 待與丁寧,⁸ 行時已醉.

【주석】

1) 靑驄(청총) : 청총마靑驄馬. 청색과 흰색이 섞인 좋은 말
   金轡(금비) : 황금 장식의 말고삐.
2) 佇想(저상) : 우두커니 서서 생각하다. 오래도록 생각하는 것을 가리킨다.
3) 頓(돈) : 갑자기, 홀연. 아주 짧은 시간을 가리킨다.
   連理(연리) : 연리지連理枝. 두 그루의 나무가 서로 가지가 붙어 하나로 연결된 것.
   남녀 간의 깊은 애정을 의미한다.
4) 目斷(목단) : 시선이 끊어지다. 멀리까지 바라보는 것을 의미한다.
   淡日(담일) : 어둑한 해. 석양을 가리킨다.
5) 悲歡夢(비환몽) : 희비가 교차하는 나그네의 꿈.
6) 關河(관하) : 변경 지역. 앞의 〈야유궁夜遊宮・눈 내리는 새벽, 맑은 갈잎 피리 소리는
   어지러이 일어나고雪曉淸笳亂起〉 주4) 참조.
7) 驪歌(여가) : 이별가. 고대 ≪시경詩經≫의 편명에서 유래한 것으로, 손님이 말을 타고
   떠나가면서 불렀다고 하는 '여구가驪駒歌'를 가리킨다. 지금의 ≪시경≫에는 실려 있지
   않다.
8) 待與(대여) : 주다.
   丁寧(정녕) : 당부하다. 두 번 세 번 거듭하여 말하다.

【해설】
　이 사는 사랑하는 여인을 남겨두고 떠나는 석별의 정을 노래한 것으로, 여인에 대한 깊은 사랑이 차마 길을 떠나지 못하는 아쉬움과 여인에 대한 걱정으로 나타나고 있다.
　상편에서는 장정에서의 이별의 감회와 여인에 대한 사랑이 나타나 있는데, 길 위의 먼지와 청총마로 눈앞에 닥친 이별의 상황을 말하며 피 같은 눈물을 흘리는 모습으로 깊은 이별의 슬픔을 나타내고 있다. 이어 강남의 아름다운 풍광조차 무색하게 만드는 여인의 아름다움을 칭송하며 여인에 대한 사랑을 나타내고, 아름다운 봄날 예기치 않게 찾아온 이별의 상황을 다시 한 번 탄식하고 있다. 하편에서는 장정 주변의 경관을 묘사하며 홀로 남을 여인을 걱정하고 있는데, 석양 속 아득히 펼쳐진 잡초와 연무 속에 가려진 나무의 모습으로 답답하고 암울한 자신의 감정을 비유하고 있다. 이어 천 리 밖 변경을 떠돌 자신의 모습을 상상하며 이별의 아쉬움에 몇 번이고 갈 길을 지체하고, 이별 후의 일들을 몇 번이고 여인에게 이르며 당부하는 모습으로 여인에 대한 사랑과 염려를 나타내고 있다.

진주렴

....

달빛 아래 등불 앞에서 즐거이 노니는 곳,
피리 소리 울리는 아름다운 비단 무리 속에서 그대를 만났네.
이름이야 서로 알았건만
이제야 만나 평소의 마음을 이야기하였네.
얕게 그린 눈썹과 곱게 빗은 머리, 풍모 또한 남다른데
때때로 몰래 돌아보며 사람마음 흔드네.
돌아가
깊은 정원의 한가로운 창에서
거문고줄 다듬고 기러기발 조인다네.

악부에서 막 새 노래를 지어
아름다운 구절들을 가득 잘라내
한가로이 금루에 써 붙이네.
제비가 주렴 사이로 들어올 때
또 한 번의 봄이 저무네.
모자 비끼어 쓰고 연지파를 내려오니
옛날 도화녀를 그리워한 최호가 생각나네.
말하지 말자,
이제부터 마땅히 함께 할 것은
좋은 꽃의 주인이 되는 것이라네.

....

眞珠簾

燈前月下嬉遊處, 向笙歌、錦繡叢中相遇.¹ 彼此知名, 纔見便論心素.²
淺黛嬌蟬風調別,³ 最動人、時時偸顧. 歸去, 想閑窗深院, 調絃促柱.⁴
樂府初飜新譜,⁵ 漫裁紅點翠,⁶ 閑題金縷. 燕子入簾時, 又一番春暮. 側
帽燕脂坡下過,⁷ 料也記、前年崔護.⁸ 休訴,⁹ 待從今須與, 好花爲主.

【주석】

1) 向(향) : 울리다. '향響'과 같다.

   錦繡叢(금수총) : 수놓은 아름다운 비단 무리. 기녀들을 가리킨다.

2) 心素(심소) : 평소 품었던 마음.

3) 嬌蟬(교선) : 곱게 빗은 여인의 머리.

4) 促柱(촉주) : 거문고의 안족雁足을 조이다.

5) 樂府(악부) : 한대漢代 음악을 관장하던 부서. 민간가요를 채집정리하고 배포하는 일을
   담당하였다. 여기서는 여인이 머무는 기방妓房을 가리킨다.

6) 裁紅點翠(재홍점취) : 붉고 푸른 꽃을 잘라내고 뽑아내다. 아름다운 구절들을 가려내는
   것을 비유한다.

7) 側帽(측모) : 모자를 기울여 쓰다. 여유롭고 느긋한 모습을 의미한다. 앞의 〈정풍파定風
   波・모자 기울여 쓰고 채찍 늘어뜨린 채 손님 보내고 돌아오나니欹帽垂鞭送客回〉 주2)
   참조.

   燕脂坡(연지파) : 고개 이름. 지금의 하남성 개봉시開封市 서북쪽에 있다. 아침저녁으로
   비치는 노을빛이 연지胭脂색과 같아 붙여진 이름으로, 여기서는 그 이름을 차용하였다.

8) 崔護(최호) : 당대 시인. 자는 은공殷功이며 박릉(博陵. 지금의 하북성 정현定縣) 사람이
   다. 최호에 대해 다음과 같은 이야기가 전한다. 최호가 청명일에 도성 남쪽으로 유람을
   나갔다가 어느 민가에 들러 한 여인의 접대를 받았는데 복숭아나무에 기대어 서있는
   모습에 반하였다. 일 년 후 다시 그 민가에 들렀으나 여인을 만나지 못하고 대문에

〈도성 남쪽의 집에 쓰다題都城南莊〉 시를 쓰고 돌아갔는데, 시에서 "작년 오늘 이 문 안에는 사람 얼굴과 도화꽃이 서로 붉게 비추었네. 사람 얼굴은 지금 어디로 가버렸나? 도화꽃은 예전처럼 봄바람에 웃고 있건만.(去年今日此門中, 人面桃花相映紅. 人面只 今何處去, 桃花依舊笑春風)"이라 하였다. 며칠 후에 다시 그 집을 찾아가니 여인의 아버지가 최호의 시를 본 딸이 식음을 전폐하다 죽었음을 말하며 최호를 책망하였다. 이에 최호는 자신을 자책하며 통곡하였고, 순간 여인이 다시 살아나 결국 둘은 혼인하 게 되었다. 맹계孟棨 ≪본사시本事詩・정감情感≫에 상세한 내용이 전한다.

9) 休訴(휴소) : 말하는 것을 그만두다. '訴'는 하소연하고 원망하는 의미로, 여인을 만나 지 못하는 안타까움과 원망을 더 이상 말하지 않는 것을 뜻한다.

【해설】

　이 사는 사랑하지만 만나지 못하는 여인에 대한 원망과 그리움을 나타낸 것으로, 여인을 만나 사랑에 빠지게 된 과정과 오랫동안 헤어져 만나지 못하는 현재의 상황과 감정 등이 시간의 흐름에 따라 서사적으로 묘사되고 있다.

　상편에서는 먼저 연회 자리에서 이전부터 알고 있던 여인을 다시 만나 서로 평소의 마음을 확인하게 되었음을 말하고 있는데, 이를 통해 여인의 신분이 기녀임을 짐작할 수 있다. 이어 여인의 아름다운 외모를 상세히 묘사하고 여인의 은근한 눈빛에 매혹되어 연회가 끝나고 돌아와서도 여인을 잊지 못하고 있는 모습이 나타나 있다. 하편에서는 직접 새로운 노래를 지어 아름다운 가사들을 기루에 써 붙이고 있는 여인의 모습을 상상하며 여인이 외모뿐 아니라 노래솜씨와 글재주 또한 뛰어남을 말하고 있다. 그러나 '또 한 번의 봄이 저문다(又一番春暮)'는 말로 여인과 만나지 못한 시간이 이미 오래되었 음을 탄식하며 제비와 달리 자신을 찾아오지 않는 여인을 원망하고 있다. 그러나 옛날 도화녀桃花女를 찾아갔던 최호를 떠올리며 이제는 자신이 직접 여인을 찾아가 그녀의 주인이 되겠다는 다짐을 하고 있다.

해련환

....

옅은 화장 눈물로 적시며
봄바람 등진 채 우두커니 서 있나니
못가 누각에 버들 솜은 날리네.
향기로운 편지에는 헛되이 작은 글씨로 글 가득하니
제비와 기러기
누구에게도 전할 수 없음이 한스럽네.
무정한 비바람은
또다시 푸른 이끼와 붉은 꽃 위치를 뒤집어 버렸네.
향기로운 술에 의지하여 근심을 없애 보지만
어이하리, 밤은 다하고 남은 술기운에 쓸쓸함을.

그대는 이미 옛 약속 잊었나니
어이하리, 겹겹 문 고요한 정원에 풍광은 여전함을.
설령 그대에게 다른 사랑하는 사람이 있다 한들
그 옛날
처음 맺었던 사랑의 정을 생각하지 않으리?
아름다운 눈썹 화장 지워져 가도
어찌 새 사람을 위해 머리 빗고 단장하리?
지금 생의 모두를 그대 위해 버릴 것이니
잘못이라 사람들이 말해도 상관하지 않으리.

....

解連環

淚淹妝薄, 背東風佇立,[1] 柳綿池閣.[2] 漫細字、書滿芳箋,[3] 恨釵燕箏鴻,[4] 總難憑托. 風雨無情, 又顚倒、綠苔紅蕚.[5] 仗香醪破悶, 怎禁夜闌, 酒醒蕭索.

劉郎已忘故約,[6] 奈重門靜院, 光景如昨. 儘做它、別有留心,[7] 便不念當時, 雨意初著.[8] 京兆眉殘,[9] 怎忍爲、新人梳掠.[10] 盡今生、拚了爲伊,[11] 任人道錯.[12]

유서(柳絮)

【주석】

1) 佇立(저립) : 우두커니 서있다.

2) 柳綿(유면) : 버들 솜. '유서柳絮'와 같다. '유柳'는 수양버들이며 '양楊'은 갯버들이다.

3) 芳箋(방전) : 향기로운 편지. 여인의 편지를 가리킨다.

4) 釵燕箏鴻(차연쟁홍) : 제비 문양이 있는 비녀와 쟁의 발 같은 기러기. 여기서는 제비와 기러기를 가리킨다. 비녀에 길상吉祥을 의미하는 제비 문양을 넣었고 쟁의 발의 배열이 날아가는 기러기와 같다 하여 이와 같이 불렀다. '쟁箏'은 거문고와 비슷한 13현의 악기이다. 앞의 〈호사근好事近・묶인 기러기 돌아갈 수 없나니羈雁未成歸〉 주3) 참조.

5) 顚倒(전도) : 뒤집어 지다, 거꾸로 되다. 꽃잎이 땅의 이끼 위로 떨어지고 나무가 이끼빛으로 녹음이 지는 것을 가리키는 것으로, 봄이 저물고 여름이 되었음을 의미한다.

6) 劉郎(유랑) : 사랑하는 남자. 천태산天台山에서 약초를 캐다 선녀를 만났다는 동한東漢 유신劉晨을 가리킨다. 앞의 〈연수금戀繡衾・비 그친 서산에 저녁 빛은 환하고雨斷西山晚

照明〉주7) 참조.

7) 留心(유심) : 마음이 머물다. 사랑하는 사람을 의미한다.

8) 雨意(우의) : 운우지정雲雨之情. 초회왕楚懷王과 무산선녀巫山仙女의 사랑을 비유한다. 앞의 〈옥호접玉蝴蝶・권태로운 나그네로 평생 다닌 곳은倦客平生行處〉주6) 참조.

9) 京兆眉(경조미) : 한대漢代 경조윤京兆尹을 지냈던 장창張敞이 여인에게 그려주었던 눈썹. 아름다운 눈썹을 가리킨다. 앞의 〈월조리화月照梨花・비 개인 하늘에 바람은 부드럽고霽景風軟〉주3) 참조.

10) 梳掠(소략) : 머리를 빗고 매만지다.

11) 抃(변) : 버리다.

12) 任(임) : 맡기다, 내버려두다.

【해설】

이 사는 버림받은 여인의 슬픔을 노래한 것으로, 비록 자신은 버림받았으나 자신의 사랑은 죽을 때까지 변함없을 것이라는 맹세와 다짐이 나타나 있다.

상편에서는 눈물을 흘리며 홀로 누각에 서서 그리움 가득 담은 편지를 보내지도 못해 탄식하는 여인의 모습을 묘사하며 버림받은 여인의 쓸쓸하고 절망적인 심정을 나타내고 있다. 이어 무정한 비바람에 저버린 꽃으로 자신의 신세를 비유하고 밤새 마시는 술로도 떨쳐버릴 수 없는 시름과 외로움을 말하고 있다. 하편에서는 언약을 저버린 사람을 원망하면서도 옛날의 풍광을 그대로 간직하고 있는 정원을 들어 변함없는 자신의 사랑을 말하고 있다. 이어 상대도 자신과의 사랑을 잊지 못할 것이라는 기대와 자신 또한 다른 사람과 사랑하지 않겠다는 다짐으로 둘의 사랑이 이루어지길 고대하고 있다. 마지막 두 구에서는 자신의 남은 생을 상대를 위해 헌신할 것임을 맹세하며, 설령 다른 사람들이 자신의 행동을 잘못이라 질책해도 상관하지 않을 것임을 말하고 있다.

풍류자 · 일명 내가교

미인은 대부분 박복한 운명이나니
애초의 마음은 양홍에게 시집간 맹광을 흠모하였네.
기억하나니, 푸른 창 아래 잠에서 깨어
고요히 읊조리고 한가로이 노래할 때
시구는 변화무쌍하고 격조는 영롱하였네.
흥이 나면 흰 비단에 내키는 대로 글을 쓰고
옥 같은 손으로 거문고를 탔었네.
연적에는 한밤의 한기가 방울져 떨어지고
물위에는 얇은 얼음 떠오르나니.
봉황 무늬 종이는 봄처럼 어여쁘고
꽃무늬 종이는 옅은 붉은색이네.

인생 누가 헤아릴 수 있으리?
비통하게도 몸은 길 가 버들과 꽃 숲으로 떨어져 버렸네.
화사한 집의 앵무새를 헛되이 부러워했나니
금조롱은 깊은 곳에 갇혀 있다네.
아름다운 거울과 난새문양 비녀 앞에서
화장은 항상 늦고
수놓은 돗자리와 홍아판 앞에서
춤 재촉하여도 게으름을 부리네.
시장 다리 위로 들려오는 달밤 피리 소리,
등 밝힌 정원에 떨어지는 서리 맞은 종소리에 애간장은 끊어지네.

風流子·一名內家嬌

佳人多命薄,1 初心慕、德輝嫁梁鴻.2 記綠窗睡起, 靜吟閑詠, 句飜離合,3 格變玲瓏. 更乘興素絁留戲墨,4 纖玉撫孤桐.5 蟾滴夜寒,6 水浮微凍. 鳳牋春麗,7 花研輕紅.8

人生誰能料, 堪悲處、身落柳陌花叢.9 空羨畫堂鸚鵡,10 深閉金籠. 向寶鏡鸞釵, 臨粧常晚, 繡茵牙板,11 催舞還慵. 腸斷市橋月笛,12 燈院霜鐘.13

【주석】

1) 命薄(명박) : 운명이 박복하다.

2) 德輝(덕휘) : 맹광孟光. '덕휘德輝'는 맹광의 자字이다. 동한東漢 평릉(平陵, 지금의 섬서성 함양시咸陽市) 사람으로, 집안은 부유하였으나 뚱뚱하고 외모가 추하여 모무嫫母, 종무 염鍾無豔, 완씨녀阮氏女와 더불어 이른바 중국의 '사대추녀四大醜女'로 꼽힌다. 양홍梁鴻을 흠모하여 집안에서 택해준 혼처도 거부하고 30세가 되도록 시집을 가지 않았다. 후에 양홍과 혼인하여 부유한 생활을 포기하고 산속으로 들어가 은거하였으며, 식사 때마다 극진한 공경으로 양홍을 받들어 '거안제미擧案齊眉'의 고사로 널리 알려져 있다.

3) 離合(이합) : 이합체離合體. 하나의 글자를 각각 여러 성분으로 분리하여 말하고 이를 하나로 합쳤을 때 비로소 의미가 통하는 유희적 시 창작의 한 방법이다. 예를 들어 "바위를 쪼개어 산을 옮기고, 밭을 쌓아 버들을 심는다.(劈岩移山, 築田植柳)"라는 표현으로 "암岩자를 나누어 산山자를 없애고, 전田자 위에 류柳자를 쓴다."라는 뜻을 나타내어 '석류石榴'를 의미하거나, "어릴 적부터 함께 있었고, 눈앞에 연계된 것은 적다.(自小在一起, 目前少聯系)"라는 표현으로 "자自자와 소小자가 함께 있으며 목目자 앞에 소少자가 연결되어 있다."라는 뜻을 나타내어 '성省'을 의미하는 것 등이다. 동한東漢 공융孔融의 〈사언리합시四言離合詩〉에서 처음 시작되었다고 한다.

4) 戲墨(희묵) : 마음대로 글을 쓰다.

5) 孤桐(고동) : 특별한 오동나무. 거문고를 가리킨다. 앞의 〈장상사長相思 · 덧없는 인생을 깨닫고悟浮生〉 주2) 참조.

6) 蟾滴(섬적) : 두꺼비 모양의 연적硯滴.

7) 鳳牋(봉전) : 봉황의 꼬리 문양이 있는 아름다운 종이.

8) 花硏(화아) : 꽃무늬가 있는 광택이 나는 종이.

9) 柳陌花叢(유맥화총) : 길 가 버드나무와 꽃 수풀. 누구나 꺾을 수 있다는 의미로 기녀를 가리킨다. '노류장화路柳墻花'와 같다.

10) 畵堂鸚鵡(화당앵무) : 아름다운 집의 앵무새. 기녀를 비유한다.

11) 繡茵(수인) : 비단 깔개. 춤을 추기 위해 깔아 놓은 자리를 가리킨다.
牙板(아판) : 악기 이름. 홍아판紅牙板. 박달나무로 만든 박판拍板이다. 앞의 〈자고천鷓鴣天 · 남포의 배에서 만났던 아름다운 두 여인南浦舟中兩玉人〉 주3) 참조.

12) 市橋(시교) : 시장의 다리. 사람들로 떠들썩한 기루妓樓를 가리킨다.

13) 燈院(등원) : 등불 밝힌 정원. 화려한 기루를 가리킨다.

【해설】

이 사는 기녀에게 기증한 것으로, 상징과 비유의 수법을 활용하여 기녀의 입을 통해 기녀로 전락한 박복한 운명과 불우한 삶을 노래하고 있다.

상편에서는 먼저 미인의 박복한 운명을 말하며 비록 추한 외모이지만 부귀도 버린 채 양홍梁鴻 한 사람만 사랑하고 섬기면서 산 맹광孟光처럼 살고 싶었던 처음의 마음을 말하고 있다. 이어 시구와 노래를 배우고 글씨와 거문고를 익히며 지냈던 기녀의 생활을 회상하고, 연적에 방울지는 한 밤의 한기와 물에 이는 얇은 얼음으로 기녀의 삶에 대한 여인의 회의와 시름을 상징적으로 나타내고 있다. 마지막에는 화사한 봉황무늬 종이와 연홍색의 꽃무늬 종이를 묘사하며 여인의 아름다운 모습을 비유하고 있는데, 얇은 종이가 여인의 박복한 운명을 또한 상징하고 있다. 하편에서는 기녀로 전락한 신세를 탄식하며 한때나마 화려하게만 보이는 기녀 생활을 흠모했던 자신을 후회하고 있다. 이어 화장하기도 싫고 춤추는 것도 내키지 않는 모습으로 기녀 생활에 대한 회의와 염증을

나타내고, 사람들로 떠들썩하고 화려한 기루에서 달밤의 피리 소리와 서리 속의 종소리
를 들으며 자신의 박복한 운명을 비통해하고 있다.

작자 소개

- **육유**(陸游, 1125~1209)

남송南宋의 시인으로, 자字는 무관務觀이고 호號는 방옹放翁이며 월주越州 산음(山陰, 지금의 절강성 浙江省 소흥시紹興市) 사람이다.

이른바 남송사대가南宋四大家의 한 사람으로서 남송의 시단을 대표하는 시인이자, 평생 일만 수에 달하는 시와 우국의 열정으로 가득한 시편으로 인해 중국 최다작가이자 대표적인 우국시인으로서의 명성을 지니고 있다. 풍부한 문학적 소양과 방대한 지식, 부단하고 성실한 창작태도 등을 바탕으로 시집 ≪검남시고劍南詩稿≫ 85권 외에 ≪위남문집渭南文集≫ 50권, ≪남당서南唐書≫ 18권, ≪노학암필기老學庵筆記≫ 10권, ≪가세구문家世舊聞≫ 등 사와 산문, 역사 방면에 있어서도 많은 저작들을 남기고 있다.

역자 소개

- **주기평**朱基平

호號는 벽송碧松이다. 서울대학교 중어중문학과를 졸업하고 동 대학원에서 문학박사 학위를 취득하였다. 서울대학교 규장각한국학연구원의 책임연구원을 역임하고, 현재 서울대학교 인문학연구원의 객원연구원으로 있으며 중국어와 중국 고전문학의 강의 및 중국고전의 연구와 번역을 하고 있다.

저역서로 ≪육유시가연구≫, ≪육유시선≫, ≪잠삼시선≫, ≪역주 숙종춘방일기≫, ≪당시삼백수≫(공역), ≪송시화고≫(공역), ≪협주명현십초시≫(공역) 등이 있으며, 주요논문으로 〈남송 강호시파의 시파적 성격 고찰〉, 〈중국 만가시의 형성과 변화과정에 대한 일고찰〉, 〈두보 시아시 연구〉 등이 있다.

육유사

초판 인쇄 2015년 10월   1일
초판 발행 2015년 10월 10일
초판 2쇄   2017년   1월 10일

저   자 | 육   유
역   해 | 주 기 평
펴 낸 이 | 하 운 근
펴 낸 곳 | 學古房

주   소 | 경기도 고양시 덕양구 통일로 140 삼송테크노밸리 A동 B224
전   화 | (02)353-9908 편집부(02)356-9903
팩   스 | (02)6959-8234
홈페이지 | http://hakgobang.co.kr/
전자우편 | hakgobang@naver.com, hakgobang@chol.com
등록번호 | 제311-1994-000001호

ISBN   978-89-6071-554-7   93820

값 : 30,000원

이 도서의 국립중앙도서관 출판시도서목록(CIP)은 서지정보유통지원시스템 홈페이지(http://seoji.
nl.go.kr)와 국가자료공동목록시스템(http://www.nl.go.kr/kolisnet)에서 이용하실 수 있습니다.
(CIP제어번호: CIP2015026470)

■ 파본은 교환해 드립니다.